COLLECTION FOLIO

Anne Wiazemsky

Mon beau navire

Gallimard

Anne Wiazemsky s'est fait connaître comme comédienne dès sa dix-septième année : elle a tourné avec Bresson, Pasolini, Jean-Luc Godard, Marco Ferreri, Philippe Garrel des rôles aussi inoubliables que celui de *La Chinoise* ou de la jeune fille de *Théorème*. Elle a également créé au théâtre *Le drame de la vie* et *Vous qui habitez le temps* de Valère Novarina.

Elle a publié un recueil de nouvelles, *Des filles bien élevées*. *Mon beau navire* est son premier roman.

Roséliane était étendue sur son lit. Son corps épousait le corps d'un chien de race indéfinie que lui avaient offert, pour Noël, des amis de ses parents.

Elle était allée le chercher dans un chenil de la banlieue de Caracas.

Elle y avait vu des animaux blessés, tremblant de fièvre, qui attendaient la mort avec un étrange regard. C'était de la résignation, lui avait expliqué sa mère. Et comme Roséliane ne comprenait pas, elle avait précisé : « Ces bêtes sont résignées comme le sont ces enfants très pauvres que leur famille envoie exprès sur les routes afin que le malheureux conducteur qui les renversera soit obligé de leur verser une pension. »

Roséliane avait essayé de se rappeler les enfants des bidonvilles entrevus à travers les vitres de la voiture. Et d'autres encore, dans les montagnes, à demi indiens, employés à la cueillette du café. Pouvait-on les dire « résignés » ?

Son père, à chaque fois, essayait d'expliquer quelque chose. Il désignait les assemblages de planches, de morceaux de carton et de plaques de tôle qui servaient de maisons. Et invariablement il ajoutait : ces enfants ne savaient ni lire ni écrire et ne mangeaient pas toujours à leur faim. Il faisait ensuite observer les antennes de télévision et les grosses voitures américaines qui stationnaient entre deux tas d'ordures. « Incroyable, n'est-ce pas ? », disait-il à la cantonade. « Oui, incroyable », se contentait de répondre Roséliane.

Ces paroles, prononcées sans la moindre émotion apparente, effrayaient Roséliane. Elle se tournait vers sa mère et constatait que celle-ci n'écoutait pas. Les yeux clos, elle avait dans ces moments-là, une expression lasse et ennuyée qui irritait aussitôt son mari. Alors, il insistait. Il la pressait de parler, d'émettre une opinion. Mais elle s'arrangeait pour ne pas répondre ou bien répondait à côté. Elle rappelait qu'elle ne se plaisait pas à Caracas, que le Venezuela lui paraissait un pays barbare.

Ses plaintes, à la longue, avaient dû porter leurs fruits car la date de leur prochain séjour en France avait été avancée. Prévu pour fin juin, le départ allait avoir lieu dans quelques heures, le 20 avril 1962, en plein trimestre scolaire.

Roséliane en était à la fois enchantée et désolée. Elle était très attachée au Collège français où les études se faisaient en douceur, dans une pagaille que ne maîtrisaient guère les jeunes prêtres qui lui servaient de professeurs. Elle aimait aussi ce pays sans hiver où nager était une activité presque quotidienne. A la piscine, elle retrouvait ses camarades du Collège français. Le plaisir qu'elle éprouvait avec eux était égal à l'ennui qu'éprouvait sa mère auprès de leurs parents. Car sa mère détestait les longues soirées dans les ambassades où elle était tenue de paraître avec son mari. Elle y jugeait les Européens bêtes et vulgaires, elle s'était entêtée à ne jamais partager leurs parties de cartes et leurs tournois de golf. Son obstination à ne rien aimer de sa vie à Caracas, son refus de s'adapter à cette ville, son désir constant de revenir en France, tout cela choquait Roséliane. Mais elle appréciait le résultat : grâce à ce départ avancé, le séjour en

France serait plus long. Il durerait cinq mois. Puis la rentrée des classes de septembre la ramènerait, une fois encore, au Collège français de Caracas.

Ce départ, alors, n'avait plus rien de désolant. A Paris l'attendaient la famille de sa mère mais surtout Miquette, sa cousine, sa meilleure amie, à qui elle écrivait chaque semaine une longue lettre.

Et puis il y avait le *Balboa*.

Le *Balboa* était le transatlantique qui assurait les traversées entre la France et le Venezuela. Roséliane, sa mère et son frère l'avaient déjà emprunté trois fois et Roséliane espérait que l'équipage serait encore le même, celui qu'elle avait appris à connaître et à aimer.

Le chien eut un soubresaut que Roséliane interpréta comme le signe d'un affreux cauchemar. Elle se serra davantage contre lui et tout d'un coup eut envie de pleurer : il ne faisait pas partie du voyage. Cette injustice l'accablait, la submergeait, lui faisait oublier tout le reste.

Par exemple, que son père aussi restait à Caracas. Ce fut lui qui le lui rappela.

— Si j'avais droit à un dixième du chagrin que tu manifestes pour cette bête, je serais flatté.

Il se tenait debout dans l'embrasure de la porte, une cigarette allumée à la main. Il était en bras de chemise et Roséliane remarqua des auréoles de sueur. Il attendit quelques secondes et reprit.

— Tu as entendu ce que je viens de te dire ?

Parce qu'il avait élevé la voix, Roséliane eut peur. Comme elle avait peur, souvent, avec lui. Pour des raisons qu'elle ignorait mais qui, toujours, l'empêchaient de réagir. Elle savait qu'elle ferait mieux de lui répondre, de se lever, d'être conforme à ce qu'il attendait d'elle.

Son père traversa la pièce jusqu'à la fenêtre. Il actionna le store. Le bruit des lamelles d'acier qui se déroulaient couvrit un instant le bruit de la circulation.

— Cet appartement va me sembler bien vide, dit-il.

Puis désignant le chien :

— Je prendrai soin de lui.

— Merci, murmura Roséliane consciente de la pauvreté de sa réponse.

Son père haussa les épaules et fit quelques pas. Des photos de chevaux, punaisées sur le mur, attirèrent son attention.

— Je ne les avais jamais vues, dit-il.

— Elles sont là depuis un an.

Il les contempla un instant, tirant quelques bouffées de sa cigarette.

Roséliane réalisa alors que c'était la première fois que son père s'attardait aussi longtemps dans sa chambre.

Cette pensée en amena une autre : en fait, son père ne venait presque jamais dans sa chambre.

Comme s'il la devinait, il dit :

— J'ai l'impression que nous ne nous serons guère vus...

Cette phrase, prononcée à mi-voix, surprit tellement Roséliane qu'elle le regarda en oubliant d'avoir peur. Il paraissait réfléchir sans faire attention à elle.

— Je sais que tu es la seule dans cette famille à aimer les chevaux... Je t'ai vue monter, tu montes bien...

Un souvenir s'imposa à Roséliane. Un an auparavant, elle l'avait accompagné chez des amis qui vivaient dans une hacienda à l'est de Caracas. On y élevait des vaches et des chevaux et Roséliane, malgré ses douze ans, avait été admise dans le groupe des grandes personnes. Elle avait galopé pendant des heures derrière son père — ou le devançant, et il l'avait regardée tout au long de la journée avec admiration.

— La fois où... chez les Harden... bafouilla-t-elle. Mais la crainte de l'agacer, d'avoir l'air de se vanter, ou plus simplement de constater qu'il avait oublié cette journée exceptionnelle, l'empêchèrent de poursuivre. Son père, d'ailleurs, semblait plus disposé à continuer de parler tout seul qu'à l'écouter.

— En septembre, quand vous reviendrez à Caracas, quel âge auras-tu ?

— Presque quatorze ans.

— Presque quatorze ans ! Ma fille va devenir une vraie jeune fille.

Elle rougit : il avait pris un ton taquin qu'elle ne lui connaissait pas.

— Une jeune fille que j'emmènerai avec moi au Country-Club...

Il fit un pas dans sa direction et tandis qu'il se rapprochait d'elle, elle se redressa.

— Je veux que ma fille soit une excellente cavalière.

Si Roséliane avait été plus brave, elle lui aurait répondu en imitant ce ton nouveau qu'il utilisait maintenant avec elle : « Je suis une excellente cavalière. » Mais elle ne le fit pas et se contenta de hocher la tête. Ce bref acquiescement parut le satisfaire.

Il avait planté une nouvelle cigarette entre ses lèvres et l'examinait, les poings sur les hanches, comme il avait examiné auparavant les photos de chevaux.

— Ma petite enfant, c'est pourtant vrai que tu deviens une jeune fille...

Les premières notes de la *Marseillaise* résonnèrent, sifflées avec une puissance démesurée. Roséliane et son père sursautèrent, le chien se réveilla et se mit à grogner.

— Bella... Bellissima, criait une voix perçante.

— Bella... Bellissima, reprit une autre voix, plus faible, aux accents câlins.

— Ta mère et son foutu perroquet, gronda le père de Roséliane.

Il appela.

— Pauline !

La porte de la chambre s'ouvrit aussitôt mais ce fut Dimitri qui apparut, l'air effrayé. Il avait les cheveux encore mouillés et portait un costume neuf, son costume de voyage.

— Tu m'as appelé ?

— Mais non, bougre d'abruti, c'est ta mère que j'appelle !

Il avait haussé le ton et Roséliane d'instinct se recroquevilla contre son chien. Son frère se tenait immobile.

Du couloir leur parvenaient des soupirs et des paroles enamourées. Pauline faisait ses adieux au perroquet qu'elle seule avait su apprivoiser et qui lui vouait une passion exclusive et jalouse. Roséliane et Dimitri le détestaient. Avec une invariable férocité, l'oiseau ne ratait aucune occasion de leur mordre les mollets ou encore, comble de l'horreur, les oreilles. Le chien lui-même battait en retraite lorsque retentissait dans l'appartement l'horrible cri de guerre « Bella... Bellissima ». Pour l'instant le perroquet se contentait de siffler la *Marseillaise*.

Le père appela pour la seconde fois.

— Pauline !

Il y eut un silence de quelques secondes et une jeune femme, à son tour entra. Juché sur son épaule, le perroquet lui caressait le cou du bout du bec.

— Bella et moi, nous nous disons au revoir. Ça gêne quelqu'un ?

Elle était encore en robe de chambre. Roséliane remarqua ses ongles vernis, ses cheveux brillants et bien coiffés, ses lèvres soigneusement redessinées. Elle lui parut si heureuse, si belle, qu'elle resta un instant à la contempler, fascinée, incrédule.

— Qu'est-ce que vous avez tous les trois à me fixer comme ça ? Vous pensez que je ne suis pas prête ? Que je vais nous mettre en retard ? Je n'ai plus que ma robe à enfiler. Même ma trousse de toilette est bouclée...

Elle riait, insolente, très jeune. Son mari regardait ailleurs.

— Dans dix minutes nous descendrons les bagages... dit-elle.

Et elle disparut à reculons, sur un rythme imaginaire de samba. Dimitri s'apprêtait à la suivre mais son père l'arrêta.

— Et toi ? Tu es content de partir en France ?

— Oh ! oui !

Roséliane regardait défiler le paysage avec tristesse. Elle se répétait : « Je ne pars pas pour de bon, je reviens en septembre. » Mais un vague sentiment de crainte lui gâtait cette dernière heure. Ce sentiment, elle le reconnaissait. Elle l'avait éprouvé aussi bien à Caracas qu'à Paris, chaque fois qu'il lui fallait quitter une ville pour une autre. Elle lui avait donné un nom : « Le sentiment du jamais plus. » Elle aurait aimé se confier à quelqu'un mais personne, estimait-elle, ne pouvait la comprendre. A l'avant de la voiture, ses parents échangeaient à voix basse des propos inaudibles. Quant à Dimitri, assis près d'elle sur la banquette arrière, il était tendu d'impatience. Pour lui autant que pour sa sœur, il énumérait les trésors du transatlantique.

— Le passage de la ligne... Le baptême...

— Nous avons déjà été baptisés trois fois, nous avons trois diplômes...

— J'en veux un quatrième. Pas toi, Rosette ?

— Ne m'appelle pas Rosette !

Elle se détourna. Le tenace « sentiment du jamais

plus » la reprenait. Alors elle se concentra sur les immenses panneaux publicitaires accrochés aux façades des immeubles. La nuit, ils devenaient lumineux et c'est ce qu'elle aimait le plus à Caracas. Il y avait le grand monsieur Johnny Walker, si jovial, Coca-Cola, Pepsi-Cola et Seven-Up, Cinzano et les cigarettes Lucky-Strike. Et tant d'autres. Mais son panneau préféré, celui qui lui faisait battre le cœur quand elle était plus petite, représentait un ours blanc juché en équilibre sur une mappemonde. Quand elle avait su déchiffrer « La cerveza Polar, la cerveza popular », elle avait été ivre de joie : l'espagnol avait enfin cessé d'être pour elle une langue étrangère ! Mais un autre panneau, un peu plus loin, un peu plus compliqué, l'avait aussitôt débarrassée de cette douce illusion...

Un cri d'exaspération, poussé par sa mère, la fit sursauter. Roséliane devina ce qui se passait. Son père conduisait la Pontiac blanche avec brutalité, klaxonnait au moindre embouteillage. Comme le faisaient bien d'autres automobilistes.

— Manquait plus que ça... bougonna-t-il.

Un car de collégiens était tombé en panne à l'entrée du tunnel, obligeant les voitures à se rabattre sur une seule file. De nouveau il klaxonna.

— Arrête ! cria Pauline.

Il obéit et la Pontiac, comme toutes les voitures qui s'apprêtaient à prendre le tunnel, s'immobilisa.

Roséliane en profita pour ouvrir sa fenêtre et pria son frère de faire de même : un courant d'air dissiperait la fumée des cigarettes que ses parents ne cessaient d'allumer depuis qu'ils avaient quitté l'appartement.

— Pourvu que Mâtho soit là, soupira Dimitri.

— Il sera là, affirma Roséliane.

— Qui est Mâtho ? demanda leur père.

Dimitri et Roséliane, surpris par sa question, hésitaient à répondre.

— Alors, qui est Mâtho ? insistait leur père.

Comme ils ne disaient rien, Pauline se décida.

— Je crois que Mâtho est un membre de l'équipage...

— Un premier lieutenant de marine, enchaîna Roséliane.

— Son vrai nom c'est Gérard Le Roux, compléta Dimitri.

Le car de collégiens avait été poussé de côté, la circulation redevint ce qu'elle était avant la panne.

— Pourquoi l'appelez-vous Mâtho ?

Pauline avait fermé les yeux, signe que la conversation ne l'intéressait plus. D'un geste de la main, elle désigna ses deux enfants.

— C'est une de leurs idées...

— A cause de *Salammbô*, expliqua Dimitri.

— *Salammbô* ?

Dimitri serra la main de sa sœur et chuchota :

— Dis-lui toi, tu sais mieux.

Roséliane s'avança de façon à se rapprocher de son père.

— *Salammbô*, c'est un film extraordinaire que nous avons vu à Paris, au cinéma le Caméra, rue de l'Assomption, il y a trois ans. C'est l'histoire d'une prêtresse de Tanit. Elle est la fille du général carthaginois Hamilcar et elle tombe amoureuse de Mâtho. Mais ils ont des ennuis et ne peuvent s'aimer. Mâtho est merveilleux. L'acteur qui joue ce rôle s'appelle Jacques Sernas et Gérard Le Roux lui ressemble beaucoup. Voilà.

Elle reprit sa respiration et ajouta :

— Je crois que c'est adapté d'un roman de Gustave Flaubert.

Son père l'avait écoutée sans l'interrompre. Il profita d'un feu rouge pour se retourner vers elle.

— As-tu lu ce livre ?

— Non.

— C'est sûrement plus intéressant que le film !

Roséliane rougit. Elle avait reconnu cette pointe de mépris qu'il avait presque toujours lorsqu'il s'adressait à ses enfants.

— Et toi ? Tu l'as lu ?

Pauline avait parlé d'une voix particulièrement sèche.

Le feu passait au vert. La Pontiac bondit et faillit accrocher une vespa. Roséliane vit les deux mains de son père se crisper sur le volant. Elle pensa, méchante, que ces mains étaient trop grandes, trop larges, avec des veines trop apparentes.

— Ça te va bien de faire la leçon aux enfants, toi qui n'es pas fichu de lire un livre, continuait Pauline en allumant avec calme une nouvelle cigarette.

Roséliane se renfonça dans la banquette. Elle eut un rapide coup d'œil à ses parents maintenant silencieux et se tourna vers son frère. Les yeux mi-clos, la tête renversée, il rêvait. Elle l'examina alors tout à loisir. Même assis il paraissait plus grand qu'elle. Il avait poussé de plusieurs centimètres dans les derniers mois et ne semblait pas encore habitué à sa nouvelle taille. Cela donnait à l'ensemble de sa silhouette un air à la fois gracile, maladroit et un peu efféminé. Il faisait plus que ses onze ans. Il ressemblait à son père dont il avait les cheveux blonds et les yeux bleus.

Roséliane se demandait s'il était beau et finit par admettre que oui. Pour la première fois elle pensa — comme le pensait la famille de sa mère, que son frère avait « le type russe ». Car leur grand-mère paternelle était russe. Elle avait émigré en 1918, était passée par l'Autriche, la Suisse et l'Angleterre avant de se fixer finalement à Paris.

Elle parlait cinq langues et s'inscrivit à la Sorbonne. Elle y rencontra un Français de pure souche,

Alain Domanges, qui l'épousa. Ils n'eurent qu'un enfant, un fils, le père de Roséliane. Ils moururent l'un et l'autre au début de la guerre de 40, dans un accident de voiture. Parce qu'elle l'avait désiré de son vivant, elle fut enterrée avec son mari au cimetière russe de Sainte-Geneviève-des-Bois. Roséliane et Dimitri avaient un jour déposé des fleurs sur sa tombe. Ils avaient aimé ce cimetière et compris le souhait de cette grand-mère pour toujours inconnue, qui portait un drôle de prénom double, ni russe ni français : Rose-Eliane. Roséliane en avait hérité, moins le trait d'union.

Mais elle regrettait de n'avoir pas hérité aussi des cheveux blonds entrevus sur les quelques photos qui existaient encore, collées dans un album. Ses cheveux à elle étaient noirs, comme ses yeux. Et elle pensa soudain à ce que ne manquerait pas de dire Roger Tarendieu, le commissaire du *Balboa* : « Chère Pauline, comment avez-vous fait pour mettre au monde deux enfants si dissemblables ? »

Roséliane se serra contre son frère.

— Dimi...

Quand elle l'appelait ainsi, il réagissait plus vite.

— Oui ?

— « Chère Pauline, chuchota-t-elle, comment avez-vous fait... »

— « ... pour mettre au monde deux enfants si dissemblables » acheva Dimitri.

Ils rirent en même temps mais de façon retenue. Le silence qui régnait à l'avant de la voiture les avertissait que quelque chose de désagréable risquait à tout moment d'éclater.

Dimitri se concentra un instant puis, sans que ses lèvres le trahissent en bougeant, il marmonna d'une voix nasillarde et pincée.

— Cette petite Roséliane... Comme elle a grandi... Quels yeux de biche... Quelles jolies dents...

Il cherchait ses mots imitant le plus fidèlement possible le style du commissaire Roger Tarendieu. Roséliane attendait la suite, au bord du fou rire.

— Cette petite Roséliane... Oui... devient...

Il étendit un bras et lui pinça un sein.

— ... appétissante !

Roséliane le repoussa d'un coup d'épaule furieux.

— Crétin !

Puis elle se colla contre la fenêtre, lui tournant délibérément le dos. Elle se sentait humiliée et ridicule. Elle jugeait sa poitrine trop menue, encore inexistante. Rien à voir avec les seins déjà pleins, déjà ronds, de ses camarades de classe. Cela l'inquiétait. Elle craignait d'être en retard vis-à-vis des filles en général et de sa cousine Miquette en particulier. Alors elle se souvint qu'elle étrennait justement son premier soutien-gorge. Se voyait-il sous la chemisette ? Le commissaire Roger Tarendieu, le capitaine Laurent Bonvoisin et le premier lieutenant Gérard Le Roux allaient-ils le deviner ? Que penseraient-ils d'elle ? Qu'elle était « appétissante » ? Cette éventualité, tout à coup, la gêna horriblement. Elle s'en voulut d'avoir de telles idées, elle devenait aussi bête que l'ensemble des filles de son âge. Et elle ne voulait pas, surtout pas, leur ressembler. Pas encore. Elle se rappela qu'elle s'intéressait aux livres, au cinéma, aux animaux. Que plus tard elle serait un grand écrivain, un grand reporter de guerre ou une acrobate. Mais ni une amoureuse ni une mère de famille. A propos de mère, que faisait la sienne ? Et que faisait son père ?

Ses parents s'étaient mis à discuter. Et puisque les vitres de la voiture avaient été remontées, on pouvait saisir au moins des bribes de leur conversation. Roséliane se fit attentive.

— La guerre d'Algérie n'est pas terminée... Paris est dangereux pour les enfants, disait son père.

— Ne recommence pas à être ridicule, disait sa mère.

— Je me fiche d'être ridicule! cria presque son père.

Il freina brutalement : la voiture qui le précédait s'était arrêtée sans prévenir, au bord de la route, en plein virage. Il descendit, claqua la portière et se mit, en espagnol, à injurier un groupe de riches Vénézuéliens, lesquels, à leur tour quittèrent leur voiture et, à leur tour, le couvrirent d'injures. Roséliane, saisie, regardait son père gesticuler, tout seul, parmi ces inconnus. Il lui parut très grand — il dominait tout le monde d'au moins une tête, et très autoritaire. C'est d'ailleurs de cette façon qu'il explosait parfois de colère contre ses enfants : subitement, totalement, sans aucun signe avant-coureur. Après quoi il s'excusait.

— Pierre! appelait Pauline d'une voix fatiguée.

Sans un regard pour son mari aux prises avec la famille vénézuélienne, elle fixait les collines qui bordaient la route. Elle fumait. Ses mégots, cerclés de rouge, s'accumulaient dans le cendrier. Il faisait très chaud. Dimitri s'éventait avec un chapeau de paille et regardait, lui aussi, les collines. Comme sa mère, il paraissait ignorer complètement l'homme au costume gris qui s'agitait sur la route.

Roséliane aurait voulu les imiter et pourtant elle ne pouvait détacher ses yeux de son père. Il lui paraissait si seul, abandonné. Alors, sans réfléchir davantage, à son tour, elle appela :

— Papa!

Sa voix résonna à peine, voilée, dérisoire. Elle recommença.

— Papa!

Elle avait crié si fort qu'elle s'en étrangla. Elle toussa, des larmes lui montèrent aux yeux.

A l'avant, sa mère s'était bouché les oreilles.

Mais son père, sur la route, l'avait entendue. Il hurla encore quelques insultes, esquissa un bras d'honneur et revint s'asseoir au volant de la voiture. Pauline avait posé une main sur son front. Elle gémissait.

— C'est malin... Je sens la migraine qui monte... Tu m'as gâché mon départ.

Et Roséliane, brusquement, eut envie de pleurer.

La Pontiac avait été garée dans le parking du port de La Guayra. Le soleil de midi tapait très fort. Même à l'ombre le chapeau s'imposait. Des activités aussi banales que l'enregistrement des bagages et le passage de la douane, devenaient des activités épuisantes. Les gens — des Européens pour la plupart, ne supportaient pas cette chaleur, cette lumière. Certains râlaient à tout propos, d'autres tentaient de resquiller. D'autres encore attendaient plus calmement leur tour. Mais tous trouvaient le temps trop long, tous se plaignaient. Roséliane et Dimitri s'étaient mêlés à la foule. De loin, ils contemplaient le *Balboa*, d'une blancheur éblouissante. C'était le plus grand et le plus beau des bateaux amarrés dans le port.

— On est fier d'être français, non ? répétait pour la quatrième fois Dimitri.

Devant, leur père se dépensait pour leur faire gagner quelques places dans la queue. Il s'adressait tour à tour aux douaniers, aux employés du port et à ceux de la Compagnie Générale Transatlantique. Il en reconnaissait certains, les appelait par leur nom. Il passait avec une agilité vertigineuse de l'espagnol à l'anglais, de l'allemand au français. A certains porteurs, il s'adressait en portugais ou en polonais, devinant immédiatement et sans jamais se tromper, leur pays d'origine.

— Grâce à moi, tout est réglé plus tôt que prévu...
Revenu en arrière, il pressait ses enfants de dépasser discrètement une trentaine de passagers.

— Avancez, petits veaux, gronda-t-il.

Il était cramoisi, il ruisselait. Il posa une main sur la nuque de Roséliane, l'autre sur celle de Dimitri, et les entraîna. Il siffla Pauline qui s'était assise sur une caisse, à l'ombre d'une baraque de rafraîchissements. Elle vérifiait son visage dans un miroir de poche. Elle prit le temps de rectifier son rouge à lèvres et de sculpter une à une quelques mèches de cheveux.

— Si elle se fait des accroche-cœur, on n'en a pas fini, protesta Dimitri à voix basse.

Mais Pauline s'était levée et avançait vers les siens, sans se presser, ravissante dans son tailleur blanc.

— Allons-y, dit-elle gaiement.

La passerelle qui reliait le quai au transatlantique semblait n'avoir été posée que pour eux. C'est du moins ce que pensa Roséliane dans la fraction de seconde qui précéda l'instant où elle posa le pied dessus. Elle en trébucha.

— Quelle gourde ! commenta Dimitri.

Elle voulut répliquer, il ne lui en laissa pas le temps.

— Ils sont là, dit-il dans un souffle.

Le doigt tendu, il lui désignait deux silhouettes, très droites, de part et d'autre de la passerelle, à quelques mètres au-dessus d'eux : le capitaine Laurent Bonvoisin et le commissaire Roger Tarendieu. Le cœur de Roséliane battit plus vite, tandis que, poussée par ses parents, elle se rapprochait. Elle admirait leur élégance, leur maintien, cette façon unique de saluer, le buste à peine ployé. Elle vit le capitaine prendre la main de sa mère et y déposer un baiser.

— Madame Domanges, quel plaisir...

— Capitaine, commissaire, vous reconnaissez mon mari...

— Monsieur Domanges, bien sûr...

La banalité du dialogue décevait Roséliane. Mais d'autres passagers, déjà, gravissaient la passerelle, accaparaient l'attention du capitaine. Il y eut une légère bousculade. Sur le pont, un officier en uniforme blanc dirigeait les nouveaux venus vers leur cabine. Tout alla très vite.

A l'intérieur du navire régnait toujours la même odeur, un mélange de cire, de cuir et de caoutchouc avec, parfois, un parfum de femme.

— On change de monde, murmura Roséliane.

Elle était de nouveau si émue qu'elle serra la petite main moite de Dimitri. Il la laissa faire, ému lui aussi. Sa sœur avait raison : passer de l'extérieur à l'intérieur, c'était changer de monde. Le contraste était si brutal que chacun, inévitablement, mécaniquement, titubait. On commençait par cligner des yeux, tant la lumière d'ici, tamisée par des stores et des rideaux, tranchait avec celle, aveuglante, du dehors. Puis, dès que les yeux s'étaient accoutumés à cette pénombre, on passait sans même s'en apercevoir à encore un autre éclairage, artificiel, électrique.

Il avait cessé de faire chaud ; l'air conditionné était là, partout.

Pauline frissonna.

— Je vais encore m'enrhumer...

— Comme d'habitude, souligna Dimitri.

— Tu as dit quelque chose, mon chéri ?

— Je disais : quel silence !

— N'est-ce pas ?

Sans écouter, Roséliane les précédait dans des espaces qu'au fur et à mesure elle reconnaissait : couloirs, galerie marchande, hall. La salle à manger lui parut plus grande que dans son souvenir. Immense. Une armée de serveurs y préparaient déjà le dîner. En passant devant le grand salon, elle ralentit. C'était là qu'avaient lieu les concerts, les séances de cinéma, les bals. Le dimanche un prêtre catholique y célébrait la messe. Mais à cette heure-là le grand salon n'était rien d'autre qu'un grand salon avec, comme partout, des canapés, des fauteuils et des tables basses. « Demain il se transformera, pensa Roséliane, demain... »

— Cette foule...! Vivement que le bateau parte! maugréa Pauline. Roséliane surprit l'expression furieuse de sa mère, reflétée dans une porte vitrée. Pauline venait d'être bousculée par un couple. Elle se plaignait.

— Sûrement des Anglais, affirma Dimitri en feignant l'indignation.

Il fit un clin d'œil à sa sœur qui le lui rendit. L'un et l'autre savaient que Pauline détestait les Anglais. Cette particularité les amusait autant qu'elle irritait leur père. Mais il ne risquait pas de les entendre, occupé qu'il était à s'enquérir auprès d'un garçon d'étage de la cabine 342.

— Je sais très bien où elle se trouve, dit Pauline agacée.

Roséliane et Dimitri reprenaient leur souffle. Autour d'eux, beaucoup d'hommes, de femmes et d'enfants circulaient. Certains allaient faire la traversée, d'autres pas. Le *Balboa* attirait toujours, à chacune de ses escales, un lot important de visiteurs. On les reconnaissait à leur air respectueux, à leur façon, hésitante et furtive, de prendre des photos. Les vrais voyageurs, à l'inverse, affectaient des mines de propriétaires, parlaient haut et fort. Roséliane et Dimitri trouvaient ces gens-là ridicules, Pauline évitait de se lier avec eux. Avec elles serait plus juste. Car sauf quelques vieux et riches retraités, qui avaient coutume de s'offrir régulièrement des séjours en France ou en Angleterre, le gros des voyageurs était constitué de voyageuses. Elles regagnaient l'Europe, accompagnées ou non de leurs enfants, tandis que le mari restait travailler à l'étranger.

Une dame couverte de bijoux bloquait l'accès d'un couloir. Elle tenait entre ses bras un caniche nain enrubanné et terrifié. Un jeune steward essayait de la convaincre de lui confier l'animal : un chenil était installé sur le pont supérieur près des cheminées. Les animaux ne devaient pas séjourner en cabine.

Roséliane pensa à son chien qui devait errer à sa recherche dans l'appartement déserté.

— Pourquoi on ne l'a pas amené avec nous ? dit-elle.

Son père haussa les épaules. Il venait de prier la dame au caniche de libérer le passage et elle lui avait obéi. Non sans s'être auparavant présentée. Elle lui expliquait :

— Vous comprenez, monsieur, voyager seule n'est pas drôle... J'aime la compagnie...

— Mon chien, répéta Roséliane.

Une tape sur l'épaule l'empêcha de continuer. Son père la poussait dans le couloir.

— Nous nous reverrons sans doute au bar, dit encore la dame.

Roséliane vit un sourire satisfait éclairer le visage de son père.

— Quel succès ! railla Pauline.

Il cessa aussitôt de sourire.

— Cette pauvre femme va être bien déçue quand elle verra que tu ne fais pas partie du voyage...

Elle avait trouvé la cabine 342 et priait le steward de lui en ouvrir la porte.

Roséliane finissait, sans se presser, un Coca-Cola. Elle n'écoutait pas Dimitri qui lui racontait, tout excité, qu'il avait, de loin, aperçu Mâtho. Elle regardait ses parents qui marchaient sur le pont, quelques mètres devant eux. Son père avait passé un bras sous celui de sa mère. Il la conduisait lentement et elle se laissait faire. Elle semblait triste.

D'autres couples, un peu partout, déambulaient de la même façon. L'heure de la séparation approchait. Bientôt la sirène du navire préviendrait les visiteurs qu'il était temps de regagner la terre ferme. Des femmes allaient sortir des mouchoirs. Des enfants pleureraient en voyant leur père prendre, en sens inverse, la passerelle.

Roséliane savait qu'elle ne pleurerait pas. Cela faisait partie des règles qu'elle s'imposait. On ne pleure pas, ou alors seule dans sa chambre et à la nuit tombée. Elle avait hâte que la sirène retentisse, hâte qu'on en ait fini avec le pénible moment des adieux. Sa mère n'allait pas manquer de... Justement, elle appelait :

— Dimitri, Roséliane, venez dire au revoir à votre père.

Ils accoururent comme accouraient, au même instant, des dizaines d'enfants. Leur père se tenait en retrait, gauche, embarrassé. Deux plis profonds barraient son front. Roséliane pensa qu'il cherchait une phrase de circonstance, une formule bien adéquate. Elle aussi se demandait ce qu'elle allait pouvoir dire d'un peu intelligent. Dimitri attendait, placide. Il suivait des yeux le mouvement des grues sur le quai et chantonnait à voix basse. Mais il tendit sa joue le premier. Roséliane l'imita. Leur père les embrassa sans un mot.

— Vous pourriez y mettre un peu plus de tendresse, dit Pauline.

Pareillement gênés, Roséliane et son père détournèrent la tête. Dimitri faisait celui qui n'a rien entendu. Il chantonnait toujours.

— C'est votre père... Vous n'allez pas le voir pendant des mois, insistait Pauline.

Son mari eut un geste d'impatience qui signifiait « Ça suffit, tais-toi donc », puis il posa familièrement sa main sur la nuque de Roséliane. Elle aimait ce geste autoritaire. C'était une caresse, elle n'en avait jamais douté. Sa façon à lui de la caresser. Elle voulut le lui dire. Mais peut-on dire en guise d'adieu « J'aime tes doigts sur mon cou » ?

La sirène du départ les tira tous d'embarras.

— Que Dieu vous garde, dit-il avant de s'éloigner, rapide, sans se retourner.

Il demeura longtemps sur le quai, au milieu d'hommes qui comme lui agitaient les bras.

Roséliane, Dimitri et Pauline se tenaient serrés contre le bastingage. Ils étaient tous les trois vêtus de clair comme une foule de femmes et d'enfants eux aussi vêtus de clair. Roséliane imagina qu'il ne pouvait plus la distinguer des autres. Elle, elle le vit jusqu'au bout : il était si grand.

Mais sa silhouette, à son tour, disparut, noyée, confondue dans la masse. Le *Balboa* gagnait la haute mer et laissait loin derrière le port de La Guayra.

Le soir, étendue sur sa couchette, Roséliane ouvrit le petit agenda Mignon qu'on lui avait offert pour ses treize ans. A la date du 20 avril 1962, elle écrivit : « Aujourd'hui, j'ai quitté Caracas, mon chien et mon père. »

— Do, ré, mi, fa, sol... Do, ré, mi, fa, sol... deuxième service... Do, ré, mi, fa, sol...

Le steward sillonnait le territoire des premières classes en s'accompagnant d'un xylophone. Ces cinq notes de musique, toujours les mêmes, annonçaient le déjeuner.

Roséliane était assise à l'extrémité du plongeoir. Ses pieds trempaient dans l'eau verte de la piscine. Elle les remuait de temps en temps et ce manège l'absorbait entièrement. Elle sentait le soleil de midi lui brûler les épaules. Un vieux bob délavé, trop grand, lui protégeait la tête. Elle détestait le porter car il avait l'air, sur elle, d'un casque colonial. Mais Pauline avait été formelle : c'était le bob ou l'ombre de la cabine.

Les quelques personnes disséminées autour de la piscine avaient entendu l'appel du steward. Elles ramassaient serviettes-éponges et crèmes solaires, sans se presser, abruties de chaleur.

Il y avait deux services. Le premier rassemblait la plupart des passagers. Les abords de la piscine étaient alors désertés sauf par ceux qui, comme Pauline, recherchaient le calme. Le commandant, le capitaine et le premier lieutenant choisissaient aussi cette heure, la seule où ils pouvaient espérer se reposer. Car les passagers étaient des gens exigeants, à qui il fallait faire la conversation, proposer des jeux.

Roséliane savait tout cela. N'était-ce pas le capitaine Bonvoisin en personne qui, lors de la première traversée, au bord de cette même piscine lui en avait fait la confidence ? Il avait ajouté en lui désignant deux baigneuses qui l'attendaient au bar : « Les femmes surtout sont enquiquinantes. » Roséliane s'était réjouie de ce traitement de faveur : Dieu merci, elle ne faisait pas encore partie des femmes enquiquinantes. C'est qu'elle en était venue à partager les opinions de son ami le capitaine. Ces femmes, elle les avait vues rôder autour des officiers du moment qu'ils portaient l'uniforme blanc à galons. Elle les avait vues les inviter à prendre un verre, à danser, à faire une promenade. Elle les avait vus, eux, obligés d'accepter, que les femmes soient laides ou belles, vieilles ou jeunes. Seules les très jolies avaient un traitement de faveur. Elles, on les invitait au bal, on leur donnait rendez-vous au clair de lune.

Certaines nuits, Roséliane et Dimitri s'étaient amusés à espionner le premier lieutenant Gérard Le Roux. Cachés derrière un canot de sauvetage ou aplatis sous une chaise longue, ils l'avaient écouté faire sa cour. Mâtho avait des mots, des gestes, des manières qui avaient fait tourner plus d'une tête.

— Rhabillez-vous, les enfants !

Pauline avait passé une robe sur son maillot de bain et achevait de se recoiffer. Elle appela :

— Dimitri ! Roséliane !

Le steward, son xylophone en bandoulière, faisait le tour de la piscine.

— Do, ré, mi, fa, sol... Deuxième service...

Roséliane se releva de mauvaise humeur. Pourquoi Mâtho et le capitaine n'étaient-ils pas venus se baigner ? Avaient-ils changé leurs habitudes ? Etaient-ils partis se promener ?

Le *Balboa* était à l'arrêt dans le port de Trinidad. C'était la première escale d'une traversée qui allait durer douze jours. Le lendemain ce serait La Barbade, puis Fort-de-France, Pointe-à-Pitre, San Juan de Puerto Rico. Une escale par jour. Ensuite, une semaine s'écoulerait avant que l'on puisse revoir la terre. Il faudrait quitter l'été pour le printemps, les eaux chaudes pour de plus fraîches. Au bout du voyage il y avait Vigo, Plymouth, et enfin Le Havre.

Roséliane se dressa sur la pointe des pieds, les mains en visière pour se protéger du soleil. Elle cherchait à distinguer des visages connus parmi la foule qui se pressait sur le quai. Mais il y avait trop de tout : de gens, de grues, de petits bateaux accolés aux flancs du *Balboa.* Elle ne distinguait qu'un enchevêtrement de formes et de couleurs. Dès lors, comment espérer retrouver Mâtho et le capitaine Laurent Bonvoisin ?

Elle se rassit sur le plongeoir, les jambes en tailleur, déçue. Sans doute ses amis se prélassaient-ils sur une des nombreuses plages qui bordaient cette côte. Elle aurait dû y être aussi. C'est Pauline qui s'y était opposée. Dès le matin, elle avait décrété qu'un reste de migraine la tourmentait et qu'elle préférait rester à bord. Dimitri et Roséliane n'avaient guère insisté. Trinidad faisait partie des Antilles anglaises...

— La barbe, dit-elle.

— Quoi ? demanda Dimitri.

Il l'avait rejointe sur le plongeoir pour à son tour scruter les quais. La lanière de sa sandale n'était pas fixée et Pauline le rappela à l'ordre. Il s'agenouilla et poussa un long soupir destiné à attirer l'attention de sa sœur. Celle-ci l'ignora. Il en poussa un deuxième et engagea la conversation.

— Quelle chaleur ! On serait mieux à terre ! Mâtho et le capitaine y sont...

Et comme elle ne répondait toujours pas :

— Tu t'en fiches ?

— Complètement !

Il la regarda un instant, étonné.

— Depuis quand, tu t'en fiches ?

— Dimitri ! Roséliane !

Leur mère les attendait, coiffée, élégante, à quelques mètres. Elle leur désigna la piscine maintenant désertée.

— On va être les derniers, dépêchez-vous !

Ils enfilèrent rapidement leurs vêtements et s'engagèrent à sa suite sur le pont. Roséliane avait pris un air énigmatique qui insupportait Dimitri. Il la surveillait en douce, maussade.

— J'ai vu Mâtho, ce matin, finit-il par dire. Il a été adorable, il est adorable... Vraiment adorable...

Dans son enthousiasme, il prit sa sœur par le bras.

— Il n'a pas changé, tu sais. Il se souvient de nous. On le verra sûrement tout à l'heure ! Comme on va s'amuser ! Il est si beau !

— « Olives vertes, olives noires », récita Roséliane.

— « Céleri en branches », compléta Dimitri.

Leur mère, assise en face d'eux, éclata d'un rire joyeux. Tous trois venaient de s'installer autour de la table ronde qui serait la leur pendant douze jours. Ils en aimaient la nappe blanche, les couverts argentés, la vaisselle marquée aux initiales de la Compagnie Générale Transatlantique.

Le maître d'hôtel leur tendit les menus. Ils commençaient bien par « olives vertes, olives noires, céleris en branches » et leur hilarité redoubla. Pauline fronça les narines de manière à découvrir ses dents et d'une voix pointue qu'elle imaginait toute britannique, demanda :

— Qu'allez-vous manger ? Un sirloin steak grillé smitane ? Une timbale bourguignonne ?

Roséliane et Dimitri souriaient, un peu embarrassés : ils se réjouissaient de la soudaine bonne humeur de leur mère mais espéraient qu'elle ne ferait pas le clown trop longtemps.

A une table voisine, une jeune fille les observait sans chercher à dissimuler sa curiosité. Elle avait de très longs cheveux blonds qui tombaient, libres, sur ses épaules, un petit nez retroussé et une grande bouche toujours entrouverte. Elle semblait âgée d'une quinzaine d'années. En face d'elle, une femme, blonde elle aussi, parlait de façon ininterrompue, commentant sans doute le menu, comme le faisait Pauline.

— La mère et la fille ? suggéra Dimitri.

Roséliane réfléchit quelques secondes. Elle se concentra sur le visage bronzé, très maquillé de la dame. Ses cheveux blonds lui parurent être des cheveux teints. Ils n'avaient rien à voir avec ceux de la jeune fille. En fait, les deux inconnues ne se ressemblaient pas. Mais était-ce une raison ? Il y avait tant de mères qui ne ressemblaient pas à leur fille.

— Dans la lune, ma Roséliane ?

Pauline la contemplait, moqueuse et gentille.

— Tout ce qu'il y a de plus dans la lune, confirma Dimitri.

Pauline avait déjà passé la commande. Un serveur venait de déposer un petit pain à côté de chacune des assiettes. Roséliane cassa le sien en deux et mordit dedans. Sa mère l'imita.

— Merveilleux, commenta Pauline ; une bouchée de ce pain et je suis en France... Comme il était infect, ce faux pain vénézuélien... Chaque jour, je me disais : Mon Dieu ! que ce pain est infect !

Et comme ses enfants ne répondaient pas, elle répéta encore une fois, pour elle ou pour les provoquer :

— Mon Dieu ! que ce pain était infect !

Roséliane reposa le morceau qu'elle tenait en main.

Quelque chose dans l'attitude de sa mère venait de lui gâcher son plaisir. Pauline ne manquait jamais une occasion de rappeler à quel point elle détestait le Venezuela. Ses critiques, d'ordinaire, ne gênaient en rien Roséliane. Pourquoi les prenait-elle si mal ce jour-là ?

Pauline la fixait avec arrogance, Roséliane baissa les yeux. Elle se sentait tout à coup violemment liée à cette ville qu'elle venait de quitter. Elle y avait été heureuse comme elle ne pourrait jamais l'être à Paris. C'était une question d'école, de plage, de soleil. « Détails, que tout cela », aurait dit le père Rateau, son professeur de mathématiques, celui qu'elle n'aimait pas. « Détails, oui, mais détails très importants », pensa Roséliane. Miquette l'avait prévenue dans sa dernière lettre : « Tu ne te plairas pas à Paris, on ne parle que de la guerre d'Algérie, c'est la barbe. » Ces deux lignes, soulignées en rouge, n'avaient pas effrayé Roséliane. Séjourner quelques mois à Paris ne signifiait pas s'y installer. En fait, elle avait de la chance. Elle allait et venait entre deux villes, entre deux continents. L'été approchait, la guerre d'Algérie touchait à sa fin, avait-elle entendu dire. Elle sourit à sa mère et pour l'amadouer se fit complice.

— Tu as raison, le pain de Caracas est infect.

Mais déjà Pauline évoquait le programme des jours à venir. Elle tenait à rester à bord et réclamait l'accord de ses enfants. Dimitri avait pris un air boudeur.

— J'aimerais bien descendre à terre, demain, moi.

— Demain, c'est La Barbade. Pourquoi n'attendrais-tu pas après-demain ?

— Après-demain, c'est Fort-de-France ?

— Oui.

— Je voudrais me promener à La Barbade, et à Fort-de-France. C'est pas drôle d'être dans un bateau à l'arrêt.

Il beurra soigneusement un morceau de pain et répéta :

— Pas drôle du tout.

Pauline se fâcha.

— Vous êtes trop gâtés... N'importe qui vous envierait... Votre père a bien raison de me reprocher de trop vous gâter...

Roséliane s'enfonça dans son fauteuil. Elle détestait que sa mère, en s'adressant à elle ou à son frère, utilise le vous collectif. Elle avait treize ans, c'était injurieux et déplacé. Elle allait le lui expliquer mais Pauline avait porté ses mains à son front et regardait au loin, douloureuse, butée. Cette attitude signifiait qu'elle sentait la migraine venir et qu'il fallait lui épargner tout souci.

— Permettez, madame Domanges... J'ai entendu votre conversation. Je me rends à terre demain et je peux emmener avec moi Dimitri et Roséliane.

Le maître d'hôtel circulait autour de la table. Tout en servant les hors-d'œuvre, il expliqua :

— Ça ne me causera aucun dérangement. Un ami anglais vient me chercher avec son voilier. Nous naviguerons une partie de la matinée. Puis nous irons nous reposer sur une plage.

Roséliane et Dimitri s'étaient redressés. Ils connaissaient cet homme qu'ils appelaient familièrement « Monsieur André ». Ils le trouvaient sympathique parce que encore jeune.

— Je vous remercie, mais je ne sais pas si je dois accepter, dit Pauline.

— Maman !

— Oh ! maman !

Elle considéra un instant le maître d'hôtel qui attendait, souriant, et ses deux enfants qui piaffaient d'impatience.

— En voilier, dites-vous ?

— En voilier. C'est pour eux une occasion unique.

— Je ne suis jamais monté sur un voilier! cria Dimitri.

Monsieur André, d'un geste d'épaule discret, désignait la table d'à côté. Il baissa la voix.

— Mme Wauthion et sa fille feront partie du voyage... Vous n'avez rien à craindre, madame Domanges.

Pauline regarda rapidement dans la direction indiquée.

— Qui sont ces personnes ? demanda-t-elle.

— Des personnes très bien. Mme Wauthion est belge... Son mari occupe un poste important à l'ambassade. Elle accompagne sa fille en Belgique pour l'inscrire dans la faculté catholique de sciences de Louvain. Ce sont des personnes charmantes... un peu solitaires, comme vous...

Il avait accompagné sa description d'un tel sourire que la cause semblait gagnée. Mais pour Roséliane qui observait sa mère, elle ne l'était pas. L'incertitude crispait la bouche de Pauline, se manifestait jusque dans sa façon de fumer, rapide, désordonnée.

— Maman chérie, maman adorée que j'aime tant, c'est oui ? insistait Dimitri.

— C'est oui, dit enfin Pauline.

Le déjeuner s'achevait. Roséliane et Dimitri, gavés, terminaient une deuxième part de glace. Pauline buvait son café. Elle les avait écoutés se confondre en remerciements avant de remercier à son tour le maître d'hôtel. Quand Mme Wauthion et sa fille avaient quitté la salle à manger, elle n'avait pas répondu à leur vague salut. On aurait dit qu'elle ne les avait pas vues. Roséliane savait sa mère très au point dans l'art de ne pas voir et avait rendu, à sa place, un salut plus vague encore.

Elle pensait à sa journée du lendemain. Elle s'imaginait dans le voilier de l'Anglais, entre Monsieur André et les deux Belges inconnues. Allait-on bien l'accueillir ? Allait-elle leur plaire ? Ces questions contrariaient sa rêverie. La jeune fille, pensait-elle, était attirante. Elle lui enviait ses longs cheveux blonds. Les siens étaient noirs, coupés trop court. Comme ceux de sa mère, de ses tantes, de ses cousines. Une manie de famille. Elle avait bien essayé, à deux ou trois reprises, de les laisser pousser. Mais on l'en avait découragée. Cela lui allait mal, cela ne se faisait pas.

— Ravissante, cette petite Belge. Je n'en dirais pas autant de sa mère, dit soudain Pauline. Elle me paraît...

— ... vulgaire, acheva Dimitri.

Pauline rit et du bout des doigts effleura la joue de son fils.

— Mon petit garçon donne son avis sur les femmes, maintenant ?

Dimitri prit son air le plus hypocrite.

— Mon avis n'est-il pas ton avis ?

Pauline rit de nouveau.

— Je compte sur vous pour être très bien élevés avec ces Belges. Mais ne vous liez pas trop. Je n'ai aucune envie de subir la mère si vous devenez amis avec la fille...

Le commandant serra la main du pilote, un jeune Noir vêtu de clair. Ils venaient d'échanger les formules d'usage. Tous les passagers étaient remontés à bord. On entendait le vrombissement des machines et les cris des marins s'interpellant, de pont à pont, pour les manœuvres. Le pilote descendit, agile, rapide, l'échelle de corde qui le ramenait à son propre bateau d'un vert très vif. Il fit un geste de la main et les passagers du *Balboa,* massés sur les ponts supérieurs, agitèrent leurs bras. Ecrasés contre le bastingage, Pauline et ses enfants suivaient avec passion le déroulement des différentes opérations. Le remorqueur se mit en marche. Le *Balboa,* si grand, si lourd, glissa alors sur les eaux, tiré par le petit bateau vert. Qu'un si minuscule bateau — presque une barque, puisse diriger l'énorme transatlantique, avait quelque chose de magique, d'irréel. On aurait dit que le *Balboa* dépendait d'un jouet. C'était Gulliver dompté par les hommes miniatures de l'empire de Lilliput. C'était impressionnant, absurde et terriblement émouvant.

La sirène du *Balboa* retentit, étirée. Celle du petit bateau vert lui répondit. Les deux navires se disaient adieu. Le filin qui les réunissait tomba à l'eau et le *Balboa,* enfin libre, gagna la haute mer.

Les passagers, encore sous le charme du spectacle, mirent quelques minutes à se disperser. Un vent léger s'était levé apportant un peu de fraîcheur. Pauline souriait, toujours appuyée au bastingage. Elle semblait heureuse et lointaine. Roséliane l'examinait à la dérobée. Elle ne lui connaissait pas cette robe qui lui dénudait les épaules et la rajeunissait. Elle ne lui connaissait pas non plus ces boucles d'oreilles en forme d'oiseau. Sa curiosité devint si forte qu'elle demanda d'où elles lui venaient.

— Un dernier cadeau de votre père, dit paisiblement Pauline. Elles sont en or, elles valent très cher et je les trouve affreuses.

Cette déclaration choqua Roséliane. Elle s'apprêtait justement à dire combien elle trouvait ces boucles d'oreilles jolies.

— N'est-ce pas qu'elles sont affreuses? insistait Pauline.

Et comme Roséliane ne répondait pas.

— Ton pauvre papa n'a pas très bon goût.

Roséliane se détourna à demi. Elle consacra toute son attention aux mouettes qui suivaient le navire. On venait de jeter à la mer les restes du déjeuner et elles se battaient entre elles, en poussant des cris affreux.

— Ne prends pas cet air réprobateur, tu sais que je déteste ça... Et ne me fais pas dire ce que je n'ai pas dit. J'ai dit que ton père avait mauvais goût en ce qui concerne ces bijoux... Rien de plus... D'ailleurs elles me font mal.

Pauline arracha ses boucles d'oreilles et les tendit à Roséliane d'un geste impatient et furieux. Roséliane toujours regardait les mouettes.

— Je te parle, Roséliane...

— Qu'est-ce que c'est comme oiseaux ?

Dimitri prit les boucles d'oreilles dans sa main, joua un instant avec et les rendit à sa mère.

— Des hirondelles, je pense ? dit-il.

— C'est ça, des hirondelles !

Pauline éclata d'un rire nerveux.

— Et vous savez pourquoi ? Parce que les hirondelles ne font pas le printemps. Mais je vous laisse, le capitaine m'a invitée à prendre un verre... Soyez à l'heure pour le dîner.

Elle s'éloigna, très droite, très belle, riant toute seule. Son parfum resta quelques secondes suspendu dans l'air, puis s'évapora.

Le soleil baissait à l'horizon. La mer et le ciel prenaient des teintes pastel.

Roséliane grattait machinalement le bois gris, si doux au toucher, du bastingage. Dimitri, accoudé près d'elle, sifflait le refrain d'une chanson à la mode au Collège français de Caracas. Comme cela leur arrivait parfois, ils se sentaient assez proches l'un de l'autre.

— Vous connaissez les hirondelles des mers ?

Ils se retournèrent en même temps. Un garçon d'une dizaine d'années s'était glissé près d'eux. Il était roux.

De ces roux aux cheveux épais, à la peau blanche, parsemée de taches de rousseur.

— Je m'appelle Virgile Stellin. J'ai embarqué aujourd'hui et je vais au Havre. Et vous ?

Roséliane se présenta la première.

— Et moi, je suis Dimitri, son frère, dit Dimitri.

— Bien, approuva le nouveau venu, bien. Je vous disais qu'il existe des hirondelles des mers. Ce sont des oiseaux palmipèdes de la famille des mouettes.

Il allongea le bras en direction de la terre ferme qui n'était déjà plus, au loin, qu'une étroite ligne verte et brune.

— Ma maison est là-bas. Mes parents y sont toujours. Moi, je vais retrouver mes grands-parents, à Thonon... Je suis savoyard.

Une expression satisfaite envahit son visage. Il regarda sa montre.

— Sept heures ! Plus qu'une heure pour réviser mon astronomie ! Ce soir je vous montrerai les étoiles, si vous le voulez.

Et il disparut vers l'avant du bateau.

— Drôle de ouistiti, commenta Dimitri. Tu crois que c'est vrai qu'il voyage tout seul ?

— Il n'a pas dit ça. Il est peut-être accompagné d'une gouvernante...

— Et ces hirondelles palmipèdes de la famille des mouettes ? Ça existe vraiment ?

Roséliane, soudain, eut froid. C'était le contrecoup d'une journée passée en plein soleil, au bord de la piscine. Elle frissonna et serra ses bras nus sur sa poitrine.

— Un chandail... Si tu allais me chercher un chandail... murmura-t-elle d'une voix plaintive.

Dimitri eut un haut-le-corps.

— Ça va pas, non ?

— Mon petit frère chéri, s'il te plaît...

— Pas question !

— Dimi...

Le diminutif opéra un miracle. Dimitri soupira d'exaspération, haussa les épaules, mais obéit.

De nouveau Roséliane frissonna. La nuit venait et les ombres s'allongeaient sur le pont. Quelques silhouettes déambulaient, sans se presser, profitant de la fraîcheur du soir.

Et brusquement, elle le vit.

Il était accoudé à quelques mètres d'elle entre deux canots de sauvetage. Il fumait une cigarette et l'odeur du tabac brun arrivait jusqu'à Roséliane. Il était seul. Roséliane faillit l'appeler puis se ravisa. Elle se sentait saisie d'une invraisemblable timidité. Alors il jeta sa cigarette et fit un pas dans sa direction. Elle se plaqua contre le parapet, incapable de se manifester, craignant même qu'il ne la surprenne. Mais le premier lieutenant Gérard Le Roux passa devant elle sans la voir, lentement, paresseusement. Elle eut tout le temps de le dévisager. Un merveilleux sentiment de bien-être s'empara d'elle : il n'avait pas changé, c'était bien le Mâtho d'il y avait un an, d'il y avait deux ans. Elle se reprocha sa timidité : demain, elle irait le voir.

Dimitri arrivait, elle courut à sa rencontre.

Elle avait allongé ses jambes. Sa jupe blanche plissée était remontée au-dessus de ses genoux. Elle avait aussi enlevé ses chaussures et ses pieds reposaient, légèrement surélevés, sur un tas de cordages. Elle parlait sans arrêt d'une drôle de voix rauque qui contrastait avec son visage encore enfantin. Elle s'appelait Dominique.

Roséliane l'écoutait moins qu'elle ne la regardait. Elle était fascinée par les longs cheveux blonds, par les jambes grandes et musclées qu'un duvet blond, presque blanc, recouvrait.

La jeune fille surprit son regard et s'interrompit.

— Je voudrais me les raser, mais maman ne veut pas.

Roséliane rougit.

— C'est si joli comme ça... commença-t-elle.

Elle jeta sur ses propres jambes un coup d'œil désapprobateur.

— Chez moi, c'est affreux ! Des poils noirs, quelle horreur...

— On ne les voit pas trop. Quel âge as-tu ?

— Treize ans.

— Dans un an, tu seras aussi velue que moi !

Le terme « velu » horrifia Roséliane. Elle eut une grimace de dégoût qui n'échappa pas à la jeune fille.

Celle-ci leva haut les bras montrant ses aisselles et ses bracelets tintèrent un instant. Elle portait un bustier rayé jaune et noir qui la faisait ressembler à une abeille.

— Tu as vu le désastre, soupira-t-elle.

Elle rabaissa ses bras et sans attendre de réponse :

— A peine à Louvain, à peine maman repartie pour Caracas, je rase cette forêt vierge.

Elle rit et Roséliane rit aussi.

Elles avaient fait connaissance le matin même, sur le voilier. Roséliane s'était installée à califourchon à l'avant alors que Dominique était restée assise, serrée entre sa mère et Dimitri. Pas une seule fois, elles ne s'étaient adressé la parole. L'ami anglais du maître d'hôtel les avait promenés le long des côtes pendant des heures. Ensuite, ils avaient déjeuné sur une plage immense et déserte, à l'ombre des cocotiers. Roséliane était si persuadée d'ennuyer la jeune fille qu'elle alla nager toute seule. Des années d'école lui avaient enseigné qu'il fallait répondre au dédain par plus de dédain encore. Mais plus tard, après que le *Balboa* eut quitté le port de La Barbade, Dominique l'avait invitée à la suivre sur le pont supérieur. Et d'emblée elle l'avait tutoyée, et d'emblée elle lui avait parlé comme l'aurait fait une amie de toujours. Cette confiance inattendue ravissait Roséliane.

— Que penses-tu du maître d'hôtel et de son ami ? Moi je les trouve sans intérêt, dit Dominique.

La brutalité de son jugement heurta Roséliane. Elle aimait beaucoup Monsieur André et avait été sensible au charme de Peter, son ami anglais.

— ... Sans intérêt..., répéta Dominique, d'ailleurs je trouve tous les hommes sans intérêt.

De sa voix rauque et basse, elle énuméra les hommes qui fréquentaient l'ambassade de Belgique. Elle décrivit leurs manies, singea leurs comportements. C'était si précis, si drôle que Roséliane lui donna raison : ces hommes-là étaient grotesques.

— J'aime bien cet endroit, ma mère n'y vient jamais, dit Dominique.

— La mienne non plus, il y a trop de bruit.

Elles se trouvaient sur le pont supérieur, près des cheminées. Des aboiements désespérés et des miaulements déchirants se mêlaient au vrombissement des machines. Le lieu réservé aux animaux domestiques se trouvait à quelques mètres. Des chiens de bonne composition s'ébattaient dans un enclos cerné de grillages. Les autres, ceux qui avaient un caractère agressif ou qui étaient malades, étaient enfermés dans des cages. Il était interdit de les prendre en cabine mais leur propriétaire pouvait les promener sur ce pont qui leur était réservé.

Roséliane n'aimait guère cet endroit. Les cris des animaux la faisaient souffrir et lui rappelaient que son chien errait, solitaire, malheureux, dans l'appartement vide de la calle Simon Bolivar. Elle se l'imagina un instant dans une des cages du chenil et conclut que son père, pour une fois, avait raison : son chien, malgré tout, était quand même mieux à Caracas.

— Mon père est resté à Caracas, dit Dominique. Et le tien ?

— Le mien aussi.

— C'était l'homme qui était avec vous le jour du départ ?

Et comme Roséliane hochait gravement la tête :

— Je l'ai remarqué à cause de sa taille. Il est si grand...

Roséliane craignit un instant qu'elle n'en dise davantage, qu'elle le juge aussi sévèrement que les autres. Mais Dominique n'en fit rien. Elle avait ramené ses jambes près de sa poitrine et les tenait serrées entre ses bras. Le menton posé sur les genoux, elle contemplait deux femmes qui promenaient chacune un chien : l'une âgée, austère et raide, l'autre jeune, jolie et perchée sur de très hauts talons.

Dominique la désigna d'un mouvement d'épaules.

— Qu'est-ce qu'elle a l'air agitée !

Roséliane regarda à son tour, intriguée. L'inconnue avait les yeux fixés sur sa montre et tirait sur la laisse de son chien quand celui-ci, un cocker roux, s'attardait sur une odeur.

— Pauvre bête, commenta Roséliane.

A cet instant, la jeune femme parut découvrir la présence des deux amies. Elle marcha droit sur elles, résolue.

— Bonjour, dit-elle.

— Bonjour, répondirent en même temps Roséliane et Dominique.

Puis plus rien. Toutes trois se turent et la jeune femme se remit à regarder sa montre. Un parfum fleuri, légèrement vanillé, se dégageait d'elle. « L'Heure bleue », pensa Roséliane immédiatement. Elle se félicita d'avoir deviné et contempla avec intérêt les pieds de l'inconnue. Ses ongles étaient rouges. Une fine chaîne en or encerclait l'une de ses chevilles.

Il y eut un bruit mat. C'était la laisse que la jeune femme, dans un geste à la fois désordonné et autoritaire, venait de laisser tomber.

— S'il vous plaît, dit-elle précipitamment, gardez mon chien cinq minutes, le temps d'aller jusqu'au bar de la piscine et de revenir...

Elle se baissa, ramassa la laisse et la tendit à Roséliane.

— Je serai de retour dans cinq minutes... S'il vous plaît...

Elle lui mit de force la laisse entre les mains et s'éloigna en courant, titubante sur ses hauts talons, vers l'escalier en fer qui menait à l'étage inférieur. Le cocker voulait la suivre. Roséliane se leva et fit quelques pas avec lui.

— Complètement cinglée, dit Dominique.

— Oh non !

— Quoi, non ? Tu trouves normal qu'elle nous colle son cabot pour filer comme si elle avait le feu au cul ?

Roséliane rougit. Le capitaine et le commissaire disaient souvent que les femmes, à bord, avaient « le feu au cul ». Cette expression l'avait amusée, puis elle l'avait oubliée. Mais que sa nouvelle amie l'utilise était gênant, presque choquant. Elle voulut minimiser l'incident.

— Elle a un rendez-vous...

— Au bar de la piscine ?

— Ou ici, près du chenil...

— Près du chenil !

— C'est un endroit très tranquille, tu le disais toi-même.

Et comme Dominique ne paraissait pas convaincue :

— Les femmes sur ce bateau passent leur temps à avoir des rendez-vous...

Roséliane la vit si attentive, qu'elle ne put résister au plaisir de lui faire partager ses connaissances.

— Elles ne pensent qu'à flirter... Elles courent après tous les membres de l'équipage... Elles...

— Chut, la revoilà.

La jeune femme revenait en effet, pâle, essoufflée, souriante. Le chien fit un tel bond qu'il échappa à Roséliane.

— Mermoz !

Le chien s'aplatissait maintenant devant sa maîtresse. Elle s'agenouilla autant que lui permettait sa courte jupe droite et lui tapota les flancs.

— Il est beau, Mermoz, il est beau... mais il va retourner dans sa cage.

Elle se souvint de Roséliane et Dominique et rit très fort.

— Merci de l'avoir gardé. Allez, Mermoz, on rentre... Bonsoir mesdemoiselles.

Les deux amies murmurèrent un vague « bonsoir » et lui tournèrent immédiatement le dos. Elles s'accoudèrent au bastingage. A l'horizon, la mer et le ciel déjà se confondaient.

— Dans cinq minutes, on ne verra plus rien de La Barbade, dit Dominique.

— Mais on ne voit plus rien de La Barbade !

— Cette ligne, là-bas...

— Une impression fausse... Des nuages... La terre est trop loin.

Dominique eut un geste irrité. Roséliane comprit que ses connaissances l'agaçaient et se promit de moins les étaler à l'avenir. Elle fit même semblant d'avoir tort.

— Peut-être, après tout, que c'est encore La Barbade.

Des plaintes furieuses éclatèrent. Le cocker hurlait son désespoir, à nouveau enfermé avec les autres chiens. Les hauts talons claquèrent sur le pont, puis sur l'escalier de fer. Le parfum, une dernière fois, arriva jusqu'à Roséliane. « Son rendez-vous est au bord de la piscine... Elle y court... Qui cela peut-il être ? » se demandait-elle.

— Appeler son chien Mermoz, je n'ai jamais rien entendu d'aussi idiot ! dit Dominique en bâillant.

Dimitri était allongé à plat ventre sur sa couchette quand Roséliane regagna la cabine 342. Devant lui s'étalait une bande dessinée.

— *Le Fantôme espagnol,* lut Roséliane, tu n'en as pas marre, de Bob et Bobette ?

Elle était de mauvaise humeur tout à coup. Elle avait envie de voir sa mère et celle-ci n'était pas là. Un cendrier plein de mégots témoignait pourtant qu'elle avait passé une partie de sa journée enfermée dans la cabine. Mais maintenant où était-elle ? Avait-elle, elle aussi, un rendez-vous quelque part sur le bateau ? Roséliane ne l'avait pas même aperçue depuis son retour de La Barbade.

— Où est maman ? dit-elle.

— Pas la moindre idée. D'abord où étais-tu, toi ? Je t'ai cherchée !

Roséliane regarda son frère et le découvrit triste et désemparé. Il avait dû la chercher, en effet, puis, en désespoir de cause, l'attendre dans la cabine. De comprendre qu'il ne l'avait pas vue en compagnie de Dominique la réjouissait. Dominique, pour l'instant, était son secret. Ce qui lui donna un peu de compassion.

— Je prenais le frais.

— Toute seule ?

— Oui.

— Menteuse !

Il jeta à terre l'album de Bob et Bobette.

— Tu étais avec Mâtho ! dit-il d'un ton accusateur.

Roséliane ramassa l'album et commença machinalement à le feuilleter. Les dessins la captivèrent aussitôt. Elle avait beau les connaître par cœur, elle ne s'en lassait pas.

— Sur la tête de M. Lambique, sur la tête de tante Sidonie je jure que je n'étais pas avec Mâtho !

— Jure sur ta tête à toi !

La porte de la cabine s'ouvrit et Pauline entra, les bras chargés de paquets. Elle les déposa sur le lit sans les ouvrir et raconta :

— J'ai fait des folies : une jupe, des chemisiers, un cardigan en cachemire, des foulards...

Roséliane la regardait avec intérêt. Sa mère avait l'air excité d'une enfant à la veille des grandes vacances. Un air qu'elle n'avait jamais à Caracas. « Son air de Paris », pensa Roséliane. Mais Pauline soudain changea d'humeur.

— Cette idiote de femme de chambre a branché l'air conditionné... Je lui avais pourtant dit que ça me donnait la migraine...

Elle sonna, une jeune fille apparut. Elle avait la gaucherie et l'effroi d'une débutante et presque l'âge de Roséliane.

— On les prend au berceau, maintenant ? maugréa Pauline tandis que Roséliane, gênée, détournait la tête.

Il y eut quelques secondes de silence. La jeune fille attendait, les yeux baissés. Dimitri l'observait, embusqué derrière Bob et Bobette. Pauline eut un « tss, tss », puis d'une voix posée donna ses instructions : il fallait fermer l'air conditionné et ouvrir le hublot.

— Mais il est scellé par des boulons, dit la femme de chambre.

— Eh bien, vous le ferez desceller. Le garçon de cabine a l'habitude, je fais ça à chaque voyage.

Elle ouvrit son sac et en sortit un billet qu'elle tendit à la jeune fille.

— Veillez à ce que tout soit en ordre pour quand je reviendrai. Veillez-y personnellement !

Et ensuite à ses enfants :

— Lavez-vous les mains, donnez-vous un coup de peigne, nous allons dîner. Roséliane, tu es rouge comme une écrevisse, tu as attrapé un coup de soleil sur ce fichu voilier... Je n'ai jamais vu ça : une brune qui a une peau de blonde ! Est-ce que j'attrape des coups de soleil, moi ? Est-ce que j'ai des taches de rousseur ? A mon avis tu tiens ça de ton père... Quoique...

Tout en continuant à parler, elle s'enferma dans l'étroit cabinet de toilette contigu. Les bruits d'eau couvraient en partie ses paroles sans qu'elle paraisse s'en soucier.

Dimitri jeta encore une fois l'album à terre.

— Mais qu'est-ce qu'elle a ? qu'est-ce que vous avez toutes aujourd'hui ? dit-il d'un ton rageur.

Les traits de son visage s'étaient brouillés, ses lèvres ne formaient plus qu'une ligne très mince et très pâle. Roséliane s'assit à ses côtés et lui prit la main. Que son petit frère soit si subitement sur le point de pleurer lui était, sans qu'elle sache pourquoi, insupportable. Elle désigna du menton la porte toujours fermée du cabinet de toilette.

— Je ne sais pas ce qu'elle a, elle. Mais moi je n'ai rien de spécial. J'étais sur le pont aux chiens. Sans Mâtho...

— Tu jures ?

Dimitri lâcha sa main et l'examina.

— C'est vrai que tu as l'air d'une écrevisse. Il vaut mieux qu'il ne t'ait pas vue comme ça ! dit-il angélique.

Un brouhaha assourdissant régnait dans la salle à manger. Les passagers montés à La Barbade cherchaient leur table et quand ils la découvraient manifestaient à haute voix leur satisfaction. La plupart étaient anglais, le luxe « si français » du transatlantique les émerveillait.

— C'est déjà Paris ! s'exclamait une femme assise à une table proche de celle de Pauline et de ses enfants.

Son accent épouvantable, son enthousiasme, sa

façon de s'adresser à l'ensemble de ses voisins et de réclamer l'approbation de son mari, firent sourire Roséliane. Autour d'elle les serveurs souriaient aussi en prenant les commandes.

— Ceux-là auront de bons pourboires, dit Pauline entre ses dents. Et ils le savent... Oh !

Elle s'abrita précipitamment derrière le menu.

— Penchez-vous vers moi ! Cachez-moi ! dit-elle.

Ils la virent se tasser sur sa chaise et Roséliane pensa un instant qu'elle allait — comme le font parfois les très petits enfants, disparaître sous la table.

— Maman... protesta Dimitri très embarrassé.

— Sont-ils encore là ? murmura Pauline le visage toujours dissimulé par le menu.

— Qui ça ?

— Les Smith !

Roséliane et Dimitri se regardèrent sans comprendre.

— Ils sont là, oui ou non ? répéta Pauline.

N'obtenant pas de réponse, elle décala le menu de quelques centimètres de manière à observer ce qui se passait autour d'elle. Ce qu'elle vit dut la rassurer car elle se redressa sur sa chaise.

— Merci ! dit-elle l'air excédé. Je peux décidément compter sur vous.

Elle repoussa une assiette de poisson à peine entamée et alluma une cigarette

— C'est bien ma chance, les Smith à bord...

— Les Smith qui ont une hacienda près de Maracaïbo ? demanda Roséliane.

— C'est ça, les Smith de ton père.

Sa voix coupante, désagréable, révélait — plus que le choix de ses mots, un sentiment proche de la haine.

Roséliane refoula immédiatement les questions qu'elle s'apprêtait à poser. Elle ne savait pas grand-chose des Smith, si ce n'est qu'ils avaient un élevage de chevaux et qu'elle avait failli, un jour, leur rendre visite. « Ce sera pour septembre », pensa-t-elle avec optimisme.

Fixé au plafond, le ventilateur tournait lentement. Malgré l'air conditionné, il faisait chaud et les passagers se plaignaient.

— Quel soulagement de retrouver le printemps européen !

— Quel souci, vous voulez dire ! Devoir voyager avec une double garde-robe !

— Et qu'allons-nous trouver en France ? Avec cette guerre qui n'en finit pas...

— L'indépendance est pour bientôt...

C'était drôle de se laisser aller et d'écouter, sans en avoir l'air, ces bribes de conversation qui se répétaient de table en table, égales et inachevées. Il y était question de la vie mondaine à bord, de la température, et parfois — plus rarement, de ce qui se passait ailleurs dans le monde. La situation politique en France était évoquée de façon si confuse que Roséliane avait du mal à s'y retrouver. Tout ce qu'elle en savait, elle le tenait de sa mère et sa mère, estimait-elle, ne savait pas grand-chose. Pourtant Pauline, à Caracas, recevait les journaux de Paris. Mais si elle les lisait, elle se gardait de tout commentaire. « Comme si elle nous jugeait, papa et moi, indignes de discuter avec elle », pensait Roséliane.

Dans la famille de sa mère, en revanche, on discutait beaucoup. Roséliane gardait en mémoire ces repas interminables où même à la campagne, la guerre d'Algérie accaparait toutes les attentions. Comme si ses grands-parents, ses oncles et ses tantes ne pouvaient pas parler d'autre chose. Et inutile de poser des questions pour essayer de comprendre, les adultes s'apercevaient à peine de la présence d'enfants à leur table. « On compte pour du beurre », aimait à se dire Roséliane. Et elle fixait inlassablement l'immense prairie de l'autre côté de la fenêtre et les peupliers qui la bordaient. Ou certains aspects de la vieille salle à manger dont on disait qu'elle était demeurée semblable à ce qu'elle était cinquante ans auparavant. Un buste de page en cire, sur le marbre de la cheminée, fascinait spécialement Roséliane. Quelqu'un lui avait raconté qu'il représentait Jeanne d'Arc et elle l'avait cru. Comme l'avaient cru avant elle tant d'autres enfants.

— La guerre d'Algérie se termine ? demanda-t-elle soudain.

Pauline sursauta. Elle eut pour sa fille un long regard étonné et hocha la tête. Roséliane ne sachant comment interpréter cette réponse, répéta sa question. Pauline hocha encore une fois la tête.

— Sûr et certain ? s'impatienta Roséliane.

— Sûr et certain, le général de Gaulle...

Pauline s'interrompit.

— Ça t'intéresse ?

Roséliane faillit répondre que des vacances où il ne serait enfin plus question de la guerre seraient des vacances davantage à son goût. Mais elle jugea plus prudent de biaiser.

— Ça m'intéresse énormément.

— Qu'est-ce qui t'intéresse ? Les morts ? Les attentats ? Tu as peur de te trouver « en pleine guerre civile », comme dirait ton père.

Le « comme dirait ton père » portait son habituel poids d'ironie. Roséliane baissa les yeux, découragée.

— Comment je sais que la guerre va s'achever ? reprit Pauline. Eh bien, les accords d'Evian...

Roséliane s'obligea à regarder sa mère en face. Parce que celle-ci semblait décidée, pour une fois, à lui expliquer ce qu'elle ignorait, elle se devait de faire des efforts pour comprendre. Seulement elle n'arrivait pas à fixer son attention. Les bruits de vaisselle, les pales du ventilateur, quelques mots qui sonnaient plus fort que d'autres, les notes d'une flûte au loin, tout cela prenait trop d'importance et la voix de Pauline se perdait. Des bouts de phrase et des noms, toutefois, lui parvenaient : référendum du 8 avril, approbation des accords d'Evian à 90,70 %, victoire éclatante du général de Gaulle, Georges Pompidou...

— Et l'autre jour, pendant que nous quittions Caracas, Salan a été arrêté, conclut Pauline.

Un serveur passait, elle l'appela.

— Des crêpes Suzette pour les enfants, ordonna-t-elle.

Et quand il se fut éloigné :

— Vous savez qui est le général Salan ?

Roséliane surprit chez son frère un « non et je m'en fiche » ennuyé. Elle se risqua :

— Le chef de l'O.A.S. ?

Pauline prit un air admiratif.

— Vous en apprenez des choses, dans le *Journal de Spirou* !

Son ironie, une fois encore, froissa Roséliane. Monsieur André, heureusement, approchait, poussant devant lui une table roulante. Il alluma les deux feux du réchaud et entama la confection des crêpes Suzette. Pour Pauline, il raconta la journée passée sur le voilier de son ami anglais.

— Vous auriez dû voir Roséliane, à califourchon, fouettée par les vagues, un vrai loup de mer !

Roséliane écoutait ces éloges, heureuse. Elle avait aimé cette promenade. Naviguer, c'était comme monter à cheval. Elle avait éprouvé un pareil sentiment de liberté, d'invulnérabilité. Il lui avait semblé que la vie s'étendait devant elle à perte de vue et à portée de main. Il ne tenait qu'à elle d'y entrer, de se dégager pour toujours de quelque chose que pour l'instant elle ne nommait pas, mais qui la retenait en arrière. Un rien la séparait de la vie, un rien qu'elle franchirait un jour, seule ou avec l'aide de quelqu'un. Ce serait aussi facile que de se tenir à l'avant d'un voilier ou de galoper.

— La quille belge te fait des signes, l'informa Dimitri.

Et comme elle ne répondait pas :

— Je me demande ce qu'elle te veut.

Alors seulement, Roséliane comprit ce qu'il lui disait. Elle chercha son amie parmi la foule des dîneurs qui commençait à quitter la salle à manger.

— Sur ta gauche, grosse nigaude, lui souffla Dimitri.

Elle se retourna à demi. Dominique se tenait dressée sur la pointe des pieds, telle une danseuse. Elle désignait du doigt le plafond et Roséliane devina le message : Dominique lui donnait rendez-vous sur le pont supérieur.

— Finis tes crêpes, Roséliane, dit Pauline. Après nous irons voir les télex...

Les télex étaient affichés dans le grand hall. Punaisés au fur et à mesure de leur arrivée sur un panneau en liège, ils s'alignaient sans souci d'ordre. Une nouvelle en recouvrait une autre et l'actualité suivait son cours, seulement en retard de quelques heures. Un deuxième panneau, bien plus attrayant, était entièrement consacré à la vie à bord. On y annonçait les escales, la température extérieure, les films de la semaine et les horaires de tir aux pigeons. C'était celui-là que les passagers du *Balboa* consultaient toujours en premier.

— Mon Dieu, mais demain c'est Pâques ! s'exclama Pauline.

Un petit carton informait que la messe de Pâques serait célébrée le lendemain à neuf heures, dans la salle de bal. Il était à demi recouvert par un dessin rappelant qu'une tombola au profit des veuves de marins allait bientôt avoir lieu.

— Tiens oui, c'est Pâques, constata Dimitri.

Il eut pour sa mère un sourire d'ange, ce sourire dont depuis des années il connaissait le pouvoir.

— Pâques sur la mer... Ça ne compte pas... la messe n'est pas obligatoire, dit-il.

Pauline prit un air sérieux.

— Je préférerais que vous y alliez tous les deux. Que diraient vos grands-parents s'ils apprenaient que nous n'avons pas célébré Pâques... Déjà ce Vendredi saint que je n'ai pas vu passer...

— Pourquoi leur dire la vérité ?

Pauline réfléchissait sans parvenir à prendre une décision. Roséliane l'examinait à la dérobée, curieuse de la suite. Elle n'ignorait pas que la famille de sa mère, très catholique, avait des convictions. Manquer la messe du dimanche — et à plus forte raison celle de Pâques, était une faute grave, un péché. Pauline, à Paris, respectait ces exigences mais à Caracas elle s'en arrangeait autrement. Elle se contentait d'envoyer ses enfants à la messe du Collège français et d'y paraître de temps à autre à leurs côtés. Roséliane en avait conclu qu'un peu d'absentéisme ne compromettait pas le salut des âmes.

— Si vous me jurez de ne rien répéter... commença Pauline.

— On jure, s'empressa de crier Dimitri en se jetant dans ses bras.

Elle l'embrassa sur le front et le tint un instant serré contre elle.

— Tout de même, mon petit garçon chéri, nous voilà liés par un secret...

— ... pas très catholique, dit une voix d'homme.

La voix provenait du bureau contigu au panneau d'affichage.

— Commissaire, vous nous espionnez ! protesta Pauline.

Le commissaire surgit de l'ombre de son bureau.

— Ma chère madame Domanges, vous me ferez toujours rire, dit-il hilare.

Pauline se fâcha. Mais Roséliane savait que sa mère faisait semblant, qu'elle était ravie d'être ainsi malmenée. Elle faisait face, élancée, le buste rejeté en arrière. Le commissaire, de taille moyenne, s'était dressé sur ses jambes comme s'il cherchait à se grandir de quelques centimètres.

Dimitri s'était rapproché de sa sœur.

— Vise ses chaussures à talons compensés, murmura-t-il.

— Presque un nain... répondit Roséliane.

Elle examina plus attentivement le commissaire. Son visage que l'alcool et le soleil avaient coloré d'un rouge excessif lui arracha un sourire apitoyé. Mais ce qui la frappa le plus ce fut le petit nez court posé au-dessus de longues lèvres qui remuaient sans arrêt. Elle n'avait encore jamais remarqué à quel point le commissaire Roger Tarendieu ressemblait à un lapin ! Elle éclata de rire.

Le commissaire se méprit.

— Ainsi j'amuse aussi la petite Roséliane...

Et comme, prise de court, elle ne répondait pas :

— Vous devenez très jolie, Roséliane. Bientôt vous ferez des ravages !

— Ma sœur des ravages ! C'est la meilleure de l'année ! ricana Dimitri.

Il la désigna du doigt.

— Des ravages, ça !

Roséliane rougit sous ses coups de soleil.

— Arrête, Dimitri, supplia-t-elle.

Le commissaire avait abandonné Pauline et s'interposait entre le frère et la sœur. Il posa ses mains sur les épaules nues de Roséliane qui ne put retenir un tressaillement de dégoût : les mains étaient humides.

— Mon petit Dimitri, continua le commissaire, « ça » comme vous dites est une future très jolie femme. Croyez-en mon expérience.

— Laissez ma fille tranquille, commissaire, vos compliments vont lui monter à la tête. Votre maître d'hôtel déjà, pas plus tard que tout à l'heure...

Le commissaire revint auprès de Pauline et lui offrit une cigarette. Roséliane se planta devant le panneau d'affichage, le cœur battant. Elle n'avait jamais aimé le commissaire et pourtant, tout à coup... « Je serai donc belle », pensa-t-elle avec ravissement. Mais une autre pensée, contradictoire, la saisit et l'accabla. « Il me flatte, je suis sensible à la flatterie ! » C'était si décourageant qu'elle se força à se concentrer sur les télex. « Violente bagarre entre les éléments FLN et MNA et intervention des militaires à Bou-Saada », lut-elle appliquée, au hasard et sans comprendre. Puis un peu plus loin : « Inculpation de quatre membres de l'OAS qui auraient été chargés d'enlever le fils de M. Chaban-Delmas. »

Cette dernière information lui parut importante. Elle ignorait qui était ce monsieur Chaban-Delmas comme elle ignorait que les enfants, aussi, participaient à la guerre. Mais elle se rappela que quelques mois auparavant une petite fille avait été gravement blessée dans un attentat visant une personnalité politique. Elle avait retenu son prénom : Delphine, à cause de Delphine et Marinette, les deux héroïnes des *Contes du chat perché*, de Marcel Aymé. Elle s'imagina un instant enlevée. Son portrait serait à la une des journaux, son nom figurerait en bonne place, sur un télex. Le commissaire, le capitaine et Mâtho se désoleraient : « Nous l'avons bien connue. Elle serait devenue une très jolie femme... »

— Toujours rien sur la reprise des essais nucléaires, se plaignit Virgile Stellin.

Le petit garçon rencontré la veille s'était glissé à ses côtés.

— Des essais nucléaires ? répéta mollement Roséliane.

— Vous les filles, je me demande à quoi vous vous intéressez, dit-il bougon. Puis à l'intention de Dimitri :

— C'est ce qui m'intéresse le plus, les essais nucléaires. Le président Kennedy prétend que la politique américaine est hostile à la prolifération des armes nucléaires...

Dimitri prit un air attentif qui selon Roséliane ne signifiait rien. Mais Virgile Stellin s'y trompa et, encouragé, continua.

— A Genève, les Canadiens viennent de se joindre aux neutres... Tous ensemble ils veulent engager les Américains à accepter un compromis sur les essais nucléaires. C'est vraiment dommage !

Pauline mit fin à cette avalanche d'informations en proposant à ses enfants d'aller boire un jus de fruits au bord de la piscine.

— Et après nous regagnerons notre cabine, conclut-elle.

Roséliane songea à Dominique qui l'attendait sur le pont aux chiens.

— S'il te plaît, maman, j'avais dit à ma nouvelle amie que j'irais la rejoindre après le dîner...

Pauline et Dimitri la regardèrent, pareillement surpris, et Roséliane pensa soudain qu'ils se ressemblaient.

— Dominique... Dominique Wauthion, insista-t-elle.

— Ah, la petite Belge ! La blonde petite Belge !

Décidée à obtenir gain de cause, Roséliane renouvela sa demande. Pauline se taisait, hostile. Des passagers pressés, en habit de soirée, les bousculèrent, se hâtant vers la salle de bal. Les accords de jazz, retransmis par les haut-parleurs, révélaient l'impatience des musiciens. On les sentait prêts à commencer. Cette ambiance de fête électrisait Roséliane.

— Alors, c'est oui ?

Une moue sceptique tordait la bouche de Pauline.

— Tu es sûre que c'est avec la petite Belge que tu as rendez-vous ?

— Mais oui. Pourquoi ?

— Ce coureur de commissaire... Il serait capable de donner un rendez-vous galant à une gamine de treize ans... Tu me jures que tu ne vas pas le rejoindre derrière un canot de sauvetage ?

— Maman !

— C'est qu'il te regardait avec convoitise, ce vieux dégoûtant !

— Maman ! dit encore Roséliane.

Les paroles de sa mère l'atteignaient dans une partie d'elle-même qu'elle ne connaissait pas, qu'elle n'aurait pas su nommer. Elle se sentait devenir de plus en plus rouge, de plus en plus muette. Le commissaire l'attendant derrière un canot de sauvetage était une image odieuse, ridicule, horrible. Horrible, parce que précise.

Son trouble parut apaiser Pauline.

— Bon, je te crois. Vas-y, mais reviens dans une heure.

Elle prit Dimitri par le bras.

— Puisque ta sœur nous lâche, nous allons faire une promenade d'amoureux. Oooh !

Le visage décomposé, elle désignait un couple très élégant qui venait vers les panneaux d'affichage.

— Les Smith, gémit-elle, toujours les Smith ! Quelle guigne de les avoir à bord, oh quelle guigne !

— J'allais m'en aller, je pensais que tu ne viendrais plus...

Roséliane, encore essoufflée de sa course, se tenait debout devant Dominique affalée gracieusement contre un rouleau de cordage.

— Si tu crois que c'est drôle de t'attendre sur ce pont ! Avec tous ces chiens qui pissent !

Elle rit.

— Il y en a un qui a failli lever sa patte sur moi. Je ne l'avais pas vu venir... C'est au cri de sa maîtresse que j'ai compris ce qui me menaçait. Je te l'imite !

Elle se releva d'un bond et d'une voix stridente, appela :

— Biiiiiichon !

Un petit fox-terrier jaillit de l'ombre et se jeta dans ses jambes. Elle le repoussa d'un coup de pied.

— Oh ! dit Roséliane scandalisée.

Nullement découragé le petit fox se dressa sur ses pattes arrière, haletant, prêt à jouer. Roséliane se pencha vers lui et lui gratta la tête. Le chien se mit à haleter de plus belle.

— Comme il est mignon, il fait le beau !

Dominique s'écarta.

— Viens, dit-elle, je n'ai pas envie de passer la soirée avec ce zinneke !

— Ce zi... quoi ?

— Ce clébard ! C'est assommant que tu ne comprennes rien à ce point-là.

Elle tendit à Roséliane une main ouverte. Son geste autoritaire n'admettait aucun retard. Roséliane laissa le chien et abandonna sa main à Dominique. Cinq doigts fermes et durs se refermèrent sur ses doigts et alors elle pensa à son père. Lorsqu'elle était une petite enfant, il l'entraînait de la même façon que Dominique. L'un comme l'autre paraissaient résolus à ignorer si elle désirait ou non les suivre. « Je suis une prisonnière », se dit-elle en se faisant plus lourde.

— Mais qu'est-ce qui t'arrive ? s'énervait Dominique.

Roséliane rougit, bénissant l'obscurité protectrice dans laquelle elles se trouvaient encore. Mais elles atteignaient l'escalier de fer qui reliait le pont supérieur au pont promenade, plus éclairé et plus passant. Roséliane voulut retirer sa main de celle de Dominique, mais celle-ci ne le lui permit pas.

Elles prirent l'escalier, le fox-terrier toujours sur leurs talons.

— Il n'a pas le droit de quitter le pont aux chiens, objecta Roséliane. Où est sa maîtresse ?

— On s'en fiche du zinneke et de sa maîtresse !

— Mais il nous suit !

— Qu'il nous suive !

Un haut-parleur lointain diffusait le *Beau Danube bleu*. Dominique lâcha son amie et sur le pont désert commença à valser. Elle tourna, lentement d'abord puis de plus en plus vite, si bien que Roséliane par instants la perdait de vue. Elle apparaissait, brièvement éclairée par les rares lampadaires puis s'évanouissait avalée par l'obscurité. A la fin de la valse elle s'affala dans une chaise longue. Les yeux fermés elle chantonnait à voix basse les dernières mesures du *Beau Danube bleu*. Ses cheveux défaits lui donnaient l'air d'une noyée.

Le haut-parleur eut quelques grésillements.

— Ils se préparent, murmura Dominique. Pourvu, oh ! pourvu qu'ils en jouent encore une...

Les premières notes de musique trop faibles la firent hésiter.

— Si, c'est une valse !

Il émanait d'elle une telle joie, un tel sentiment de triomphe, que Roséliane l'envia. C'était comme si les musiciens de l'orchestre étaient à son service particulier, c'était comme si le navire entier voulait lui faire plaisir. Il ne manquait plus qu'un bel officier pour l'inviter à danser.

Une voix étrange, mi-féminine, mi-masculine, résonna sur le pont.

— Si Mademoiselle veut bien m'accorder cette valse...

Roséliane sursauta. Dominique s'inclinait devant elle. Si bas que ses longs cheveux balayaient le sol.

— Alors, tu me l'accordes ? reprit Dominique de sa voix normale.

Roséliane se renfonça davantage dans la chaise longue. Dominique tapa du pied.

— Allez...

— Je ne sais pas !

— Je sais pour deux !

— Si on me voit...

— Personne ne te verra !

Roséliane déplia la couverture qui se trouvait sur la chaise longue et s'en enveloppa.

— Non, non, je t'assure, j'aime mieux te regarder. Et puis il fait froid.

Dominique arracha la couverture.

— Viens, insista-t-elle. Tu verras comme ça réchauffe.

Autour d'elle le pont était désert. Roséliane se décida. Dominique la prit par la taille et l'entraîna.

— C'est très facile... Un, deux, trois. Un, deux, trois... Il faut faire un carré...

D'une main experte, elle guidait son amie. Roséliane suivait et s'en émerveillait. « Je valse », pensait-elle en tournant de plus en plus vite. Mais le fox-terrier qui jusque-là s'était tenu sagement assis sous l'escalier se déchaîna contre elles, aboyant, essayant de saisir au passage une cheville, un pan de robe.

— Biiiiiichon !

Une femme accourait du pont supérieur. Elle se prit

les pieds dans l'escalier et une silhouette d'homme s'empressa de lui venir en aide. Roséliane et Dominique voulurent s'arrêter de danser ; leur élan était tel qu'elles perdirent l'équilibre. Toujours enlacées elles se heurtèrent au parapet, rebondirent contre le tas de cordage et enfin roulèrent, séparées, sur le sol. Leur chute n'avait pas fait le moindre bruit.

— Vous êtes blessées ?

Roséliane, encore un peu ahurie, se redressa sur ses coudes. Penché sur elle, mi-inquiet, mi-amusé, le premier lieutenant Gérard Le Roux guettait ses réactions. Plus loin, une femme courait à la poursuite du fox-terrier. Ses hauts talons, ses mouvements désordonnés et ses balbutiements lui donnaient l'apparence d'une femme saoûle. Quant à Dominique, elle gisait à plat ventre, les épaules secouées par un interminable et silencieux fou rire. Roséliane vit la lune, les étoiles et le visage de Gérard Le Roux qui se rapprochait du sien. L'orchestre attaqua les premières mesures d'une chanson à la mode dont elle se rappelait le titre : *Retiens la nuit*. Elle éclata de rire. Le premier lieutenant l'imita. La femme cessa aussitôt d'appeler son chien.

— Gérard ? dit-elle.

Elle avait prononcé « Zérard ». Roséliane se demanda si c'était un zézaiement accidentel ou le signe que cette dame parfumée, parée comme un arbre de Noël et — ce qui se devinait malgré l'obscurité, plus très jeune, était une étrangère. En tout cas, quelle que fût sa nationalité, Gérard Le Roux semblait déterminé à l'ignorer. Il avait cessé de rire et tendait galamment son bras à Roséliane. Comme elle tardait à bouger, il feignit de se vexer.

— Allons bon ! Vous ne me reconnaissez pas ? Je suis Mâtho, votre vieil ami Mâtho...

Roséliane s'accrocha à son bras. Quand elle fut debout, il lui prit la main et y déposa un baiser.

— Ai-je donc tellement vieilli en un an ? dit-il avec coquetterie.

Roséliane faillit crier « oh non ! » mais se retint. Coquette à son tour, elle minauda :

— Il fait si sombre... Comment savoir ?

— Cruelle enfant !

Il retira sa main et avisa Dominique qui ne riait plus mais qui observait la scène, toujours à plat ventre, les jambes repliées en hélice.

— Besoin d'aide, vous là-bas ?

— Non.

Elle se releva à son tour, le toisa quelques secondes et délibérément lui tourna le dos. La lune et les étoiles parurent dès lors l'absorber tout entière. Seuls ses pieds battaient la mesure.

— Gérard ? appela pour la seconde fois la dame.

« Tiens, elle ne zézaie plus. C'était donc l'émotion », pensa Roséliane en se trouvant très fine. Elle détourna les yeux de la femme qui s'avançait vers elle, d'un pas redevenu ferme, son fox-terrier sous le bras.

— Je vous en prie, prenez Bichon.

Elle déposa le chien dans les bras du premier lieutenant et sourit à Roséliane.

— La nuit est délicieuse, n'est-ce pas ? Vous venez, Gérard ?

Gérard Le Roux, le chien serré contre sa poitrine, fit à Roséliane le respectueux salut des officiers.

— Excusez-moi, le devoir m'appelle, dit-il d'une voix mondaine.

Et tout de suite après :

— Demain à la piscine ? D'accord ?

— D'accord, s'entendit répondre Roséliane.

Elle demeura sur place, sans bouger, à le regarder s'éloigner. La femme l'avait pris par le bras et lui disait quelque chose à l'oreille. Ils disparurent presque immédiatement.

Dans la lointaine salle de bal, un chanteur s'était

joint à l'orchestre. Il chantait « *Brigitte Bardot... Bardot... Brigitte, fait chaud... fait chaud...* »

— Quelle chanson idiote, commenta Dominique. Qui c'est ce « Zérard » ?

— Une vague connaissance, mentit Roséliane.

Le *Balboa* était à quai dans le port de Fort-de-France. Mais l'heure du départ approchait. La plupart de ses passagers, partis dès le matin en excursion, achevaient de remonter à bord. Ils y croisaient les visiteurs retardataires qu'un premier signal d'alarme avait affolés et qui couraient vers les passerelles d'embarquement.

— Qu'ils décampent ! dit Roséliane avec hargne. Elle négligea le commentaire approbateur de Dimitri et soupira :

— Cette journée n'en finit pas !

— A qui la faute ? riposta Dimitri.

— Comment ça « à qui la faute » ?

— Qui c'est qui s'est ligué avec maman pour ne pas descendre à terre ?

Roséliane essaya un sourire qu'elle espérait conciliant tout en sachant très bien que son frère avait raison : c'était dans l'espoir de rencontrer Mâtho qu'elle avait feint d'être fatiguée. Pauline avait fait semblant d'y croire et Dimitri s'était rebellé. Il avait dénoncé « la honteuse alliance des filles ». D'insolent, il devint injurieux. Pauline en profita. Son fils se conduisait mal avec elle ? Il resterait à bord. Puni. Roséliane avait laissé la situation s'envenimer sans rien tenter. Tout se mettait en place pour que son rendez-vous ait lieu. Puis elle s'était rendue à la piscine. Où elle se trouvait encore plusieurs heures après.

Il y faisait une chaleur épouvantable, une chaleur d'orage. Les quelques passagers qui n'étaient pas descendus à terre y étaient venus dans l'espoir d'y trouver un peu de fraîcheur. Mais la lumière était trop crue et la température trop élevée. Ils étaient repartis alors plus accablés qu'auparavant vers le ventre du navire, sa pénombre, son air conditionné. Même Pauline dont la résistance était légendaire avait regagné sa cabine. Il ne restait plus autour de la piscine qu'une mère accompagnée de deux jeunes enfants et un homme d'une cinquantaine d'années endormi dans une chaise longue. Il ressemblait à un personnage de dessin animé : Mister Magoo. Roséliane le fit remarquer à Dimitri.

— Je me fiche de Mister Magoo ! Tout le monde est allé se promener ! Même ta chère Dominique !

— La barbe, cria Roséliane.

L'humeur de Dimitri déteignait sur la sienne. Elle avait attendu une matinée et un demi-après-midi quelqu'un qui n'était pas venu. « Mais qui peut encore venir », pensa-t-elle aussitôt, en reprenant patience.

— Pourquoi tu ne voulais pas aller sur la Montagne Pelée ? continuait Dimitri.

— Parce qu'il fait trop chaud.

— Trop chaud sur le volcan ? Mais il est éteint, pauvre tarte !

Le « pauvre tarte » résonna méchamment aux oreilles de Roséliane, d'un coup complètement démoralisée. C'était comme si Dimitri était au courant du rendez-vous, comme s'il connaissait mieux qu'elle les intentions de Mâtho. Roséliane décida de le fuir. Elle se débarrassa du bob et de la longue chemise qui protégeait son corps des coups de soleil et avança raide, tendue, sur le plongeoir. Elle se concentra, prit son élan et sauta, la tête baissée, les bras tendus en avant. « Très réussi, ce plongeon », pensa-t-elle en émergeant. Mais Dimitri impitoyable, les mains en porte-voix, criait.

— Nul ! Nul ! Nul !

Elle nagea droit sur lui. Il était posé en équilibre sur le bord de la piscine, une jambe dans l'eau, l'autre ramenée sous le menton.

— Ça ne sait même pas plonger et ça se permet de donner son avis ? hurla Roséliane.

— Plonger ne m'intéresse pas, répondit Dimitri avec dignité.

Du plat de la main, elle lui envoya une giclée d'eau. Il répliqua par un coup de pied qui la rata de peu mais faillit bien le faire basculer, lui, dans la piscine. Roséliane jubilait.

— Même pas fichu de se tenir debout !

— Sale... !

L'injure se perdit dans les sirènes du départ. On remontait les passerelles d'embarquement. Ceux qui restaient se massaient sur les quais, derrière les barrières de protection. Ceux qui partaient se pressaient sur les ponts. De derniers adieux s'échangeaient qui dureraient le temps des manœuvres. Le *Balboa,* tiré par un remorqueur, quitterait ensuite la baie de Fort-de-France et chacun s'en retournerait chez soi. La nuit viendrait, et avec elle la fraîcheur.

— Tu crois qu'il y aura un orage ? demanda Dimitri, changeant et d'humeur et de sujet.

— J'aimerais bien...

— Moi aussi... Avec une tempête, si possible !

— Ouais.

Ils se turent, rêveurs. Roséliane faisait la planche. Quelques petits mouvements de jambes la maintenaient à la surface de l'eau. Elle avait fermé les yeux. Dimitri remuait les pieds au rythme d'une chanson que lui seul entendait. La dame et ses petits enfants s'en étaient allés. Quant à Mister Magoo, ranimé par le vacarme du départ, il avait quitté sa chaise longue pour s'installer au bar, jusqu'alors fermé, et que le steward venait juste d'ouvrir.

— Roséliane, sors de l'eau, tu t'es assez baignée pour aujourd'hui !

Roséliane ouvrit les yeux. Sa mère l'appelait du pont supérieur, au-dessus d'elle. Deux hommes en uniforme blanc l'encadraient : le premier lieutenant Gérard Le Roux et le capitaine Laurent Bonvoisin.

— Sors illico ! cria encore Pauline avant de disparaître avec les deux hommes.

Roséliane s'empressa d'obéir. Elle s'enveloppa dans l'immense serviette-éponge blanche sur laquelle on lisait, écrit en lettres rouges : COUNTRY-CLUB CARACAS. Sans qu'elle sache si c'était d'impatience ou de froid, elle se mit à trembler. Pauline justement arrivait suivie du capitaine et du premier lieutenant.

— Qu'est-ce que je disais, elle claque des dents !

— Mais non, protesta faiblement Roséliane avec un sourire qui se voulait poli. Les deux hommes la fixaient, de très bonne humeur. Ils firent semblant de se concerter.

— Serait-elle devenue un poisson ? demanda le capitaine Laurent Bonvoisin.

— Une sirène ? corrigea le premier lieutenant Gérard Le Roux.

— Une sirène ? Un rouget ! ricana Dimitri ; et comme sa sœur effectivement devenait écarlate :

— Un rouget ! Un rouget !

— Suffit, protesta Pauline, vos glapissements me donnent mal à la tête !

Le capitaine lui prit la main et la porta à ses lèvres.

— Pas de migraine aujourd'hui, chère Pauline. Rappelez-vous que vous dînez à ma table ce soir.

Roséliane la tête à demi baissée observait sa mère. Elle s'étonnait de voir sa main dans les mains du capitaine, elle s'étonnait de sa moue d'enfant boudeuse. Pauline faisait « tsss, tsss » comme si répondre la fatiguait. Mais elle surprit le regard de sa fille et posément retira sa main. Roséliane ne frissonnait plus.

— Je vous offre un drink ? proposa le capitaine.

— Un Coca ! brailla Dimitri.

— Dimitri ! Cette invitation ne te concerne pas, dit Pauline.

Elle sortit un miroir et un peigne de son sac.

— Coiffe-toi, ordonna-t-elle à sa fille.

Roséliane fit la grimace.

— Coiffe-toi ou je m'en charge !

Roséliane aurait aimé refuser mais les deux hommes l'intimidaient. Elle prit le miroir et le peigne et esquissa quelques gestes. Encore une manie de sa mère, une manie qu'elle détestait. Pour Pauline, tous cheveux mouillés se devaient d'être coiffés. Les raies étaient tracées à gauche ou à droite selon les époques, les franges toujours lissées. Si bien que d'année en année, Roséliane sur les photos de fin de vacances présentait le même visage de petite chinoise butée. La suite des événements était prévisible.

— Regroupez-vous tous les quatre contre le bar, je vais faire une photo, commandait Pauline en réglant l'appareil qu'elle portait souvent en bandoulière.

Le capitaine Bonvoisin s'installa sur un des tabourets, un bras posé sur les épaules de Dimitri. Gérard Le Roux se joignit à eux et prit une pose martiale, le torse bombé, le menton en avant.

Roséliane regardait le tableau, perplexe. Où allait-elle se mettre ? Elle arrangea sa serviette de manière à lui donner l'apparence d'un paréo et se décida. Jamais encore une photo ne les avait réunis Mâtho et elle. Elle se glissa à la droite du premier lieutenant contre qui, légère, elle s'appuya. Elle crut qu'il allait la toucher, lui passer le bras autour de la taille, mais il se contenta de la regarder et de sourire, de ce sourire qui le rendait si beau, le sourire de l'acteur de cinéma Jacques Sernas.

Roséliane imaginait la photo. Une photo qui ne la quitterait pas de l'été, qu'elle garderait dans son portefeuille et qu'elle lui montrerait peut-être, au mois de septembre, quand ils se retrouveraient. A Miquette, elle dirait en désignant la silhouette blanche debout contre le bar : « Mâtho, c'est lui. »

— Merci, dit Pauline en rangeant l'appareil dans l'étui en cuir. Elle s'avança joyeuse vers le groupe encore figé.

— Je vais assister à la fin des manœuvres. Qui m'accompagne ?

Un silence embarrassé lui répondit. Le capitaine lui montra les alentours de la piscine.

— Je préférerais profiter de l'absence des passagers pour me baigner, dit-il. Vous savez comme ils sont... A peine serons-nous en pleine mer qu'ils reviendront me voir avec leurs récits d'excursion, leurs petits problèmes...

Il se tourna vers Gérard Le Roux comme pour le prendre à témoin.

— Ces vingt minutes de tranquillité nous sont tellement précieuses, n'est-ce pas ?

Gérard Le Roux eut un rire modeste.

— Oh moi, je n'ai aucune responsabilité... Je passe tout à fait inaperçu, tandis que vous...

Sa phrase resta en suspens et Roséliane crut discerner chez lui quelque chose qui ressemblait à de la gêne. Une femme que personne encore n'avait remarquée se tenait à quelques mètres d'eux, près de la grande porte vitrée menant à l'intérieur. Elle était vêtue d'une éblouissante robe rouge et tenait une serviette de bain roulée contre sa poitrine. « Un vrai coquelicot », pensa Roséliane en reconnaissant celle qui, la veille au soir, accompagnait Gérard Le Roux.

— Hum ! vous ne passez pas si inaperçu que ça... railla Laurent Bonvoisin qui souriait déjà en direction de la nouvelle venue. Mais pour Pauline, il ajouta :

— Qu'est-ce que je vous disais ? On ne peut pas être tranquille.

— Puisque c'est comme ça, nous irons sans vous assister aux manœuvres, décréta Pauline.

Elle secoua l'épaule de Roséliane.

— Habille-toi et viens.

— Heu... protesta Roséliane qui, ne sachant quoi objecter, se tut. Elle aurait voulu affirmer son désir de rester un moment encore à la piscine. Mais ni Gérard Le Roux ni Laurent Bonvoisin ne semblaient souhaiter sa présence. Le premier était allé à la rencontre de la femme en rouge. Quant au second, il avait pris Pauline par le bras et lui murmurait quelque chose que Roséliane, trop éloignée, ne pouvait comprendre. Elle voyait sa mère faire « non, non » de la tête.

Dimitri la tira par le bras, impatient, excité.

— Viens, Rosette, sinon on ne verra plus rien de la Montagne Pelée.

— Ne m'appelle pas Rosette !

— Viens quand même...

Pauline les rejoignit alors qu'ils atteignaient le pont supérieur. Elle était rouge et essoufflée.

— Vous auriez pu m'attendre, dit-elle, furieuse.

Un quart d'heure après, ils refaisaient tous les trois le chemin en sens inverse. Pauline, calmée, évoquait avec enthousiasme le spectacle auquel ils venaient d'assister.

— Un départ magnifique !

— Féerique ! ajouta Dimitri pour se moquer d'elle (féerique était un de ses adjectifs préférés).

Roséliane les suivait traînant un peu.

— Où allons-nous ? demanda-t-elle maussade.

— Au bar de la piscine, répondit sa mère. Le capitaine nous a promis un drink, vous vous souvenez ?

— Chouette ! cria Dimitri.

Roséliane se retint de dire ce qu'elle avait sur le cœur : elle en avait assez de cette piscine, elle y avait passé la journée, elle s'y était ennuyée, elle y avait cuit. Mâtho ne s'intéressait plus à elle ? Aucune importance, elle ne s'intéresserait plus à lui, voilà tout. Il suffisait de se concentrer sur quelqu'un d'autre. Sur Dominique Wauthion, par exemple, bien plus captivante, bien plus sympathique.

— Tu boudes ? lui demanda sa mère.

— Pas du tout, mentit Roséliane.

Elle respira très fort, plusieurs fois de suite, comme le faisaient au cinéma les héros et les héroïnes en difficulté. Et comme eux elle se sentit mieux, apaisée, de nouveau pleine de courage.

La chaleur maintenant était supportable. Le soleil déclinait. L'odeur de la brise marine devenait plus forte à mesure que le transatlantique s'éloignait. Mais Roséliane distinguait encore, toute différente, l'odeur de la brise de terre. Ces deux odeurs mêlées la ravissaient. Elle savait qu'elle respirait là quelque chose de rare qui résumerait plus tard pour elle les Antilles. Qu'elles soient françaises ou anglaises, n'en déplaise à Pauline.

— Trop de monde pour moi, se plaignit Pauline en voyant que des passagers, en fait très peu, se baignaient encore. Elle allà droit au bar, commanda un Coca-Cola. Puis elle sortit de son sac cinq ou six cartes postales qui représentaient toutes le *Balboa.*

Roséliane et Dimitri s'installèrent aussi au bar sur de hauts tabourets. Ils étaient ainsi en mesure de suivre, comme les arbitres d'un match de tennis, ce qui se passait autour de la piscine.

— Tu la connais, celle qui est avec Mâtho ? demanda Dimitri.

— Je l'ai croisée hier. Elle a un fox-terrier qui s'appelle Bichon...

Roséliane raconta en partie sa soirée de la veille. Elle craignait les moqueries de son frère, bien sûr, mais pas seulement. A observer Gérard Le Roux, étendu maintenant en maillot sur sa serviette-éponge, elle en était venue à douter de l'existence de son rendez-vous. Il était évident que Mâtho flirtait avec la femme en bikini rouge, du même rouge que la robe. Elle se collait contre lui. Plus tôt dans la journée, elle n'aurait pas manqué de lui enduire le corps d'une huile solaire protectrice. Avec cette mine de propriétaire qu'elle avait quand elle lui allumait sa cigarette. Et si Mâtho se laissait faire, c'est qu'elle avait des droits sur lui. Et si elle avait des droits sur lui, c'est qu'elle était plus qu'un simple flirt. Une amoureuse ? Une amante ? Une fiancée ?

— Ecœurant ! commenta Dimitri fort à propos.

— Tout à fait écœurant, approuva Roséliane.

Dimitri se prétendait très exigeant sur les conquêtes de son ami Mâtho. En fait, pas plus que Roséliane, il ne supportait que Mâtho aimât ailleurs. Mâtho jadis avait partagé leurs jeux, ce que n'avaient fait ni le capitaine, ni le commandant, ni le commissaire. Le frère et la sœur se reconnaissaient tacitement « un droit d'ancienneté » sur celles qu'ils appelaient entre eux « les chéries de passage ».

— Elle n'est même pas jolie, celle-là ! continuait Dimitri. Elle est vieille... Au moins trente ans.

— Trente-cinq, renchérit Roséliane avec aplomb.

— Mais non... Ecoute un peu...

Dimitri baissa la voix pour ne pas être entendu de

Pauline et de Mister Magoo accoudé au bar à un mètre d'eux. Il chuchota.

— Maman a trente-huit ans. Cette gonzesse est bien plus jeune, c'est évident...

— Pourquoi c'est évident ?

— Tu imagines maman flirter ? A son âge ? Non, non, cette gonzesse n'a pas plus de trente ans.

— Mâtho lui aussi a trente ans, dit Roséliane soudain rêveuse.

Elle cessa d'écouter son frère qui détaillait sans vergogne l'anatomie de la femme au bikini rouge. Elle songeait. Mâtho avait trente ans. Dix-sept ans de plus qu'elle. Quand elle en aurait quinze, il en aurait trente-deux. Quand elle en aurait vingt il en aurait trente-sept. Quand il atteindrait l'âge de son père, elle serait elle-même âgée de...

— Ouille !

Dimitri venait de la pincer.

— Ce qui la sauve, dit-il, c'est ses gros lolos.

Il mima sur son torse les seins de la femme. Elle s'était levée et encourageait Mâtho à « se tremper encore une fois ». Roséliane regarda sans plaisir les seins bronzés qui débordaient de l'étroite bande de tissu rouge.

— Je trouve ça affreux, dit-elle.

— Tu n'y connais rien...

Dimitri eut un regard apitoyé pour les petits seins de sa sœur, invisibles sous la serviette-éponge.

— ... Et tu n'as rien !

— Crétin !

Roséliane fit semblant de s'intéresser aux bouteilles d'alcool, nombreuses et colorées, qui s'alignaient au-dessus du bar. Dimitri pour l'agacer chantonnait. Pauline écrivait une carte postale, à un coin du comptoir. Un grand miroir reflétait l'ensemble. Roséliane s'y vit, maussade, les cheveux en désordre, le nez et les pommettes trop rouges malgré le port du bob.

Elle se trouva vilaine. « Mon vilain petit canard noiraud », disait parfois son père. Elle le soupçonnait de n'en pas penser un mot mais le doute, malgré tout, s'infiltrait. Et aujourd'hui, dans le miroir, elle était un « très vilain canard noiraud ».

Le miroir reflétait aussi Mâtho, prêt à plonger. Il bondissait de plus en plus haut et de justesse, gracieusement, se rétablissait sur la planche. Sa compagne debout applaudissait. Le capitaine l'avait rejointe et mêlait ses encouragements aux siens. Ils riaient. Et Mâtho continuait à sauter, retardant son plaisir, organisant le suspense. Enfin il plongea.

— Quel cirque ! grogna Dimitri.

Il se tourna vers sa sœur. Elle lui apparut anormalement sombre et butée avec quelque chose de fragile qu'il ne lui avait jamais vu et qui fit que pour la première fois il la trouva jolie. Bien entendu, il ne lui en dit pas un mot. Mais il se composa un air approbateur.

— Remarque, il a du goût, Mâtho ! Les lolos de sa fiancée sont...

— Zut ! dit Roséliane.

Puis très sérieusement.

— O.S. !

— Pas O.S. du tout.

— Tout ce qu'il y a de plus O.S. !

O.S., dans leur jargon, était l'abréviation d'obsédé sexuel, terme dont ils n'étaient pas certains de bien comprendre le sens, mais qui leur plaisait énormément. Pour eux, toute personne n'était pas a priori un O.S. ; leur mère, par exemple, ou les prêtres du Collège français ne l'étaient pas. Mais chacun pouvait le devenir selon les circonstances. Traiter quelqu'un de O.S., se traiter de O.S., avait le pouvoir de les faire rire. Pas aujourd'hui. Roséliane en était à se dire que tous ceux qui s'agitaient autour de cette piscine étaient des O.S. ou pire encore. Dimitri s'emporta.

— Fichue journée, journée foutue. D'abord on me prive de la Montagne Pelée...

— J'en ai marre de la Montagne Pelée ! cria Roséliane en donnant un violent coup de pied dans le bar. Le steward sursauta d'effroi. Mais ni le premier lieutenant, ni le capitaine, ni la femme qui les accompagnait ne se retournèrent. Ils faisaient la course, hurlaient comme une meute d'enfants lâchés en récréation après quatre heures de cours.

— Vous avez tort, mademoiselle, de mépriser la Montagne Pelée...

Roséliane pivota vers l'homme qui venait de parler, celui qui ressemblait tant au Mister Magoo des dessins animés. Il fumait un gros cigare et faisait des ronds avec la fumée.

— La Montagne Pelée, quelle tragédie ! ajouta-t-il.

— Ça pour une tragédie, c'est une belle tragédie, admit Dimitri.

L'inconnu se rapprocha.

— Et un seul survivant, un prisonnier ! Et si effroyablement brûlé qu'il s'exhiba toute sa vie dans des cirques ! Il est mort au début des années cinquante...

Dimitri et l'inconnu observèrent une longue minute de silence comme l'auraient fait deux membres d'une même famille en évoquant la disparition d'un des leurs.

Roséliane regardait Gérard Le Roux et sa compagne qui étaient maintenant sortis de la piscine. Lui était toujours en maillot de bain, mais elle, par contre, s'était séchée et changée. Elle portait la robe rouge dans laquelle elle était apparue. Ils fumaient, affalés dans des fauteuils club en toile en se tenant par la main.

— On vous ennuie ? s'inquiéta Mister Magoo.

— Oh, pas du tout, répondit précipitamment Roséliane.

Elle s'efforça de sourire. L'indifférence de Mâtho à son égard était insupportable. Il fallait qu'elle l'oublie ou qu'elle se venge.

— Je connais mal la Montagne Pelée, dit-elle en guise d'excuse.

— Ce qu'il faut savoir, c'est que cette prétendue montagne était en fait un volcan éteint. En 1902, il se réveille, et qu'est-ce qui arrive ? Il anéantit complètement la ville de Saint-Pierre de la Martinique !

— Quelle horreur ! dit Roséliane sans conviction.

— N'est-ce pas ?

Mister Magoo fixa l'horloge au-dessus du bar et sursauta.

— Sept heures et demie ! Je dois aller me préparer.

— Vous dînez à la table du capitaine ? demanda Roséliane plus à l'aise sur le terrain des mondanités.

— Bien vu, petite demoiselle. Comme votre maman qui est partie, elle...

Il désignait le tabouret vide. Seules quelques cartes postales oubliées sur le comptoir témoignaient que Pauline avait été là. Roséliane en fut stupéfaite.

— Je ne l'ai pas vue partir !

— Elle a filé... A l'anglaise ! dit Dimitri en se trouvant très drôle.

Mais Roséliane n'était pas en état d'apprécier. Les corps vautrés dans les fauteuils attiraient toute son attention. Gérard Le Roux et sa compagne, toujours main dans la main, terminaient leur cigarette. D'une seconde à l'autre ils s'en iraient. Comme l'avaient fait auparavant tous les autres baigneurs. Alors, elle prit une décision.

— On fait la bombe ?

Dimitri applaudit. Elle enleva sa robe, il fit voler sa chemise. Puis ils se concertèrent du regard. Le tout était de bien viser. En même temps ils inspirèrent, en même temps ils prirent leur élan. Le corps ramassé, les genoux sous le menton, ils s'écrasèrent dans la piscine, juste où il fallait. Tous les abords en furent éclaboussés, Gérard Le Roux et sa compagne entièrement trempés. Roséliane et Dimitri avaient visé juste.

— C'est malin ! criait la femme en secouant sa robe rouge.

Mâtho, lui, riait franchement. Agenouillé sur le plongeoir il tendait vers le frère et la sœur une main secourable.

— Sans rancune, dit-il. Je vous jure de ne pas me venger.

Roséliane fut la première à accepter son aide. Il la hissa, puis Dimitri. Près de lui, la femme en trépignait.

— Et vous ne leur dites rien ! Et vous les laissez faire !

— Et je leur donne ma serviette ! dit Gérard Le Roux toujours hilare et imitant sa voix.

Roséliane serra sur ses épaules cette serviette qu'il venait de lui jeter. Elle y enfouit son visage. La serviette sentait bon l'eau de Cologne. Dimitri avait pris son air d'ange dont il connaissait si bien le pouvoir.

— Je suis navré, dit-il, si navré...

— Vraiment, confirma Roséliane, on ne vous avait pas vus.

— Pas vus ? Vous me prenez pour une idiote en plus ? s'énervait la dame.

— Micheline, ce n'est pas si grave, dit sans la regarder Gérard Le Roux. Il frottait avec une douceur inattendue le dos de Roséliane. Elle se laissait faire, molle, abandonnée, et pourtant sur le qui-vive. « Elle s'appelle Micheline... Ça lui va très bien. Pas surprenant qu'elle s'habille en rouge », pensait-elle.

— Comme ça tu ne risques pas de prendre froid, dit Gérard Le Roux.

« Il me tutoie ! » pensa Roséliane aussitôt. C'était étrange et troublant. Il l'avait tutoyée à leur première rencontre quand elle n'était qu'une petite fille de dix ans. A partir de quand avait-il cessé de le faire ? Et qu'est-ce que cela signifiait d'être tutoyée de nouveau ? Elle lui jeta un regard de biais.

Il achevait tant bien que mal d'essuyer Dimitri qui feignait de se débattre. Il se servait de la seule serviette encore sèche, celle de son amie. Mais elle avait cessé de protester.

— Gérard, je m'en vais, dit-elle enfin.

Il parut s'apercevoir de sa présence.

— Nous nous en allons tous.

Il attira à lui Roséliane et Dimitri et à voix basse ajouta :

— Bien manœuvré. Mais faites gaffe la prochaine fois, elle n'est pas aussi idiote qu'elle en a l'air.

Ils regagnaient leur cabine en traînant dans la galerie marchande. L'heure du dîner approchait, mais rien ne les pressait. Roséliane en profitait pour s'arrêter devant chaque vitrine. Celle de la parfumerie l'attirait tout particulièrement. Elle aimait regarder les flacons, respirer les odeurs. Les noms des parfums la ravissaient. Elle en connaissait certains par cœur. « Mitsouko », « Après l'ondée », « Gin fizz », « Je reviens », « L'Heure bleue », « My Love », « Shalimar », « Mémoire chérie », « Blue Grass », « Jicky ».

Dimitri ne partageait pas son enthousiasme.

— On dirait des noms de chevaux.

— Que tu es bête !

Une idée soudaine la traversa.

— Et si on entrait ? J'ai envie d'essayer un parfum.

Il leva les yeux au ciel.

— Un parfum, toi !

— Dimi...

— Si tu veux.

La vendeuse avait fini sa journée, elle s'apprêtait à quitter le magasin. Elle accueillit avec froideur la demande de Roséliane.

— Un parfum ? A votre âge !

Cette mauvaise volonté ne fit que renforcer son courage.

— Pas pour acheter, pour sentir... « L'Heure bleue », par exemple, ou « My Love », ou...

— « Gin fizz », lui souffla Dimitri. C'est le nom d'un cocktail, on sera saouls comme des bourriques.

Il tripotait tous les flacons que sa sœur, dans son emballement, désignait à la vendeuse. Le flacon « Gin fizz » faillit lui échapper des mains, la vendeuse le rattrapa de justesse. Une expression de vraie fatigue avait envahi son visage de poupée.

— C'est bien comme vous voulez. Mais les parfums que vous me citez sont des parfums de dame... Trop lourds... Pour vous je verrais...

Elle choisit un petit pulvérisateur sur lequel il était écrit : « Modèle d'essai, vente interdite » et vaporisa abondamment Roséliane. Une délicieuse odeur d'oranger et de violette dissipa toutes les autres odeurs.

— « Après l'ondée », annonça la vendeuse. C'est ce qu'il vous faut... Plus virginal...

— Virgi... quoi ? s'esclaffa Dimitri.

— Mais tais-toi donc, crétin ! lui souffla sa sœur.

— Tout de même ! s'esclaffa Pauline alors qu'ils entraient l'un après l'autre dans la cabine.

Assise devant la coiffeuse, elle leur tournait le dos. Une cigarette allumée se consumait en équilibre sur un pot de crème. Elle était encore en combinaison comme quelqu'un qui a tout son temps.

— Vous savez que vous dînez dans vingt minutes ? Où étiez-vous ?

— A la piscine, répondit Dimitri en regagnant sa couchette du haut.

Roséliane s'affala sur la sienne, en bas. Elle ferma les yeux. Le parfum l'enveloppait, l'isolait. « Comme c'est doux », pensait-elle.

Sa mère la tira brutalement de cette semi-torpeur.

— Qu'est-ce que c'est que ça ?

Pauline reniflait à droite, à gauche.

— Lequel de vous deux se parfume ?

— Roséliane ! accusa Dimitri.

Pauline observa sa fille avec un air dégoûté. Elle tira quelques bouffées de sa cigarette et d'une voix qu'elle s'appliquait à rendre neutre, expliqua qu'à treize ans et demi, on ne se parfumait pas. On utilisait de l'eau de rose, de l'eau de bleuet et dans les grandes occasions de l'eau de Cologne. Elle cita un nom, « Jean-Marie Farina ».

— J'aime beaucoup ce que j'ai sur moi, dit enfin Roséliane, bien consciente qu'affirmer son goût revenait à braver Pauline. Elle craignait une dispute, et en même temps la souhaitait. Quelque chose la poussait à regarder sa mère en face, les yeux dans les yeux, sans sourire. Pauline parut deviner qu'un mystérieux conflit, venu sans s'annoncer, allait les opposer. Elle écrasa lentement son mégot dans le cendrier et se leva.

— Une jeune fille qui se parfume, c'est...

Elle cherchait ses mots tout en tenant à bout de bras la robe qu'elle allait mettre, une robe noire et dorée, serrée à la taille et évasée sur les hanches.

— ... Une cocotte !

Le mot ne surprit pas Roséliane, on l'utilisait fréquemment dans la famille de sa mère. On y disait de certaines femmes qu'elles « manquaient de classe », qu'elles étaient « communes », « ordinaires », ou pire encore, « vulgaires ». « Cocotte » était plus compliqué. Une femme vulgaire pouvait n'être pas une cocotte, mais une cocotte était toujours vulgaire. Roséliane pensa à son père. Un jour que sa belle-famille évoquait une femme en ces termes, il s'était écrié, candide et sincère : « C'est mignon, une cocotte ! »

— C'est mignon, une cocotte, dit Roséliane en reproduisant sans s'en rendre compte les accents un peu traînants de son père. Ce qui parut déconcerter Pauline. Elle étendit la robe à plat sur sa couchette, essaya des escarpins, comme si elle se désintéressait de la situation. Roséliane ramassa un numéro de *Paris-Match* qui traînait sur la moquette et le feuilleta, attentive au va-et-vient de sa mère. Au moment de refermer sur elle la porte du cabinet de toilette, celle-ci se figea, le visage contracté, les narines dilatées.

— Je déteste ce parfum. C'est Guerlain, n'est-ce pas ?

Roséliane approuva du menton.

— Guerlain me donne toujours la migraine... tu le sais très bien...

« Non, je ne le sais pas », pensa Roséliane.

— Avec ce dîner qui est une atroce corvée, si en plus j'ai la migraine...

Pauline claqua sur elle la porte du cabinet de toilette.

— Y a de l'orage dans l'air, lâcha sentencieusement Dimitri de sa couchette du haut.

— On t'a sonné ? riposta Roséliane.

Elle ouvrit *Paris-Match* sur un fascinant reportage. Il s'agissait de l'inauguration du dernier transatlantique de la compagnie, le *France*, qui avait eu lieu au Havre, trois mois auparavant. Un grand bal avait été donné dont le nom à lui seul faisait rêver : le Bal des

Petits lits blancs. Paola et Albert de Belgique y côtoyaient Audrey Hepburn et Mel Ferrer, des photos les représentaient, dansant le twist. Le commandant du *France* s'appelait le commandant Croisile.

— On connaît un commandant Croisile ? demanda Roséliane à son frère.

— Non.

Déçue elle reprit sa lecture. Mais ce qu'elle découvrait méritait d'être communiqué.

— Dimi ?

Il se pencha et sa tête apparut à l'envers.

— Ecoute ça : « 29e Bal des Petits lits blancs... 1 400 invités... Coût 50 000 par personne... Les 45 000 000 de bénéfice sont destinés aux victimes de la polio... »

— Montre !

Elle tendit le journal à Dimitri et se mit à songer : elle avait presque quatorze ans, à quel âge serait-elle invitée à dîner à la table du capitaine ? Ou, plus prestigieux encore, à celle du commandant ?

Dimitri, au-dessus, lisait à son tour l'article consacré à l'inauguration du *France.*

— Hum, je crois que je préfère le *Balboa,* dit-il.

— Moi aussi.

Roséliane comptait sur ses doigts combien d'années, de mois la séparaient encore de ce qu'elle appelait provisoirement « la vraie vie ». Si les traversées se poursuivaient pour elle au rythme de deux à quatre par an pendant encore quatre ans, au bout de combien de traversées aurait-elle droit à la table du commandant ?

Un rugissement enthousiaste la tira de cette délicate équation.

— Incroyable ! Incroyable ! s'exclamait Dimitri. Et dire que je ne savais pas.

Roséliane tendit le cou vers la couchette du haut.

— Un morceau de montagne s'effondre au Pérou !

La plus grande catastrophe naturelle depuis Agadir ! Tu as vu ?

— Oui, j'ai vu. Les photos sont horribles.

— Horribles ? Passionnantes, tu veux dire !

Il appela :

— Maman !

Encore en combinaison, Pauline sortit du cabinet de toilette. Elle était discrètement maquillée et soufflait sur ses ongles vernis de frais et qui tardaient à sécher. Son expression ne traduisait plus le moindre énervement. Elle en devenait énigmatique. « Que maman est belle », pensa Roséliane. Et sans qu'elle sache pourquoi, son cœur battit plus vite.

— Ecoute ça, maman ! cria Dimitri.

Il s'installa de manière à dominer son auditoire, *Paris-Match* à bout de bras, les jambes pendant dans le vide. Comme sa tête touchait le plafond, il dut se tasser un peu sur lui-même. Puis il commença à lire d'une voix solennelle.

— « Le dix janvier à dix-huit heures dix, dans le ravin de Yanganuco, à trois cents kilomètres au nord de Lima, un hurlement de terreur : Huayco ! »

— « Huayco » ? répéta Pauline.

— Ça veut dire avalanche, expliqua Dimitri aux anges.

Pauline fit semblant de frissonner.

— Encore une de tes chères catastrophes ?

— Une des plus belles... Ecoute bien : « Du flanc de l'ancien volcan de Huascaran (6 736 mètres) un énorme morceau de montagne s'effondre. Un fleuve de boue, de roc, de glace, arrache tout sur son passage. En quelques minutes il a englouti quatre villages et fait cinq mille victimes avant de se jeter dans le Rio Santa, dont les eaux montèrent subitement de quinze mètres. »

Dimitri glissa *Paris-Match* sous son oreiller. Pauline

attrapa une de ses jambes et baisa tendrement le mollet nu, encore chaud du soleil de la piscine.

— C'est une merveilleuse catastrophe. Mais allez-vous-en, j'ai besoin d'un peu de repos avant cet horrible dîner.

Elle essaya d'embrasser l'autre mollet mais Dimitri, en riant, se déroba. Sans un regard pour sa fille, elle ajouta :

— Je ne t'en veux pas, Roséliane, mais je crois que ton parfum m'a pour de bon collé la migraine.

La grande salle à manger était en quelque sorte abandonnée aux enfants. Ils dînaient solitaires, intimidés d'avoir à décider eux-mêmes du menu. Mais le maître d'hôtel et les serveurs avaient l'habitude. Ils se faisaient leurs complices, leur suggérant de profiter de l'absence des parents pour commander — une fois n'est pas coutume, à leur goût. Les enfants réclamèrent des desserts. Monsieur Albert allait d'une table à l'autre, préparant les crêpes Suzette et racontant des histoires de tempêtes. Sans avoir connu les grandes traversées de jadis, il aimait les évoquer. Le terme de « palace flottant » revenait souvent dans son discours. Etaient « palaces flottants » : l'*Ile-de-France,* le *Normandie* et le *Queen Mary* de la Cunard White Star. Le *Balboa,* ajoutait-il, en baissant la voix, ne supportait pas la comparaison. Seul *France* pouvait rivaliser avec ces prestigieux paquebots.

— J'ai vu des photos dans *Paris-Match,* dit Roséliane. C'est moins bien que le *Balboa.*

— Détrompez-vous...

Il argumenta : *France* était le plus long paquebot du monde, le plus moderne. Les constructeurs et les décorateurs avaient utilisé un matériau nouveau, le verre textile.

— Le verre textile ? demanda Virgile Stellin.

Il avait profité de l'absence de Pauline pour dîner à la table de Roséliane et Dimitri qui l'avaient accueilli avec plaisir. Pourtant Virgile Stellin les intimidait. Il s'exprimait comme les adultes, il utilisait un vocabulaire aussi riche que celui de leurs professeurs, les prêtres du Collège français de Caracas. Voyager seul ne semblait ni l'effrayer ni le réjouir particulièrement. Tout l'intéressait. Ainsi le verre textile.

Mais le verre textile ne prenait ni sur Roséliane ni sur Dimitri qui faisait semblant d'écouter mais qui sans cesse regardait ailleurs.

Une ambiance de réfectoire gagnait la grande salle à manger des premières classes, ambiance que troublait parfois l'arrivée inattendue de quelques mères.

Elles se faufilaient entre les tables, parfumées, élégantes, perchées sur des talons trop hauts. Elles parlaient fort et subitement, sans raison apparente, pouffaient. Leur excitation les faisait paraître plus jeunes et elles le savaient. Mais pour les enfants, ces mères en visite, parées pour la fête, étaient des importunes.

Roséliane sentit la main nerveuse, toujours un peu moite, de Dimitri se poser sur sa cuisse.

— Ne deviens jamais comme elles, dit-il à mi-voix.

Elle faillit le faire taire d'un « de quoi je me mêle » mais elle s'entendit murmurer un faible « oui ». La main se retira et Roséliane s'assombrit. Ce qui tracassait son frère la tracassait aussi. Elle ne voulait pas ressembler à ces femmes. L'idée même en était décourageante, odieuse. Elle avait vu se métamorphoser en quelques mois les sœurs aînées de Miquette. Elle les avait vues se charbonner les yeux, se crêper les cheveux, copier sans discernement les mannequins des magazines féminins. Elles étaient jolies, Roséliane les avait vues devenir laides. Vieilles à dix-sept ans.

— Vraiment impressionnant, le verre textile. Il va s'imposer partout, dit Virgile Stellin.

— Beuh..., fit Roséliane.

— Tu as mal compris, je vais t'expliquer.

— C'est ça, explique-lui. Ma sœur se passionne pour le verre textile.

— Dimi... supplia Roséliane.

— Elle insiste ! Elle insiste ! glapit Dimitri.

— Vous vous moquez de moi tous les deux ; ma conversation vous ennuie. Pourquoi ne pas l'avouer ?

Virgile Stellin s'était exprimé paisiblement.

— Pas du tout, protesta aussitôt Roséliane.

— Il n'y a pas de mal, vous savez, je suis habitué...

Virgile Stellin souriait, candide et malicieux. Roséliane lui sourit à son tour. « Il est adorable » pensa-t-elle. Jamais encore, elle n'avait vu un rouquin d'aussi près. Les rouquins appartenaient pour elle à une espèce singulière et bizarre. Une question lui vint qu'elle refoula. Car pouvait-on, sans être blessante ou impolie, demander : « Quel effet ça te fait d'être roux ? »

Un « hello » sonore, deux mains sur ses épaules et une pression qu'elle reconnut immédiatement, la firent sursauter. Dominique était là, dans son dos.

— Je peux m'asseoir avec vous ? demanda-t-elle.

Sans attendre la réponse, elle se laissa gracieusement choir dans le fauteuil. Roséliane fit les présentations.

— Dominique Wauthion, Virgile Stellin, mon frère Dimitri.

— On s'est déjà rencontré sur le voilier, eh, patate ! railla Dimitri.

— Patate toi-même ! répliqua Dominique en lui tirant la langue.

Dimitri, vexé, chercha une réplique cinglante et ne

la trouvant pas se tut. Il eut un sourire méprisant pour sa sœur dont l'expression ravie l'exaspérait.

— Que je suis contente de te voir ! disait Roséliane à sa nouvelle amie. Pourquoi tu n'es pas venue plus tôt ?

— J'étais un peu patraque, maman m'avait fait servir un repas froid dans la cabine. Elle ne veut pas que je sorte. Elle a des théories là-dessus : il faut se reposer, rester allongée... Enfin tout un cirque !

Elle rit.

— Mais elle est partie à sa soirée et, ni vu ni connu, je me suis sauvée.

— Pourquoi « patraque » ? demanda Roséliane, qu'est-ce que tu as ?

Dominique s'abrita derrière un menu pour n'être pas entendue des garçons.

— Mes règles.

— Ah... Et tu as mal ?

— Bien sûr que non. C'est ma mère qui a décidé que j'aurais mal. Tout ça parce que elle et ses copines ont mal...

Elle reposa le menu et éclata de rire.

— Foutaises de femmes, tout ça ! dit-elle à voix haute.

— Foutues femmes ! riposta Dimitri du tac au tac.

— Monsieur fait le malin ?

Elle se pencha en avant et lui fit signe de l'imiter. Chacun à demi allongé sur la table, se faisant face et proches à se toucher, ils se mesurèrent du regard.

— Sac à foutre, lâcha doucement Dominique en séparant bien les trois mots.

— Sac à foutre toi-même, répondit tout aussi doucement Dimitri.

— Ils sont toujours comme ça ? demanda Virgile Stellin.

— C'est la première fois qu'ils se parlent, dit Roséliane avec humeur.

Mais déjà Dominique se désintéressait de Dimitri. Assise de nouveau normalement sur la chaise, elle racontait sa journée sur une plage des environs de Fort-de-France. Elle décrivit les palmiers, les cocotiers, les hibiscus rouges, les colibris. Elle s'animait, gesticulait, mimait un vol d'oiseaux, un attroupement d'enfants noirs. Brusquement elle se leva.

— On étouffe. Si on sortait ?

Ils déambulèrent un moment tous les quatre. Lorsqu'ils croisaient quelqu'un, ils se plaçaient à la queue leu leu pour libérer le passage. Dominique allait en tête, Roséliane suivait, Virgile et Dimitri fermaient la marche.

Dans le grand hall ils se consultèrent. Que faire de sa soirée quand on a, grâce à un dîner de gala, deux bonnes heures devant soi ?

— S'introduire chez les secondes classes ? proposa Dominique.

— Pour quoi faire ?

— Pour voir.

— C'est comme ici en moins bien.

— Qu'est-ce que tu en sais ?

Roséliane raconta ce qu'elle en savait.

Le *Balboa* se divisait en deux territoires autonomes. Les passagers de l'un ne rencontraient jamais les passagers de l'autre. Ils s'apercevaient de pont à pont ou lors des escales, quand les portes de séparation étaient ouvertes aux visiteurs extérieurs. Autrement il régnait à bord un « chacun chez soi » respecté et admis de tous. Pourtant, d'une traversée à l'autre, des histoires se répétaient. Il y était question de voyageurs de seconde classe s'introduisant la nuit dans les domaines réservés des premières. On les disait ivres.

Les marins les ramassaient à l'aube et les ramenaient, parfois de force, chez eux. Cela créait un mini-scandale dont les passagers ensuite se régalaient. Ces confidences décevaient Dominique.

— C'est tout ?

— Non, c'est pas tout. Y a mieux ! déclara Dimitri.

— Y a quoi ?

— Marchons.

Soudain important, Dimitri se plaça entre sa sœur et son amie. C'était lui maintenant qui les guidait vers le pont couvert où s'alignaient les chaises longues. Virgile était resté dans le grand hall, devant le panneau des télex.

— Quand Errol Flynn voyageait, il allait tous les soirs se choisir une fille chez les secondes classes. Il la bourrait de caviar, de champagne, l'amenait dans sa cabine et puis, crac ! Après, il la renvoyait en seconde classe. Tous les soirs... Vous vous rendez compte ? Et elles étaient très jeunes ! Ton âge, Dominique !

— C'est dégoûtant, dit Dominique.

— Comment tu sais ça ? demanda Roséliane.

— C'est une des histoires préférées de Mâtho et du capitaine.

— Je ne l'ai jamais entendue.

— Parce que tu ne sais pas écouter. Tu es toujours dans la lune.

— La barbe !

Le frère et la sœur se fixaient, l'un avec insolence, l'autre avec mauvaise humeur. Chacun cherchait une phrase blessante, une phrase qui aurait le pouvoir d'être définitive, de créer un vainqueur et un vaincu. Bref, *la* phrase.

— Tu nous ennuies avec tes histoires, dit alors Dominique. On s'en fiche de ton Errol Flynn.

— Je jurerais que tu inventes, s'empressa d'ajouter Roséliane.

D'un même mouvement, les deux filles s'étaient

assises sur la même chaise longue. Elles se tenaient buste contre buste, jambes contre jambes, unies, solides, invulnérables. Dimitri comprit tout. Qu'il était de trop, qu'on le congédiait. Il voulut dire quelque chose mais les mots lui manquèrent. Il pensa « je vous déteste » et ne le dit pas.

— Va jouer avec Virgile, dit encore Dominique.

Sa voix rauque était délicieuse, son sourire charmant. Avec ses cheveux tirés en une longue natte, sa blondeur, sa courte robe tunique et ses jambes interminables, elle avait l'air d'un archange. Il ne lui manquait qu'une épée et deux ailes pour terrasser le dragon. Il n'en fallait pas tant pour venir à bout de Dimitri.

— Bon débarras, fut son commentaire, tandis qu'il s'éloignait en courant droit devant lui.

— Tu es méchante, dit Roséliane.

— Je sais.

Elle s'étira, bâilla.

— Je ne serai jamais méchante avec toi.

Et comme Roséliane haussait les épaules :

— Tu peux me croire.

Elle repoussa le lourd plaid frappé du chiffre de la Compagnie Générale Transatlantique. Quelque chose de brillant tomba à ses pieds.

— Une gourmette !

Dominique ramassa la chaîne dorée. Elle était sobre, presque masculine, avec une plaque en son milieu et sur cette plaque une date gravée : 20 avril 1962.

— Comme c'est bizarre ; le 20 avril 1962, c'était avant-hier...

Roséliane prit la gourmette et la passa autour de son poignet. La gourmette de nouveau glissa par terre.

— Sa propriétaire n'a pas les attaches fines... ou bien c'est un homme, diagnostiqua Dominique.

— Il faut la rapporter au commissaire, dit Roséliane, c'est lui qui s'occupe des objets perdus.

— Il dîne, le commissaire, nous irons demain.

Dominique fit disparaître la gourmette dans une de ses poches et s'installa confortablement dans la chaise longue la plus proche de Roséliane.

Des bribes de mélodies arrivaient jusqu'à elles retransmises par les haut-parleurs. Le pianiste s'exerçait, solitaire. Bientôt il serait rejoint par le reste de l'orchestre et le bal du capitaine pourrait commencer.

A demi recouverte par le plaid, Roséliane somnolait. La musique et le bruit sourd, continu, des machines la berçaient. Des images de Caracas défilaient à toute vitesse, sans lien entre elles. Elle revoyait son professeur de français et de latin, le père Jean, jouer au foot avec les garçons dans la cour du collège. Elle le voyait encore aller et venir le long de la chapelle, son bréviaire à la main. Il choisissait pour cela une heure où il faisait encore bon se promener, celle justement où Roséliane et Dimitri arrivaient au collège. Les pelouses venaient d'être arrosées, l'odeur de l'herbe mouillée se détachait un bref instant de l'odeur, tellement plus puissante, des frangipaniers...

Quand elle s'éveilla, elle ne comprit pas tout de suite qu'elle avait dormi. Il lui sembla qu'elle avait seulement fermé les yeux, que quelques minutes à peine venaient de s'écouler depuis la découverte de la gourmette.

— Dominique ? murmura-t-elle.

Dominique ne répondit pas.

Roséliane se redressa. Une douleur immédiate au niveau des épaules interrompit son mouvement. Cela irradiait dans tout le dos. Elle avait dû demeurer trop longtemps dans une mauvaise position. Elle parvint à remuer ses bras, puis ses jambes et enfin la tête.

La chaise longue voisine de la sienne était vide, comme toutes les autres. Un plaid jeté en boule sur le sol indiquait que Dominique avait été là. Mais rien d'elle ne demeurait. Ni la gourmette, ni son cardigan, ni même un mot dans lequel elle aurait expliqué les raisons de son absence. On aurait dit qu'elle s'était évaporée.

Roséliane demeura un instant assise dans la chaise longue, abrutie, engourdie, encore sous l'effet douloureux des crampes. Il lui semblait que quelque chose d'étrange flottait dans l'air. Soudain elle comprit. C'était le silence. Et l'obscurité. Les haut-parleurs ne diffusaient plus de musique, les lampes s'étaient éteintes. La nuit était totale sur le pont couvert. Elle regarda sa montre et en sauta sur ses jambes : trois heures du matin ! Elle resta quelques minutes pétrifiée sans savoir ce qu'il convenait de faire. Jamais encore elle ne s'était trouvée debout à une heure aussi tardive. Même une messe de minuit ne l'entraînait pas aussi loin. Elle s'imagina sa mère et Dimitri. Ils devaient l'attendre, inquiets, affolés peut-être. Puis elle se rassura : ils n'avaient pas dû se rendre compte de son absence, ils ne l'attendaient pas. Ils dormaient, les innocents, comme tous les passagers. Le bal du capitaine était terminé depuis longtemps. Lui aussi dormait, et les musiciens, et les membres de l'équipage qui n'étaient pas de garde.

Alors elle cessa de se faire du souci. Cette situation, si nouvelle, si imprévue, la ravissait. « Moi seule veille », se dit-elle. Elle se répéta la phrase trois fois pour mieux se convaincre du merveilleux de la chose. Elle allait regagner sa cabine, se coucher à son tour. Le tout était de ne pas se faire surprendre. Sa mère avait un sommeil profond, elle prenait des somnifères. Non, ce ne serait pas difficile. Restait à décider du chemin. Elle vit deux solutions, soit traverser en ligne droite le navire par l'intérieur, soit rejoindre le couloir des cabines par les ponts promenade. La seconde comportait un long détour par la piscine mais c'était la plus séduisante.

Roséliane plia soigneusement les deux plaids et les rangea à leur place au pied des chaises longues. Le steward, le lendemain matin, ne devinerait jamais qu'elle s'y était endormie. Elle quitta le pont couvert.

Le pont promenade lui parut immense. Elle avançait lentement, impressionnée par le silence. La lune, derrière elle, haut dans le ciel, était presque pleine. Les ombres qu'elle projetait étaient aussi noires, aussi nettes qu'à midi celles du soleil. Ainsi Roséliane, tel Peter Pan, s'amusait à suivre son ombre.

Les étoiles l'inquiétaient, trop brillantes, trop froides, trop nombreuses. Plus nombreuses lui semblait-il qu'à l'ordinaire quand elle les observait avec Dimitri. Aucune brume n'en atténuait l'éclat. Le début d'une récitation, apprise lorsqu'elle était enfant, lui revint soudain en mémoire : « Etoiles vous êtes à faire peur. »

Un instant elle s'attarda à regarder la mer, argentée, si calme. Un lac. Ou une patinoire. Mais cela avait aussi quelque chose d'effrayant. Car Roséliane, dans sa fatigue ne savait plus diriger sa rêverie. Elle réalisa que personne à bord n'était informé de sa présence, à trois heures du matin, sur le pont promenade. Elle pouvait s'endormir de nouveau, adossée au parapet. Mais elle pouvait tout aussi bien tomber à la mer. S'y noyer et mourir.

Tout à coup, très loin sur sa gauche, elle vit des lumières. Un bateau avançait, parallèle au *Balboa*. Peut-être un bateau de pêche. Ou bien un transatlantique anglais qui faisait la croisière des Antilles. Comme c'était rassurant de ne plus être seule sous la lune ! Elle agita les bras pour saluer le navire inconnu. Il lui sembla même entendre quelques rires. Mais elle devait se tromper, la distance était trop grande.

Un trait de lumière traversa le ciel. « Une étoile filante ! » s'entendit crier Roséliane. Elle en guetta une autre, impatiente et maintenant bien réveillée. Il fallait à tout prix faire un vœu. Un seul s'imposait : revenir encore et toujours sur le *Balboa*. Mais une seconde étoile passa sans qu'elle eût le temps de le formuler. C'est alors qu'elle entendit, très distinctement cette fois, le bruit que fait un corps en tombant à l'eau. Elle voulut crier « un homme à la mer ! » mais la stupeur la rendit muette. Pourtant elle devait donner l'alerte, comme Tintin dans *L'Etoile mystérieuse,* quand il cherchait Milou disparu et qu'un marin, justement, jetait quelque chose à la mer. Mais Tintin se trompait ; le marin se débarrassait d'un seau d'épluchures et non pas de Milou. Exactement comme elle-même venait de se tromper. Un corps était bien tombé. Mais dans la piscine et non pas dans la mer. Des passagers se baignaient !

Roséliane fit encore quelques pas puis s'arrêta. On y voyait comme en plein jour. Si elle avançait davantage, les mystérieux inconnus la repéreraient aussitôt. Et elle n'avait pas envie d'être surprise. Elle s'agenouilla dans l'ombre du coffre à bouées et se fit la plus petite possible. Elle s'émerveillait. Ainsi donc, pour certains la vie continuait... Ce devait être ça le fameux bain de minuit dont elle avait entendu parler ! Comme elle les enviait, ces inconnus !

Une voix de femme soudain s'éleva, très pure. Elle chantait :

Chevaliers de la table ronde,
Goûtons voir si le vin est bon.

Il y eut des rires, des cris étouffés, quelques « chut ». Puis des voix féminines et masculines reprirent la chanson avec plus de rires encore.

Roséliane alors se dit qu'il lui fallait agir, qu'elle ne pouvait pas rester jusqu'à l'aube sur le pont. Mais si elle rebroussait chemin, elle ne découvrirait jamais l'identité des joyeux baigneurs. Dans pareilles circonstances, que ferait Tintin ? Tintin ramperait habilement de façon à voir sans être vu. Il saurait utiliser les rares zones d'ombre qui entouraient la piscine. Elle aussi savait ramper. Il n'y avait pas si longtemps, Dimitri et elle se disputaient des parcours rampés d'autant plus périlleux qu'ils étaient de force égale et que rien jamais ne les départageait. Et puis elle eut honte. Elle avait treize ans et demi, presque quatorze. L'époque où ses points de repères s'appelaient Peter Pan et Tintin, Blake et Mortimer, Alix l'intrépide et Thierry de Royaumont, était une époque révolue. Une brusque sensation de fatigue lui arracha un immense et délicieux bâillement. Sommeil. Elle tombait de sommeil. Au point de se coucher à même le bois du pont et de s'endormir à la dure comme Tintin dans... « Assez avec Tintin », se dit-elle. Et elle décida de rentrer en ligne droite, par l'intérieur du navire. D'ailleurs, comme par enchantement, les voix des chanteurs s'étaient tues. Seuls lui parvenaient les clapotis de l'eau.

Quand elle pénétra à l'intérieur du navire, elle fut saisie par l'odeur très forte, très prenante, qui se dégageait du tapis en caoutchouc. Les parfums de femmes s'étaient volatilisés ainsi que les désagréables relents des cigares et des cigarettes. Le grand hall, l'escalier et les couloirs étaient vides. Les lumières éteintes. Mais des ampoules disposées à intervalles réguliers au raz du sol, diffusaient une lumière bleue grâce à laquelle on pouvait se déplacer aussi aisément qu'en plein jour.

Roséliane avançait avec l'étrange impression de parcourir un navire abandonné. Il lui était difficile d'imaginer que derrière chaque porte, des gens dormaient. Et si les baigneurs de la piscine étaient des fantômes ? Et si une catastrophe était survenue alors qu'elle se trouvait sur le pont couvert ? Et si le *Balboa* avançait sans direction dans la mer des Caraïbes ? Le *Balboa,* navire hanté...

Mais il lui suffit de pousser la porte de sa cabine avec précaution pour que se dissipent les songes. Tout était normal. Un faible sifflement entrecoupé de gémissements lui prouva que Dimitri reposait dans sa couchette du haut.

La clarté de la lune pénétrait par le hublot. Il fallait qu'elle tire le store afin que les premières lueurs du jour ne les éveillent pas. L'aube maintenant était toute proche. Et c'est en allant vers le hublot qu'elle découvrit que la couchette de sa mère était vide. Les draps n'avaient pas même été défaits. La robe dorée qu'elle avait mise pour le dîner était soigneusement étalée sur la couverture. Roséliane la prit et sans bien savoir ce qu'elle faisait y enfouit son visage. La robe sentait Pauline, son parfum au jasmin et l'odeur encore plus tenace de ses cigarettes préférées. Pauline était donc venue, elle s'était changée, elle était repartie.

La porte entrebâillée puis refermée ne la réveilla même pas. Il fallut le son sec et bref d'un briquet et les froissements d'un vêtement dont on se débarrasse. « Maman rentre à pas de loup », pensa Roséliane avant de sombrer de nouveau et pour de bon dans le sommeil.

Deux jours passèrent semblables aux précédents. Le *Balboa* avait successivement mouillé dans les ports de Pointe-à-Pitre et de San Juan de Puerto Rico. Quelques nouveaux passagers étaient montés à bord. Les derniers. Le *Balboa,* maintenant, allait naviguer en pleine mer, une longue semaine. Sept jours sans voir la terre. Une éternité bleue. Le temps s'étirerait puis se précipiterait. Chaque jour il faudrait avancer les montres et les pendules d'une heure, chaque jour la température se rafraîchirait. Jusqu'à devenir polaire. La neige tomberait, épaisse. Elle s'amoncellerait sur les ponts et les cheminées, sur la bâche qui recouvrait la piscine. Elle bloquerait les portes, interdirait certains accès. D'immenses icebergs flotteraient que le capitaine Laurent Bonvoisin surveillerait à la jumelle. Tout autour de lui on se tiendrait prêt : au moindre choc, la coque du navire se fendrait et ce serait le naufrage. Un de ces naufrages sans survivants qui font la une des journaux. Un iceberg minuscule, de la taille d'un ballon d'enfant, justement dérivait. Un gigantesque ours blanc était perché dessus...

Roséliane se réveilla en sueur, le cœur battant. Quel rêve idiot ! Elle remonta la couverture car il faisait presque froid dans la cabine — la faute en revenait à Pauline qui ne pouvait dormir qu'avec les deux hublots ouverts. Elle se retourna sur le ventre, tenta de se rappeler certains détails de son rêve. Mais seule l'image de l'ours blanc demeurait, familière, bienveillante. Elle se concentra un instant et puis elle comprit : c'était l'ours blanc qui, sur les panneaux publicitaires de Caracas, vantait « la cerveza Polar, la cerveza popular ». De penser à l'ours blanc lui fit penser à son chien, à ses amis du Collège français et puis, au bout du compte, à son père.

Elle ne lui avait pas écrit. Elle n'avait fait que griffonner son prénom à côté de celui de Dimitri, au bas d'une carte postale où Pauline s'était contentée d'écrire : « Merveilleux début de traversée. A bientôt. Baisers. » La carte avait été postée quelques heures auparavant, à San Juan de Puerto Rico.

Elle imagina son père guettant le courrier. Elle le vit déambuler dans l'appartement. Il tenait un verre de gin à la main, il était de dos. Curieusement son visage se dérobait, comme s'il voulait se cacher d'elle. Ce qui acheva de la contrarier. Dès son petit déjeuner, elle lui écrirait. Une belle lettre, bien tendre, bien détaillée, qui lui ferait oublier l'anodine carte postale. Mais ce projet apaisant ne l'apaisa pas : la lettre ne partirait que dans six jours, il n'y avait plus d'escale avant Vigo en Espagne.

Ces six jours sans voir la terre étaient la partie du voyage qu'elle préférait. On avait le temps de faire connaissance, on n'était plus à vingt-quatre heures près. Elle pensait surtout à Mâtho, à cette manie qu'il avait de s'éclipser à chaque escale. Où était-il allé hier ? chez qui ? Car son amie, la nommée Micheline était demeurée à bord. On l'avait vue errer entre la piscine et le bar, le grand hall et la galerie marchande. Elle dissimulait mal un air malheureux qui laissait supposer que peut-être elle était rejetée, que peut-être déjà elle était une ex. « Une de moins, une ! », avait claironné Dimitri tandis que Roséliane, autant par prudence que par superstition, avait conseillé :

« attendons de revoir Mâtho pour juger ». Le soir Micheline n'était pas apparue dans la salle à manger. Dînait-elle à la table des officiers ou bien seule dans sa cabine ? « A suivre », avait conclu Dimitri. « A suivre », se répéta Roséliane le visage toujours dans l'oreiller.

Elle eut trois longs soupirs. Impossible de se rendormir. Quelle heure pouvait-il être ? Elle se redressa et ouvrit les yeux.

Une faible clarté pénétrait au travers des hublots. C'était comme un faisceau lumineux, encore pâle, encore gris, qui traversait d'abord le lit de Pauline, puis toute la chambre jusqu'à buter contre la porte.

Un sentiment d'étrangeté s'empara de Roséliane. Quelque chose n'était pas à sa place. Ou bien quelque chose manquait. Et alors elle comprit : il y avait une absente et cette absente, c'était Pauline. Elle eut aussitôt plus que l'impression, la certitude, d'avoir déjà vécu cette scène. Cela se passait deux jours auparavant, à la même heure. Elle était rentrée très tard. Dimitri dormait dans sa couchette. Celle de Pauline était vide. Soigneusement étalée sur la couverture, il y avait la robe noir et or... Comment avait-elle pu oublier un événement aussi extraordinaire ? L'oublier sincèrement, de tout cœur, en toute bonne foi ? Elle fut si troublée qu'elle éprouva le besoin de parler.

— Maman ?

Le son de sa propre voix la rassura.

Le lit de sa mère était tel que la femme de chambre l'avait préparé, à demi ouvert, sans un pli. Aucun vêtement ne traînait dessus. Pauline ne s'était pas changée avant de sortir. Qu'avait-elle dit avant de quitter la cabine, vers les onze heures ? Qu'elle allait prendre l'air, un peu d'air frais. Elle avait aussi demandé à ses enfants d'éteindre les lampes de chevet, d'être sages, de dormir. « Une petite demi-heure...

Je serai absente une petite demi-heure... », leur avait-elle murmuré en les embrassant. Et elle n'était pas revenue.

Jadis Roséliane aurait eu peur. Elle aurait vu sa mère noyée, ou enlevée, ou assassinée. Elle examina l'une après l'autre ces trois possibilités. Pour les rejeter aussitôt. Sérieusement, que pouvait-on redouter de tel à bord du *Balboa* ? Elle se sentit alors gagnée par une délicieuse sensation de paix. « Si ça pouvait durer toujours, toujours, toujours... »

Elle ouvrit les yeux. Penchée sur elle, Pauline la regardait.

— Tu es malade ? demanda-t-elle.

Son expression était inquiète. Alors seulement Roséliane s'aperçut qu'elle s'était endormie non pas sur sa couchette mais sur celle de sa mère. Elle ramena ses jambes sous son menton.

— Il est tard ? dit-elle à tout hasard.

— Très.

Les premières lueurs de l'aube éclairaient Pauline. Sa robe mauve à larges plis la faisaient ressembler à une grande fleur. Dans une main elle tenait une paire d'escarpins, dans l'autre sa pochette de cuir en peau de crocodile. Elle était pieds nus. Un châle que Roséliane ne lui avait jamais vu couvrait ses épaules.

Le silence entre elles se prolongeait. Roséliane observait sa mère par en dessous. Son visage énigmatique ne lui apprit rien. Elle n'avait pas l'air fatiguée. Pas reposée non plus. Même pas l'air de quelqu'un qui rentre se coucher.

— Retourne dans ton lit, finit-elle par dire.

Roséliane fit une moue, une de ces moues d'enfant qui avait encore le pouvoir d'attendrir sa mère. Mais Pauline regardait ailleurs. Elle fixait un point invisible près du hublot et attendait, sans impatience, sans colère, que sa fille veuille bien lui obéir.

— A qui est ce châle ? demanda Roséliane.

Un sourire amusé passa sur le visage de Pauline.

— Tu es très observatrice.

— A qui ?

— A quelqu'un que tu ne connais pas.

Elle enleva le châle de ses épaules et dans un geste à la fois gracieux et malhabile, le jeta sur sa fille qui s'en empara, le tâta, le renifla. Il était en laine, noir, et sentait le tabac. On ne pouvait rien imaginer à partir de si minces indices.

— Cesse de jouer au détective ! Et d'abord pourquoi n'es-tu pas en train de dormir ?

— Parce que je t'attendais.

Pauline eut un haut-le-corps et Roséliane regretta son mensonge. Mais il était trop tard pour reculer, elle précisa.

— J'ai somnolé... Tu ne rentrais pas... Je me suis réveillée tout à fait... Voilà.

La bouche de Pauline s'était crispée. Elle s'assit près de sa fille, aussi gauche qu'une étrangère en visite. Les escarpins et la pochette de crocodile qu'elle tenait toujours prenaient une importance incongrue. Roséliane la dévisageait avec passion. Pourquoi sa mère regardait-elle obstinément ailleurs ? Pourquoi se taisait-elle ? Elle lui vit — et c'était la première fois, et cela la choqua, de minuscules petites rides blanches tout autour des yeux. D'autres, plus larges, plus dessinées, striaient le front et le cou. Elle en compta deux en bas et trois en haut. Et pourtant comme sa mère paraissait jeune encore ! Avec ses cheveux courts et noirs, ses pommettes hautes de statue indienne, son long cou.

— Oh, maman !

Roséliane se jeta contre sa mère. Celle-ci lâcha la pochette et les escarpins et la prit dans ses bras. Elle la tenait comme elle la tenait jadis, quand Roséliane n'était encore qu'une enfant qui exigeait un conte, une berceuse. Roséliane, l'espace d'un instant qui lui parut une éternité, eut à nouveau cinq ans. Elle aurait aimé que cela dure un peu plus, elle aurait aimé s'endormir ainsi. Mais sa mère doucement se détachait d'elle. Sans la lâcher complètement, elle murmura :

— Dis-moi la vérité, qu'est-ce qui te tourmente ?

Elle semblait tout à coup si triste que Roséliane s'effraya.

— Rien, s'empressa-t-elle de répondre, rien.

— Je ne te crois pas. Il est six heures du matin, tu devrais dormir...

Sa tête se tourna vers les deux couchettes superposées.

— Dimitri ?

— Dimitri dort.

— Eh bien nous allons l'imiter...

Elle eut un sourire qu'elle voulait joyeux et complice. Mais dans ses yeux — « des yeux qui lui dévorent le visage » disait-on souvent à son propos, quelque chose de triste, de malheureux, démentait le sourire.

Roséliane la fixait, fascinée, un peu comme au cinéma, le visage des actrices. Sa mère à cet instant, rien que pour elle, était en gros plan.

Ce qui assombrissait le regard de sa mère était pire que de la tristesse. C'était du désespoir et de la résignation : comme chez les enfants des bidonvilles, comme chez les animaux abandonnés du chenil de Caracas.

Sa mère se leva.

Roséliane la voyait marcher dans la chambre. La moquette bruissait sous ses pieds nus. Il y eut un froissement d'étoffe. Sa mère était en slip et soutien-gorge. Elle tenait une cigarette non allumée à la main. La robe gisait sur le dossier du fauteuil avec le châle.

— Entre le pot de démaquillant et le coton, souffla Roséliane.

Une pochette d'allumettes se trouvait bien là. Pauline alluma sa cigarette et tira quelques bouffées longuement, paresseusement. Elle semblait de nouveau détendue, apaisée. Pour la seconde fois, Roséliane se surprit à regarder les petites rides autour des yeux, autour de la bouche.

Sans cesser de fumer, Pauline enfila son kimono.

— Nous sommes tous les trois invités à boire un drink chez le commandant en fin de journée, dit-elle d'une voix égale.

Et comme Roséliane ne disait rien :

— Nous sommes conviés sur la passerelle... Dimitri et toi pourrez même conduire le navire... C'est un grand honneur...

« Un drink chez le commandant », « la passerelle », Roséliane ouvrait de grands yeux. Elle savait sa mère liée avec le capitaine Laurent Bonvoisin et le commissaire Roger Tarendieu. Mais il n'en était pas de même avec le commandant. Le commandant était un être à part, un personnage presque mythique !

— Tu n'es pas contente ? insistait Pauline.

Roséliane fit oui du menton.

— Tu ne pourras plus dire que je vous oublie, ton frère et toi...

— Je n'ai jamais dit ça.

— Oh si, tu le dis ! Tout en toi le dit ! Si tu crois que je ne vois pas comment tu me regardes depuis que je suis rentrée !

Dans la couchette du dessus, Dimitri avait fini par se réveiller. Il présentait un visage bouffi de sommeil sur lequel l'oreiller avait laissé des traces. Il faisait de gros efforts pour garder les yeux ouverts.

— Maman...

— Mon joli petit chéri...

En deux temps trois mouvements, Pauline écrasa sa cigarette et tira les rideaux, plongeant la cabine dans l'obscurité. Roséliane rejoignit sa couchette. Les draps étaient frais, presque froids. Au-dessus d'elle, Dimitri s'était déjà rendormi.

— Bonne nuit, Roséliane.

— Bonne nuit, maman.

A un imperceptible mouvement d'air, à son odeur de jasmin et de tabac blond, Roséliane la devina près d'elle.

— Un baiser, demanda-t-elle de sa plus petite voix d'enfant.

Pauline lui effleura rapidement le front.

— Je ne veux plus jamais te voir debout à une heure pareille.

Elle s'écarta.

Les yeux mi-clos, Roséliane la vit enlever ses sous-vêtements et entrer nue dans le lit. Cette dernière image — sa mère de dos, nue, pâle dans la pénombre, la tourmenta un instant. Elle repensa à son ours blanc dérivant sur un iceberg et s'endormit.

— Tombola ! Tombola pour les veuves des marins noyés en mer ! récitait Dimitri en agitant la tirelire sous le nez des passagers.

Quelques-uns glissaient des pièces de monnaie dans la fente ou, mieux encore, un billet de banque accompagné d'un royal « Garde ce qu'il y a en trop, mon petit », d'autres le rembarraient d'un humiliant « laisse-nous tranquille, va jouer ailleurs ». Dimitri alors insistait. Il brandissait la tirelire comme un prêtre le saint sacrement et les yeux dans les yeux de l'adversaire, glacial, inquiétant, plaidait :

— Et les veuves ? ces pauvres femmes qui meurent de faim, qu'est-ce que vous en faites ?

L'argument ne portait pas toujours, mais il démoralisait. Une troisième catégorie de passagers s'empressait de payer le prix demandé pour se débarrasser au plus vite du vendeur. C'étaient les préférés de Dimitri, ceux qui lui assuraient ses plus beaux scores.

— Dès qu'ils me voient, ils casquent, expliquait-il à Roséliane et à Virgile.

Virgile avait lui aussi une tirelire en métal et un carnet de billets. Mais il était loin d'avoir la technique de Dimitri. Il choisissait au hasard une voyageuse et attendait patient, respectueux, qu'elle veuille bien s'apercevoir de sa présence. Si elle n'achetait pas, il ne s'obstinait pas, il s'excusait. Et repartait tenter sa chance ailleurs. Une telle façon d'agir irritait Dimitri, comme l'irritait la présence de sa sœur à leurs côtés. Elle ne vendait rien, ne disait rien, n'aidait en rien. Il la trouvait plus lunaire que jamais.

— Tu te traînes, ma fille, tu te traînes...

Elle bâilla longuement en guise de réponse. Dimitri la désigna à Virgile.

— Ça se lève à onze heures du matin !

— Je n'ai pas dormi cette nuit, répliqua Roséliane.

— Ah oui ? Et pourquoi ?

— Parce que.

— Pour ce que ça nous intéresse...

Un couple d'Anglais arrivait en sens inverse, les bras chargés de paquets. Dimitri eut pour Virgile une grimace qui signifiait « A l'attaque » et agita la tirelire. La galerie marchande où ils se trouvaient favorisait toutes les embuscades. Les deux garçons firent front, bloquant le couloir. Le couple s'arrêta.

— Pour les veuves des marins noyés en mer...

Roséliane leur tourna le dos. Elle colla son front à la vitrine d'un magasin de jouets, puis à celle du bijoutier. Les bijoux exposés ne lui plaisaient guère : trop voyants, trop riches. « Tape-à-l'œil », aurait dit Pauline. Elle repensa à sa mère. En ce moment, elle devait lire, étendue sur sa couchette. Elle n'avait fait aucune allusion à ce qui s'était passé à l'aube. Comme si cela n'avait jamais eu lieu...

De merveilleuses odeurs tirèrent Roséliane de sa rêverie. Les portes de la parfumerie venaient de s'ouvrir. Sur le seuil du magasin, la vendeuse fumait une cigarette. Elle avait les yeux clos, Roséliane en profita pour l'observer.

Cette vendeuse était si maquillée qu'on avait du mal à lui donner un âge. Elle pouvait avoir vingt ans comme elle pouvait en avoir trente. Un casque de cheveux blonds crêpés, laqués, encadrait un visage encore enfantin. Elle était minuscule, malgré ses hauts talons. Une courte robe tablier savamment déboutonnée révélait un joli corps bronzé. Quelque chose d'animal et de troublant se dégageait d'elle, quelque chose que Roséliane constatait sans parvenir à se l'expliquer.

Se sentant observée, la vendeuse écrasa rapidement sa cigarette sur la semelle de sa chaussure. Cette façon d'agir, si désinvolte, amusa Roséliane. Elle rit et la vendeuse rit à son tour.

— C'est l'heure creuse, alors j'en profite, dit-elle en sortant une autre cigarette de sa poche.

Elle regarda à droite, à gauche. La galerie marchande était vide à l'exception de Virgile et Dimitri, toujours occupés avec le couple anglais. Elle alluma sa seconde cigarette et tira une bouffée.

— Vous en voulez ? demanda-t-elle.

— Oh non, répondit Roséliane, je ne fume pas.

— Ça viendra vite !

— Sûrement pas !

Sa propre véhémence surprit Roséliane. Elle avait été agressive, elle s'en voulut. Elle pensa à ses parents qui n'arrêtaient pas de fumer. Et elle avait horreur de ça. Pourtant c'était souvent joli, une cigarette au bout d'une main de femme. Et comme le geste de la porter à ses lèvres était gracieux, excitant ! Il y avait donc fumer et fumer. La vendeuse fumait comme une actrice de cinéma dans un film américain.

— Je m'appelle Guylaine, mais je me fais appeler Gilda, dit-elle fort à propos.

— C'est très joli, répondit poliment Roséliane.

— N'est-ce pas ? Ce surnom m'a été donné par...

Elle s'interrompit, examina Roséliane de la tête aux pieds et proposa :

— Je vous parfume ? « Après l'ondée » fait beaucoup d'effet sur les beaux officiers, savez-vous ?

Roséliane devint écarlate. Elle tenta une parade.

— Je ne sais pas de quoi vous parlez !

— Oh si, vous savez ! Et moi je sais tout de la vie à bord... Que vous vous appelez Roséliane Domanges et votre frère Dimitri. Que votre père est fonctionnaire... Que vous aimez beaucoup notre premier lieutenant... Que vous lui avez trouvé un surnom qui à l'instant m'échappe mais qui...

Une femme arrivait. Guylaine-Gilda écrasa sa cigarette comme elle l'avait fait pour la précédente et du pied poussa les deux mégots sous un meuble. Avec un clin d'œil complice à Roséliane.

— Les hommes sont des porcs. Au mieux, des voyous. Le jour où vous comprendrez cela ma petite, vous serez armée pour toute la vie...

Elle se détourna et accueillit, radieuse, la nouvelle venue.

— Une épilation, madame Dumoulin ?

— De quoi vous parliez ? demanda Dimitri.

— De rien.

— Dommage !

— Dommage pourquoi ?

Dimitri fit semblant de compter les souches de son carnet. En fait il surveillait sa sœur dont l'expression chagrine l'intriguait. Plus les jours passaient, moins il la comprenait. Roséliane, pensait-il, était en train de changer. Une mystérieuse transformation s'opérait en elle, difficile à cerner, presque invisible. Etait-elle en train de devenir une jeune fille ? Cette perspective accablait Dimitri. Il soupira, Roséliane se méprit.

— Dommage pourquoi ? répéta-t-elle.

— Parce que cette vendeuse est bien roulée, sexy...

— Oh ! la barbe !

Elle se jeta dans un fauteuil, le visage fermé, hostile. Dimitri, Virgile et elle se trouvaient maintenant dans le grand hall. Des passagers s'arrêtaient brièvement devant les panneaux d'affichage. On les entendait commenter l'actualité, se chercher sur les photos des derniers dîners de gala ou des concours de volley-ball. A quelques mètres des panneaux, un coin salon avait été aménagé avec de profonds fauteuils en cuir et une table basse où s'étalaient quotidiens et magazines. C'était ce coin-là que Roséliane, Dimitri et Virgile avaient investi. Et pour mieux le signifier, ils avaient tous trois étendu leurs jambes, posé leurs pieds sur la table.

Dimitri contemplait le carnet de Virgile, consterné.

— Tu n'as rien vendu... Il faut que tu mettes au point une méthode...

— Le tirage a lieu dans deux jours. J'ai le temps...

Dimitri balaya l'objection.

— Il faut surprendre l'adversaire, le désarçonner, le saoûler. Après, il achète. Essaye voir, un peu.

Virgile s'extirpa du fauteuil, se posa à l'extrême bord du coussin en cuir, se composa une attitude impérieuse, et d'une voix résolue, déclama :

— « Un pouvoir insurrectionnel s'est établi en Algérie par un pronunciamento militaire... Ce pouvoir a une apparence : un quarteron de généraux en retraite. Il a une réalité : un groupe d'officiers partisans ambitieux et fanatiques. Ce groupe et ce quarteron... »

— Dites donc, vous !

Virgile s'arrêta net. Un homme très grand, à la mine furibonde, venait de se planter devant lui. Dimitri, qui ne l'avait pas vu, lui fit signe de continuer. Virgile reprit :

— « ... et ce quarteron possèdent un savoir-faire expéditif et limité. »

— Taisez-vous !

L'homme maintenant tournait autour des fauteuils.

— Et enlevez-moi ces pieds de cette table !

— Lesquels ? demanda Dimitri.

Une main cherchait la sienne : celle de Roséliane. Il la prit et la serra. Sa sœur était apeurée ? Il serait brave.

— Vous vous moquez du général de Gaulle ! Vous vous moquez de l'armée française ! criait l'homme en battant l'air de ses très grands bras.

Virgile se taisait. Il ne semblait pas effrayé, il ne faisait pas l'insolent. Un intérêt poli se lisait sur son gentil visage.

— Vos pieds ! hurla l'homme.

Virgile retira ses pieds de la table.

— Excusez-vous !

— De quoi ?

Le visage de l'homme vira au violet. Il fit avec ses bras une série de mouvements plus désordonnés encore que les précédents.

— Petit mal élevé !

Il s'éloigna en direction du bureau du commissaire Roger Tarendieu. On le vit tambouriner à la porte et finalement disparaître à l'intérieur. Un léger sentiment d'effroi saisit alors Dimitri. Ce fut lui qui serra la main de sa sœur.

— Enlève tes pieds, on ne sait jamais, dit-elle.

Dimitri s'y résigna.

— Je n'ai rien compris à ce charabia, avoua Roséliane. C'était quoi, cette histoire de généraux à la retraite ?

Un sourire heureux éclaira le visage de Virgile.

— C'est un discours du général de Gaulle que j'ai appris par cœur. J'apprends beaucoup de discours du général de Gaulle. J'aime ça, je trouve que c'est beau. La fin est formidable !

Il se redressa d'un bond et sauta sur la table :

— « Français, Françaises, aidez-moi ! »

Roséliane et Dimitri applaudirent avec enthousiasme.

— Encore ! criait Dimitri.

— Un *bis* ! réclamait Roséliane.

Virgile, toujours sur la table, saluait son public. Mais ce qu'il vit tout d'un coup l'immobilisa. Son ennemi arrivait suivi du commissaire Roger Tarendieu.

— Qu'est-ce que je vous disais !

L'homme désignait Virgile que la surprise semblait avoir paralysé. Les jambes écartées, la tête penchée de côté, il regardait ses pieds. Ses espadrilles vertes faisaient deux taches de couleur vive sur le bois foncé. Il voulut les dissimuler sous une revue. La revue glissa à terre et les espadrilles réapparurent plus vertes que jamais. Dimitri à tout hasard ramassa la revue.

Le commissaire toussa.

— Et si vous descendiez de cette table ? dit-il enfin à Virgile qui s'empressa de lui obéir.

— Ce garnement insultait le général de Gaulle ! accusa l'homme.

Virgile s'approcha de lui souriant, serein, absolument pas intimidé.

— Jamais je n'insulterai le général de Gaulle, monsieur, jamais !

— Colonel ! rectifia son interlocuteur. Colonel du Martray !

— Virgile Stellin, de Thonon ! répondit Virgile d'une voix posée.

Et il raconta son admiration pour le général de Gaulle. Il cita des faits, des dates, des prises de parole. Le colonel du Martray s'était tu. Le commissaire suivait l'exposé les poings sur les hanches, le buste en avant, comme pour s'allonger de quelques centimètres.

Roséliane bâilla. Le commissaire immédiatement s'installa sur le bras de son fauteuil. Les jambes croisées très haut, les mains négligemment jointes, il se pencha sur elle.

— Vous faites de la politique, vous aussi ?

Roséliane vit le visage trop rouge, les petits yeux vifs et malins qui s'attachaient aux siens. Elle s'enfonça davantage dans son fauteuil. Peine perdue, il la dominait toujours.

— La ravissante enfant fait de la politique ?

Son haleine à n'en pas douter sentait l'alcool. Roséliane se rappela que Pauline se moquait du commissaire et de son penchant pour le rhum. « Il a le gosier en pente », aimait-elle à répéter. Mais au-dessus de son visage, le visage attentif du commissaire exigeait une réponse. Mieux valait la lui donner.

— Non, dit-elle.

Le visage du commissaire ne recula pas, bien au contraire, il se rapprocha. Un sourire charmeur et satisfait tirait ses longues lèvres. Il chuchota :

— Leur général de Gaulle est une franche crapule... Il y a des choses beaucoup plus amusantes qui pourraient nous réunir vous et moi, ne croyez-vous pas ?

Sans trop comprendre, Roséliane fit « oui ». L'attitude du commissaire la fascinait et la dégoûtait à la fois. Elle n'avait qu'une hâte : qu'il s'en aille. Et pourtant elle ne pouvait détacher son regard du sien.

— Vous avez dit oui ? Comme c'est gentil, jolie petite demoiselle...

— Commissaire ? appela une voix ferme.

Le commissaire Roger Tarendieu eut une sorte de grognement. Le colonel du Martray se tenait devant lui, immense, au garde-à-vous.

— Je retire ma plainte en ce qui concerne ces enfants. Mais signifiez-leur qu'il y a d'autres terrains de jeu que le grand hall et qu'il est interdit de grimper sur les tables réservées aux livres et aux revues.

— Vous venez de le leur signifier vous-même, répliqua le commissaire d'une voix morne.

Son regard s'attardait sur Roséliane, elle rougit.

— Bien entendu, cette interdiction ne vous concerne pas, chère petite demoiselle. Vous êtes et vous serez toujours la bienvenue chez moi...

— Et bien sûr, ma sœur peut monter sur les tables ? Là aussi, elle est la bienvenue ? persifla Dimitri.

— Tu te crois toujours trop malin, toi, répliqua le commissaire en affectant un rire complice.

Il voulut lui tapoter l'épaule, mais Dimitri se déroba. La main resta en l'air, petite, soignée, féminine.

— Tombola ? proposa soudain Virgile Stellin. Tombola au profit des veuves des marins noyés en mer ?

Dimitri était catégorique.

— Il te faisait du gringue !

Son ton désagréable mit Roséliane mal à l'aise. Elle voulut se moquer avec lui du commissaire.

— Il est ridicule...

— Autant que toi. Si tu avais vu tes mines de chatte effarée et consentante !

— Mes mines de...

D'indignation, elle s'étrangla.
— Tu es trop bête, Dimitri !
— Dimitri a raison !
Roséliane et Dimitri sursautèrent. Ils se croyaient seuls devant les panneaux d'affichage et quelqu'un venait de parler. Avec une drôle de voix rauque, une voix de film d'épouvante. Deux pieds chaussés de ballerines blanches qui dépassaient d'un paravent les renseignèrent.
Et Dominique surgit. Elle portait un short retroussé haut sur les cuisses et une large chemise d'homme dont les pans étaient noués sur le nombril. Un serre-tête blanc, aussi blanc que ses vêtements et ses ballerines, lui retenait les cheveux en arrière. Roséliane frémit d'admiration. Son amie était belle, d'une beauté évidente. Elle pensa très vite qu'elle ressemblait à une championne de tennis, à un page, à un ange. A Rodrigue, à Alix l'intrépide, à la Cathy des *Hauts de Hurlevent*. Elle pensa encore qu'elle ne l'avait guère vue depuis deux jours. Elle pensait tant qu'elle ne voyait pas le sourire à la fois dégoûté et condescendant qui crispait la bouche de Dominique.
— J'ai tout vu, tout entendu, dit-elle. C'était abject !
— Qu'est-ce qui était abject ?
— Son attitude. La tienne.
Roséliane voulut protester mais les mots lui manquèrent. Elle ne comprenait pas ce qu'on lui reprochait, ni cette subite alliance entre son frère et son amie. Sans un mot, elle tourna les talons.
Elle passa, brave, la tête haute, devant le bureau du commissaire. Elle vit qu'il agitait la main, elle crut comprendre qu'il l'appelait, mais elle traversa sans faiblir le grand hall.
Le pont couvert était déprimant à cette heure. Toutes les chaises longues étaient occupées par des passagers en pleine digestion. Le déjeuner n'était pas loin et déjà elle les soupçonna de penser au goûter. Un

steward passerait, poussant devant lui un chariot avec le thé, les jus de fruits, les assiettes de cake, de scones et de gâteaux secs. Et de nouveau ils mangeraient. Elle eut un dernier regard méprisant pour ces goinfres somnolents et poursuivit son chemin.

Le pont principal était désert. Il y faisait chaud malgré la brise. Elle s'accouda au parapet et essaya de regarder la mer en face. Impossible. La lumière s'y reflétait, blanche, étincelante. Il fallait plisser les paupières très fort, se servir de ses mains comme d'une visière.

Les premières mesures d'une chanson lui parvinrent, sifflées d'abord doucement, puis de plus en plus fort. Quelqu'un dans son dos voulait attirer son attention, quelqu'un peut-être se moquait d'elle. Un homme, d'après l'énergie qui y était mise. Ou bien Dominique, capable de siffler comme un garçon. Dominique qui l'aurait suivie et amorcerait à sa façon une réconciliation. « Elle attendra », pensa Roséliane bien décidée à ne pas se retourner. La chanson s'arrêta. Elle devina plus qu'elle n'entendit les bruits de pas sur le plancher du pont. Elle reconnut l'odeur d'eau de Cologne ambrée.

Gérard Le Roux s'accouda près d'elle.

— Vous ne trouvez pas que la mer est moins bleue qu'hier ? dit-il sans la regarder.

Elle s'appliqua à réfléchir, cherchant avec sérieux la bonne réponse. Il avait recommencé à siffler, mais entre ses dents, machinalement, et n'importe quoi. Il ne se serait pas comporté autrement s'il avait été seul.

— Qu'est-ce que vous avez fait depuis deux jours ? demanda finalement Roséliane.

Il eut un geste vague. Il regardait toujours la mer et pour cela plissait les yeux, lui aussi. Parce qu'il était penché en avant, à sa hauteur, Roséliane vit que ses cheveux, ses beaux cheveux châtains, toujours si bien coiffés, commençaient à se clairsemer. Presque rien encore. Mais il ne tarderait pas à vieillir, et qu'il vieillisse plus vite qu'elle la désola. Elle posa une main timide sur son avant-bras brûlé par le soleil. Pour se consoler ou pour le consoler lui, elle ne savait pas. Mais immédiatement sa main à lui se posa à son tour sur sa main à elle, la pressa contre son avant-bras.

Ils restèrent plusieurs minutes ainsi, immobiles, en s'efforçant de regarder la mer en face. Roséliane avait cessé d'être triste. Elle ne désirait rien d'autre que ce moment commun, que ce silence partagé. Mais il y mit un terme.

— Je vais devoir vous laisser...

— Micheline ?

Roséliane avait retiré sa main, il la reprit et la posa là où elle était auparavant, sur son avant-bras.

— Micheline me casse les pieds.

Il changea de position de manière à rencontrer le regard de Roséliane.

— Que fait-on d'une femme qui a cessé de vous plaire ?

— Je ne sais pas, avoua Roséliane.

Il rit.

— Je me demande pourquoi je vous fais mes confidences...

— Parce que je vous aime bien et que vous le savez !

Elle avait répondu du tac au tac, honnêtement, sans réfléchir. Elle chercha quelque chose qui amenuiserait ce qu'elle croyait être des propos trop graves, mais il ne lui en laissa pas le temps.

— Moi aussi je vous aime bien, dit-il sans émotion apparente.

Il lui entoura les épaules de son bras. Un geste amical, viril.

— Vous l'ignorez sans doute, mais notre ami le capitaine me taquine souvent à votre sujet.

— A mon sujet ?

Roséliane sentit son cœur battre plus vite. Le bras sur ses épaules pesa davantage. Elle eut tout d'un coup très chaud.

— Oui, à votre sujet... Quel dommage que vous soyez si jeune, j'aurais adoré vous faire la cour...

Il lui effleura la nuque.

— Et vous auriez aimé, n'est-ce pas ? Dites-le-moi, que vous auriez aimé...

Avant Roséliane, il entendit le martèlement des talons sur le pont. Il laissa retomber son bras.

— Ce qu'elle est collante ! fit-il entre ses dents.

Il se retourna d'un bloc, comme un soldat pris dans une embuscade. Roséliane l'imita. Devant eux se tenait Micheline. Elle avait les cheveux en désordre, le rimmel avait coulé autour des yeux. Roséliane la détaillait sans dissimuler son antipathie. Elle se sentait méchante et trouvait ça très excitant. Elle nota le pantalon corsaire trop jaune et trop serré, les seins qui débordaient d'un étroit corselet en fausse dentelle, les sandales dorées incongrues à cette heure de l'après-midi. Elle vit encore le vernis qui s'écaillait sur les ongles des mains et des pieds et le tremblement nerveux qui soulevait les lèvres. « Elle est laide, vraiment laide », pensa Roséliane en se serrant contre Gérard Le Roux. Mais il se déplaça de manière à maintenir entre eux un espace de quelques centimètres. Il avait pris son air le plus joyeux, le plus mondain.

— Quelle bonne idée de vous joindre à nous, Micheline !

— C'est ça, fais celui qui ignore que je le cherche depuis hier soir !

Elle marcha sur Roséliane.

— Laisse-nous, tu veux !

Le double tutoiement déplut à Roséliane. Elle eut envie d'obéir, de s'en aller. Mais Gérard Le Roux la retint. « Reste », murmura-t-il. Ainsi il la tutoyait de nouveau. Mais à voix basse pour que l'autre, la mégère, ne l'entende pas. Un coup d'œil à la mégère la mit mal à l'aise. Tout en elle, à cet instant, exprimait la douleur. On n'avait plus envie d'être méchant, on avait envie de ne plus la voir, envie de s'enfuir. C'est ce qu'allait faire Roséliane mais la main ferme de Gérard Le Roux l'en empêcha.

— Où étais-tu hier soir ? demandait Micheline.

Gérard Le Roux éclata d'un rire forcé.

— Mais comment voulez-vous que je sache ? Avec Roséliane peut-être ?

— Roséliane était avec sa bande d'enfants, je les ai vus. Et ne me cite pas le capitaine, je l'ai vu aussi. Ainsi que le commissaire ! Alors ? C'était la vieille de la cabine dix-neuf ? L'infirmière des secondes classes ?

— Vous vous emportez inutilement, articula lentement Gérard Le Roux, ce genre de scène vous va très mal...

Il retenait toujours Roséliane. Il sifflotait, nonchalant et juvénile. Mais à sa main devenue moite, elle le devinait effrayé. « Il a peur », pensa-t-elle déçue.

Micheline à son tour se mit à rire, d'un rire aussi forcé que celui du premier lieutenant. Elle chercha le regard de Roséliane et l'ayant trouvé, demanda :

— Qu'est-ce qu'il te débitait comme fadaises ?

Elle minauda :

— « Vous ne trouvez pas que la mer est moins bleue qu'hier ? »

— Assez ! cria Gérard Le Roux.

Il repoussa Roséliane et attrapa Micheline par la taille. « Assez, assez », répéta-t-il avec une voix qui s'efforçait d'être câline. Elle se laissa aller contre lui. « Là, là... c'est fini... », dit-il encore en lui caressant les cheveux.

Roséliane s'enfuit.

« C'est dégoûtant, dégoûtant, dégoûtant », pensait-elle en accordant ses pas sur le mot dégoûtant. « Micheline et Mâtho : dégoûtant », une enjambée. « L'infirmière et Mâtho : dégoûtant », une autre enjambée. « La vieille de la cabine... »

— Hello !

Dominique la guettait, perchée sur une échelle d'incendie. Roséliane accéléra, résolue à ne pas lui parler. Elle avait l'impression que sa tête allait éclater. La scène à laquelle elle venait d'assister, bien sûr, mais aussi ce qui avait eu lieu avant : la caresse sur son cou, cet aveu « Si vous aviez été plus âgée j'aurais adoré vous faire la cour ».

Dominique la rattrapa et, les bras grands ouverts, lui barra le passage.

— Quel sale caractère tu as ! dit-elle.

— Laisse-moi passer !

— Pour aller où ?

Cette question désorienta Roséliane. Elle allait nulle part et partout, il fallait qu'elle rencontre quelqu'un. Dans la cabine Pauline se reposait. Dimitri devait être à la piscine et Virgile errer de couloir en coursive, son carnet de tombola intact à la main. Ah, se trouver sur une plage déserte et marcher droit devant soi, à l'infini... Alors elle vit le carnet, celui-là même auquel elle venait de penser, coincé dans le short de Dominique, contre sa peau, à la hauteur de la taille. Dominique suivit son regard.

— Il est incapable d'en vendre. Je lui ai promis de m'en charger. Cela dit, ne crois pas que ce soit par bonté, c'est un pari, rien d'autre qu'un pari !

Cette sincérité eut raison de Roséliane. Elle sourit à son amie et Dominique baissa les bras. Un homme arrivait à leur hauteur.

— Tombola pour les veuves des marins noyés en mer ? proposa Dominique d'une voix chantante.

L'homme n'était pas un inconnu. C'était celui que

Dimitri et Roséliane appelaient Mister Magoo. Il acheta un billet.

— Prenez-en deux ou trois... toutes ces pauvres veuves, insistait Dominique.

— Je n'ai pas assez d'argent sur moi, s'excusait Mister Magoo.

— Ces pauvres veuves, surchargées d'orphelins !

Roséliane regardait partagée entre le fou rire et l'admiration. Dominique dansait d'un pied sur l'autre en secouant ses longs cheveux blonds. Elle avait la grâce et l'innocence d'une enfant qui aurait grandi trop vite. Elle s'obstinait.

— Vous me payerez plus tard, allez !

— Dans ce cas je vous en prends six. Le sort de ces veuves et de leurs grappes d'orphelins m'attriste infiniment... Passez me voir en fin de journée dans ma cabine, numéro douze. Je vous réglerai ma dette. Ou après le dîner, au bar...

Il sourit à Roséliane.

— Venez aussi.

Il s'éloigna.

— Vieux cochon, siffla Dominique.

Une expression furieuse envahissait son visage. Sa grande bouche se rétrécissait en une moue méprisante. Ses yeux avaient perdu toute leur candeur. Même ses cheveux blonds paraissaient ternes tout à coup.

— De qui parles-tu ? demanda Roséliane impressionnée par cette métamorphose.

— De ce type ! Pourquoi crois-tu qu'il nous ait invitées dans sa cabine ?

— Oh ! Dominique !

Roséliane pour une fois était sûre d'elle, Mister Magoo était insoupçonnable, elle l'aurait juré sur la tête de Dimitri. Elle plaida sa cause. Dominique résista un moment, puis fit semblant de la croire.

— D'ailleurs nous verrons bien. S'il se conduit mal

avec nous, nous irons nous plaindre au commissaire, conclut Roséliane.

— Cet ignoble vieux satyre !

— Celui-là, je te l'accorde, c'est un satyre.

— A propos de satyre, j'ai lu un télex très rigolo, dit Dominique.

Il faisait si chaud au soleil qu'elles s'étaient résignées à s'abriter sur le pont couvert. Les passagers y achevaient leur sieste. D'une chaise longue à l'autre les conversations reprenaient. Dominique ramassa un dépliant touristique qui vantait les charmes de la Martinique et s'en servit comme éventail. La transpiration mouillait la racine de ses cheveux. Elle agita les bras pour se rafraîchir les aisselles. Une odeur poivrée, une odeur de fenouil sauvage, arriva jusqu'à Roséliane. Elle-même transpirait abondamment. Sentait-elle quelque chose ? Sentait-elle bon ?

— Tu sens la noisette, décréta Dominique.

Elle soupira.

— On ne sent pas encore mauvais, parce qu'on est jeune. Mais après... Ça empeste si vite, sous les bras ! Les femmes se parfument pour cacher qu'elles puent ! Mais je voulais te raconter Salan...

— Salan ? demanda Roséliane qui aurait préféré que Dominique en dise un peu plus sur cette odeur de noisette qui, paraît-il, était la sienne.

— Le général Salan est en tôle à la Santé depuis vendredi soir. Sa femme et sa fille ont été appréhendées. Puis on a collé Mme Salan à Fresnes. Puis sa fille a été relâchée mais elle essaie d'obtenir un permis de visite.

Elle sourit, malicieuse et amusée.

— Tu te demandes pourquoi je m'intéresse au général Salan ?

— On dit l'ex-général Salan, rectifia Roséliane très

fière de la qualité de sa riposte et de l'étendue de ses connaissances.

— Peu importe, viens voir !

Le grand hall maintenant était très encombré. Les passagers, bien reposés, de bonne humeur, s'y promenaient sans but précis. Des groupes se formaient un peu partout, principalement devant les panneaux d'affichage. Au centre de l'un de ces groupes, il y avait Pauline. A sa façon de se tenir raide et agressive, à sa voix pointue — « sa voix de cocktail » comme disait Dimitri, Roséliane la devina en pleine discussion. Une discussion qui n'avait pas l'air de lui plaire.

— Et pourquoi ne devrait-on pas libérer Djamila Boupacha ? disait Pauline.

— Parce que c'est une terroriste !

Il y eut un brouhaha. Quelques-unes des personnes présentes approuvaient Pauline, mais la plupart n'étaient pas d'accord. Sans cesse les mêmes mots revenaient : prison de Fresnes, Alger, Bar des Facultés, bombe. Puis le ton monta encore et quelqu'un partit chercher le commissaire. Il arriva aussitôt.

— Que se passe-t-il, chère madame Domanges ?

Elle eut un méprisant haussement d'épaules. Le commissaire lui offrit une cigarette. Elle refusa. Son regard se posa sur Roséliane, mais comme si elle ne l'avait pas vue, ou comme si elle avait choisi de ne pas la voir. Roséliane qui s'apprêtait à la rejoindre, à faire front avec elle — car sa mère lui semblait bien seule dans cette affaire, s'arrêta net. Mieux, elle se cacha derrière Dominique.

Sollicité de partout le commissaire ne parvenait pas à rétablir le calme. Il levait et abaissait les bras, répétait des « nous sommes en vacances, voyons, laissons là la politique ! » qui demeuraient sans effet. Le nom de Djamila Boupacha ayant été de nouveau prononcé, on lui désigna un télex. Il le lut, puis d'un geste rageur l'arracha du panneau et en fit une boulette qu'il jeta le plus loin possible — par hasard aux pieds de Roséliane. Elle le déplia et lut : « Djamila Boupacha a été libérée de la prison de Rennes ». L'information était trop mince pour qu'elle puisse comprendre. Elle empocha le télex, espérant que quelqu'un tout à l'heure pourrait lui expliquer qui était cette Djamila Boupacha.

L'assistance s'était un peu calmée.

— Je ne permettrai pas à cette Algéroise de semer la discorde chez moi ! disait le commissaire.

On l'approuva. Déjà d'autres conversations reprenaient, plus anodines. La température extérieure qui se rafraîchissait, le prochain tournoi de bridge, la tombola.

Mais Pauline conservait un air boudeur et buté.

— Pourquoi faites-vous semblant de vous mêler de politique, chère amie ? disait amicalement le commissaire. Vous ne me ferez jamais croire que vous vous intéressez sincèrement à cette Djamila Boupacha...

Elle commençait à sourire, il poursuivit :

— De toutes les façons, elle va se faire descendre, cette petite. Elle est condamnée à mort par l'O.A.S. ! Elle était mieux en prison !

Le sourire de Pauline s'accentuait.

— Vous êtes un cynique, commissaire, dit-elle.

— A peine plus que vous ma chère. Mais suivez-moi dans mon bureau, je vais vous raconter quelque chose qui va beaucoup vous amuser...

— Qu'est-ce que je te disais ! chuchota Dominique avec aigreur. Même elle, il la drague !

Roséliane rougit. Elle eut envie d'appeler sa mère, de la retenir. Mais elle n'osa pas. Par timidité. Par dépit. Sa mère ne l'avait pas vue, pas remarquée, alors qu'elle avait l'air de bien s'amuser avec le commissaire. On l'entendait rire dans le bureau. Ce rire qu'elle n'avait jamais en famille...

Dominique la tirait par le poignet. Elle avait un doigt pointé sur un télex punaisé entre une annonce de la météo et un avis de grève du personnel roulant de la S.N.C.F.

— Regarde : la fille de Salan s'appelle Dominique et elle va avoir seize ans ! Comme moi ! C'est drôle, non ?

— C'est tout ?

— C'est beaucoup ! Je vais suivre de près les aventures de la fille du général Salan.

Elle se reprit.

— Heu... de l'ex-général Salan.

Roséliane apprécia. Elle aussi eut envie de rire, de s'amuser. Comme sa mère dans le bureau du commissaire.

— Viens, dit-elle. Allons vendre les billets de tombola, sinon tu vas perdre ton pari. Au fait...

Elle sortit le télex de sa poche.

— Djamila Boupacha, tu connais ?

— Non. Qui c'est ?

Le reste de la journée se passa dans une délicieuse entente. Roséliane et Dominique couraient d'un pont à l'autre, du fumoir à la bibliothèque, de la salle de gymnastique à la galerie marchande.

— On va là ?

— O.K.

En cette fin d'après-midi, peu importait qui proposait quoi ; l'autre était toujours d'accord. Les billets de loterie avaient tous été vendus. Dominique en conservait le carnet à souches coincé entre sa taille et l'élastique de son short. Elle affichait un air modeste qui à lui seul racontait son triomphe. Roséliane comptait et recomptait l'argent.

Cependant à l'excitation succédait une légitime lassitude. Elles avaient renoncé à la piscine, trop encombrée à cette heure-là, et s'étaient installées dans des chaises longues.

A l'horizon le ciel devenait rose. On pouvait enfin regarder la mer en face, sans plisser les yeux. Et c'est ce que faisait Roséliane, hypnotisée, amollie, par la douceur de l'air. Elle repensait à Mâtho. Qu'il lui ait caressé le cou, qu'il se soit confié à elle, tout cela était réel et irréel à la fois. Comme le retour de Pauline à l'aube.

Près d'elle Dominique parlait sans arrêt, évoquait tel ou tel épisode de la vente des billets de tombola, avec, souvent, des éclats de rire qui la laissaient épuisée, au bord des larmes.

— Ah, que je m'amuse ! gémissait-elle et Roséliane ne pouvait que lui donner raison : l'histoire de la passagère qui les avait prises pour des femmes de chambre était irrésistible...

L'arrivée inopinée de Pauline les fit moins rire.

— Où étais-tu ? Ça fait une demi-heure qu'on te cherche !

Elle avait revêtu une élégante robe en soie bleu marine. Dimitri l'accompagnait. Ses cheveux humides étaient parfaitement disciplinés de part et d'autre d'une raie qui venait d'être rectifiée. Il portait un pantalon blanc et son blazer foncé des grands jours.

— L'invitation du commandant ! se rappela Roséliane.

— File te changer, et rejoins-nous ! ordonna Pauline.

— Je ne peux pas y aller comme ça ?

La perspective de se rendre seule chez le commandant l'épouvantait. Pauline examina la jupe froissée, la chemisette à laquelle il manquait le dernier bouton.

Son regard accusa encore les ongles sales et la frange en désordre.

— Fais ce que je te dis, et dépêche-toi !

Dominique semblait s'être endormie dans sa chaise longue.

— Tu viens avec moi ? lui demanda Roséliane.

— Je ne suis pas invitée, répondit Dominique, les yeux toujours fermés.

— Aucune importance, n'est-ce pas, maman ?

Pauline se détourna dans un geste brusque et volontaire. Son profil, à contre-jour, s'accusait. On aurait dit celui d'un oiseau. Elle eut un regard pour Roséliane. Un seul et bref regard. Si furieux, si hostile que Roséliane baissa la tête.

— Désolée, dit-elle, mais comme Dominique vient de te le dire, elle n'est pas invitée. Et d'ailleurs, ce short...

Elle désigna du doigt les longues jambes de Dominique qui s'étalaient sur la chaise longue. Mais comme celle-ci ouvrait les yeux, elle lui adressa un sourire de commande.

— Ce sera pour une autre fois, n'est-ce pas, Dominique ?

Le commandant pouvait avoir cinquante ans, mais en paraissait bien plus à cause de son embonpoint et d'un début de calvitie. Un sourire, toujours un peu triste, toujours un peu hésitant, semblait être sa seule expression. On le disait solitaire, presque sauvage. Etre invité à boire un « drink » chez lui était un grand honneur. Car en dehors de son unique et très convoité dîner de gala, il rencontrait rarement ses passagers. Le savait-il ? on l'avait surnommé l'Invisible.

Les enfants, d'emblée, avaient sa sympathie. Il les

menait sur la passerelle, leur confiait la barre du navire. Et quand il se laissait aller à raconter des histoires de tempête, c'était de vraies et belles histoires de tempête. Comme dans les livres.

— Vous voulez la barre, Roséliane ?

Elle serra la main qu'il lui tendait.

— Non merci, commandant, dit-elle en appuyant sur le mot commandant.

Sur la passerelle on s'amusait. Dimitri manœuvrait avec application l'énorme roue. Les lèvres serrées, les jambes écartées, il regardait droit devant lui, concentré et farouche. Les jeunes officiers qui l'entouraient lui prodiguaient d'absurdes conseils. « Ne les écoute pas, mon garçon », disait le commandant.

Parce qu'elle était la seule fille, Roséliane se sentait intimidée. Pour ne rien arranger, il y avait cette robe rayée verte et blanche, neuve de surcroît, qu'il lui avait fallu revêtir. Sa mère l'avait achetée dans le seul magasin convenable de Caracas, trouvant qu'elle avait « du chic », qu'elle faisait « très jeune fille ». Mais Roséliane ne s'y était pas encore habituée. Elle avait plutôt l'impression que cette robe lui allait mal, que loin de l'allonger, elle la rapetissait.

— Venez voir la vue que nous avons d'ici.

Le commandant la conduisit à la grande baie circulaire qui surplombait l'avant du navire. Neuf vitres la constituaient. Roséliane colla son front contre l'une d'elles. Il lui sembla alors qu'elle ne faisait plus qu'un avec le grand transatlantique. Elle ressentait dans ses jambes le moindre de ses balancements. Comme il filait vite et sans heurt ! Comme il fendait les vagues ! Elle étendit ses bras le long de la rampe de cuivre. La fraîcheur du métal sur sa peau était un bonheur de plus. Comme cette odeur de sel et d'encaustique. Comme le bruit sourd, continu, si rassurant, des machines.

— Quand je suis ici, j'oublie tout.

Le commandant venait de parler. Pour elle ? Pour lui ? Elle acquiesça. A quelques mètres d'eux les rires des jeunes officiers couvraient le rire plus réticent, plus craintif, de Dimitri.

— J'aimerais revenir ici un jour de tempête, dit enfin Roséliane.

— Les jours de tempête, mes passagers sont consignés dans leur cabine, répondit le commandant.

Elle le savait. Mais elle était déçue. Elle aurait tellement aimé une réponse du genre : « Pour vous, je ferai une exception. » C'est celle que n'auraient pas manqué de lui donner le commissaire, le capitaine et le premier lieutenant. Elle les aurait soupçonnés de mentir, bien sûr, mais elle se serait réjouie. Pourquoi ce balourd de commandant éprouvait-il le besoin de dire la vérité ? Alors qu'il n'y avait presque jamais de tempête ? Elle lui jeta un coup d'œil furtif.

Le commandant avait perdu son sourire. Une détresse absolue, totale, se reflétait sur son visage.

Roséliane, gênée, regarda de nouveau la mer. Fort à propos, le capitaine Laurent Bonvoisin fit irruption.

— On vous réclame, commandant !

Le salon particulier était élégant mais sans chaleur. Pas de livres, pas de revues, ni pipes ni cigares : le commandant ne fumait pas. Seule une photo, glissée dans un cadre en argent et posée à l'écart, sur ce qui semblait être un bureau, attira l'attention de Roséliane. Elle était en couleurs et paraissait récente. On y voyait trois jeunes filles, dans un jardin, posant sous un mimosa en fleur.

— Le naufrage du *Titanic,* c'est en quelle année ?

Mister Magoo à qui s'adressait la question ne répondit pas. Mister Magoo avait un vrai nom. Il avait été prononcé quelques minutes auparavant, mais

Roséliane et Dimitri, indifférents ou distraits, ou les deux, l'avaient aussitôt oublié.

Paul Laplume, le médecin, un homme encore jeune, timide, effacé, et qui s'exprimait avec difficulté — à vrai dire, il bafouillait, répondit :

— En 1912, il me semble...

— C'est vrai que c'était sa première traversée ?

— Tu nous ennuies, Dimitri, décréta Pauline.

Elle était confortablement installée dans un grand fauteuil marron, de la même couleur que sa peau. Ses jambes nues étaient croisées très haut. Sur chacune des bretelles de sa robe étincelaient deux petites broches rondes en perles et diamants. Le capitaine Laurent Bonvoisin était assis sur un des bras du fauteuil. Il passait un doigt insistant sur les bijoux.

— Qui vous a offert ces merveilles ? dit-il.

— Des merveilles ? Vous trouvez ? Eh bien, c'est à peu près tout ce qui me reste de ma belle-mère... Vous savez, cette femme que je n'ai jamais connue, qui est morte dans un accident de voiture bien avant que je ne rencontre mon mari...

Elle eut un rire insolent et joyeux.

— Ne vous ai-je pas déjà raconté plusieurs fois l'histoire de ma belle-mère russe ?

— Racontez encore, j'adore quand vous racontez, dit le capitaine d'une voix caressante.

Pauline fit « non, non » de la tête. Il lui désigna Mister Magoo, le commandant et le médecin. Les trois hommes étaient tournés vers elle et lui souriaient.

— Nous adorons tous quand vous racontez, insista le capitaine.

Il se pencha vers elle et lui chuchota quelques mots à l'oreille.

— Vraiment ? L'histoire de ma belle-mère ? Vous êtes sûr ?

— Sûr et certain... Elle s'était enfuie de Russie en 1920, n'est-ce pas ?

— En 1918, déguisée en paysanne...

Roséliane cessa immédiatement d'écouter. Elle détestait que Pauline utilise cette histoire qui ne lui appartenait pas. Elle s'en servait pour briller, pour faire son intéressante... Elle pensa à son père qui avait grandi auprès de cette femme russe. A son refus d'en parler. Comme si ce qui s'était passé entre sa mère et lui, son unique enfant, était un secret impartageable, un secret à eux. Il faudrait que Roséliane se décide à l'interroger. Il faudrait qu'il accepte de lui montrer des lettres, les appartements où ils avaient vécu ensemble. Qu'il lui raconte leur vie dans celui du boulevard Arago, près des Gobelins. En septembre. Elle parlerait à son père, en septembre. Et durant l'été, elle irait au cimetière russe de Sainte-Geneviève-des-Bois déposer un bouquet de sa part à elle et de sa part à lui.

Un raclement de gorge irrité lui signifia que Dimitri s'ennuyait. Il se balançait sur sa chaise de plus en plus vite, de plus en plus bruyamment. Quand le balancement devenait dangereux, il l'arrêtait et s'amusait à faire avec son verre de Coca-Cola des ronds poisseux sur le guéridon en acajou.

— Dimitri !

Pauline le désigna à ses compagnons.

— Quand il est insupportable, je pense que c'est son côté russe qui se manifeste.

Des rires saluèrent cette déclaration.

— Dimitri vous ressemble, dit le capitaine.

Pauline fit la moue.

— Dimitri ressemble à son père.

— Et Roséliane ? demanda poliment le commandant.

Roséliane baissa la tête, confuse, presque humiliée. Qu'on parle d'elle en sa présence était odieux. En son absence aussi, d'ailleurs. Et avec tous ces regards qui se posaient sur elle, c'était comme si Pauline l'avait exposée dans un zoo.

Dimitri avait repris son balancement.

— Roséliane ne me ressemble pas. Pas plus qu'elle ne ressemble à mon mari.

— Peut-être qu'elle ressemble à cette grand-mère russe ? proposa le commandant.

Pauline haussa les épaules.

— Même pas... Les photos nous la montrent blonde. Roséliane a les cheveux et les yeux noirs...

Elle rit.

— Quoique... Elle a la peau si blanche... Une vraie peau de blonde... Ou une peau de rousse... C'est ça : Roséliane c'est une rousse déguisée en brune !

— Je sais à qui elle ressemble, dit Mister Magoo. Elle ressemble à Louise Brooks. Quelqu'un ici a-t-il vu *Lulu ?* Roséliane a la même frange et les mêmes yeux que Louise Brooks.

Mais personne dans le salon ne connaissait Louise Brooks, personne n'avait vu *Lulu.* Néanmoins Mister Magoo était à son affaire. Il décrivit l'actrice, cita ses films. Il ne quittait pas Roséliane des yeux et Roséliane soutenait son regard, fascinée, hypnotisée. Pour un peu elle en aurait oublié où elle se trouvait. Pauline se chargea de le lui rappeler.

— Assez de sottises, dit-elle ; Roséliane est encore une petite fille !

— Les petites filles se transforment en femmes en un rien de temps, déclara le commandant, et la conversation se mit à rouler sur ce sujet.

Roséliane, un instant en vedette, fut oubliée. De l'éducation des filles en 1962, on en arriva vite à la situation des Français d'Algérie, à leur rapatriement en France. « Cela leur pendait au nez, ils ont tellement profité », disait Pauline avec un brin d'agressivité. Le capitaine l'approuvait : « Ils ont suffisamment fait suer le burnous ! » « C'est quand même malheureux, un pays qu'ils ont fait entièrement », objectait Mister Magoo de derrière la fumée de son gros cigare. « Des gens qui laissent un pays clefs en main », regrettait le docteur Paul Laplume. « Pauvres gens, pauvres Pieds-noirs... Quel crève-cœur ! », se contentait de dire le commandant. Et cette phrase revenait pareille à une ponctuation.

— Et l'*Andréa Doria* ? glapit soudain Dimitri.

— Nos propos ennuient les enfants, constata le commandant.

Il rapprocha son fauteuil de la chaise où se balançait Dimitri. Le verre de Coca-Cola avait laissé des ronds poisseux sur toute la surface du guéridon en acajou. Son regard passa dessus sans les remarquer et se posa sur Dimitri.

— Que veux-tu savoir, mon garçon ?

— Je veux savoir comment ça s'est passé, pour l'*Andréa Doria* !

— Ce fut un affreux naufrage, commença le médecin Paul Laplume.

Il venait d'utiliser le ton conte de fées, celui qui accompagnait inévitablement le « il était une fois ». Dimitri impatient lui coupa la parole.

— Sans survivant ?

Ses yeux s'étaient rétrécis. L'excitation le clouait sur sa chaise.

— Pas du tout : les passagers furent recueillis sur l'*Ile de France*.

Le médecin Paul Laplume se tourna vers Roséliane qui, elle aussi, maintenant, se balançait sur sa chaise.

— Vous connaissez l'histoire de l'*Andréa Doria* ?

— Je ne sais même pas ce que c'est !

— Rosette est nulle, une vraie bûche ! décréta Dimitri.

— Ne m'appelle pas Rosette !

— Pourquoi ? C'est joli, Rosette, dit Paul Laplume.

— Non !

Mais le commandant commençait son récit.

— L'*Andréa Doria* est un paquebot italien. Dans la nuit du 25 au 26 juillet 1956, il est percuté par le paquebot suédois *Stockholm*. Il y avait beaucoup de brume... Ce drame s'est déroulé au large des côtes d'Amérique.

— Affreux ! murmura Dimitri en frissonnant de plaisir.

Il réclama d'autres histoires de naufrage. Le commandant évoqua successivement *La Floride, La Guadeloupe, Le Guatemala,* coulés par les sous-marins allemands en 1915. Mais Dimitri voulait du plus récent. Mister Magoo raconta l'incendie du *Normandie,* dans le port de New York, en 1942.

— Le feu s'est déclaré à quatorze heures trente, dans le salon des premières classes...

— On aurait pu l'éteindre, dit le commandant. Mais les marins américains connaissaient si mal le bateau...

Un différend poli les opposa sur le degré de responsabilité des marins américains dans l'incendie du *Normandie.* Le médecin Paul Laplume s'était éclipsé en bredouillant des « Surtout ne vous dérangez pas... C'est l'heure de ma dernière consultation. » Dans le fauteuil, Pauline et le capitaine poursuivaient à voix basse une conversation apparemment très amusante. Ils riaient en tournant la tête, comme pour se cacher des autres. Leurs mains parfois se rencontraient, à propos de n'importe quoi : d'une cigarette, d'un briquet. Dans ces moments-là, Pauline riait plus fort.

La voix aiguë de Dimitri s'éleva :

— Maman, et si tu leur racontais comment tu as failli te faire embarquer par la Gestapo et finir dans un camp de concentration ?

— Vous n'êtes pas amusants, pas amusants du tout... Avant j'étais fière de vous, vous me faisiez honneur. Tout à l'heure, vous m'avez fait honte! Quand on s'ennuie, la moindre des politesses est de le cacher. Toi Roséliane, tu es aussi vivante et expressive qu'une souche! Toi Dimitri, c'est encore pire! Tu accapares la conversation avec des histoires de naufrage dont tout le monde se fiche. Je n'ai pas compris quelle mouche t'a piqué... Evoquer ainsi ma pseudo-arrestation! Devant ces gens! C'était incongru et déplaisant! Désagréable pour moi...

Elle repoussa son assiette où refroidissait un gratin d'écrevisses.

— Tu m'écoutes, Dimitri?

Mais Dimitri regardait obstinément ailleurs. Alors elle se tut. Comme elle s'était tue pendant la première partie du dîner. Le silence s'installa de nouveau, pesant, à la limite du supportable. Seule Roséliane mangeait et il lui semblait que le bruit de ses mâchoires devenait, de bouchée en bouchée, plus énorme. Qu'on n'entendait que lui. Qu'on chuchotait à son propos à la table voisine.

Elle cessa de manger et observa sa mère et son frère. Ils avaient une façon bien à eux de s'ignorer. Comme s'ils se méprisaient depuis toujours. Pauline fumait, renversée sur sa chaise. Au bout de ses doigts, la cigarette tremblait.

Roséliane se leva. Un élan irréfléchi la poussait vers sa mère. Elle se pencha et l'embrassa, puis voulut se retirer. Mais Pauline la retint dans ses bras. Ce n'était pas seulement ses doigts qui tremblaient, c'était tout son corps, ses épaules. Roséliane crut sentir quelque chose d'humide et de tiède glisser sur sa peau, à la hauteur du cou. Il lui sembla que sa mère pleurait. Sans phrase, sans gémissement, presque sans larme. De l'autre côté de la table, Dimitri, avec la pointe de son couteau, traçait des lignes sur la nappe.

— Excuse-moi, murmura enfin Pauline. Je ne sais pas ce que j'ai ce soir...

— Une de tes migraines ? suggéra Roséliane.

— C'est ça, une de mes fichues migraines...

Elle chercha la joue de sa fille et y déposa un rapide baiser.

— Laisse-moi, maintenant. De quoi avons-nous l'air ?

Roséliane regagna sa place à regret. Cela faisait longtemps qu'elle n'avait pas tenu sa mère ainsi serrée dans ses bras. Des mois. Des années, peut-être. Car Pauline, parfois, avait d'étranges chagrins. Des chagrins dont elle taisait l'origine, mais qui lui arrachaient les mêmes sanglots secs et muets. Et Roséliane, quand elle était petite, aimait la consoler. C'était son rôle, sa fonction. Qu'on puisse pleurer devant elle la rendait fière. Elle y voyait une preuve de confiance. La preuve suprême.

— Servez-moi encore un verre de ce délicieux vin de Loire, réclamait Pauline au maître d'hôtel.

Elle but lentement, prenant bien son temps. Puis elle sortit son poudrier et son bâton de rouge à lèvres et tout aussi lentement, se remaquilla. Roséliane la regardait faire amusée : sa mère avait l'air d'une actrice de théâtre qui se préparait à entrer en scène. Enfin, elle appela :

— Dimitri ?

Il feignit d'être absorbé par une nouvelle série de dessins sur la nappe. Elle se fit enjôleuse.

— Tu boudes, mon Dimi ?

Dimitri, alors, daigna la considérer.

— Tu es en train de me faire du charme, dit-il d'un ton accusateur.

Pauline en convint.

— Et tu en fais aussi au capitaine, et ça c'est mal !

— Jaloux ? demanda Pauline d'une voix neutre.

— Je n'ai pas dit ça...

Elle fit mine de se désintéresser de lui... En fait on voyait qu'elle le surveillait. Comme il le faisait lui-même derrière ses mains hypocritement jointes. Leurs regards finirent par se croiser.

— Tsss, tsss, tsss... Mon fils est jaloux. Jaloux et puritain ! C'est d'un comique...

Elle éclata de rire.

— Mais je m'en fiche, du capitaine ! Je m'en fiche comme de ma première chemise.

Il abaissa ses mains. Une expression méfiante continuait à assombrir son visage. Pauline mit une miette de pain sur la paume de sa main et souffla dessus.

— Regarde ce que j'en fais du capitaine ! Pffff !

Le visage de Dimitri s'éclaira.

— J'aimerais bien te croire !

— Il faut toujours croire sa mère. Roséliane a confiance en moi, elle. N'est-ce pas, Roséliane ?

— Oui.

Et ce oui on ne peut plus machinal parut les satisfaire. Elle se posa la question à elle-même. Mais elle ne sut que répondre.

Entre Pauline et Dimitri la complicité était revenue. Ils se défiaient, goguenards et tendres, comme deux ex-adversaires d'égale valeur, satisfaits de leur réciproque prestation. Ils avaient frôlé la vraie dispute, ils s'étaient réconciliés à temps. Cela méritait d'être fêté.

— Une omelette norvégienne, monsieur Albert ! exigea Pauline.

Et comme il s'étonnait car elle ne prenait jamais de dessert :

— J'ai une faim de loup ! Pardon : nous avons tous les trois une faim de loup !

Quand Roséliane la dernière regagna la cabine, sa mère et son frère y étaient déjà et lisaient étendus chacun sur sa couchette.

— Où étais-tu ? demanda Pauline.
— Avec Dominique.
— Je me demande...

Pauline posa l'*Express* sur ses genoux et sortit une cigarette de la poche de son vieux kimono. Il était chiffonné, avec des taches de rouge à lèvres et de thé. Une crème de soin très grasse, à la puissante odeur d'amandes amères, s'étalait en couche épaisse sur son visage.

Roséliane n'aimait pas la voir ainsi. La crème de beauté et le kimono la dégoûtaient. Elle pensa à son père, à son irritation lorsqu'il la surprenait dans cette tenue. Il lui reprochait ce laisser-aller, il l'interprétait comme une preuve d'indifférence à son égard. « Tu te fais des idées, Pierre », protestait mollement Pauline. Mais jamais elle n'avait porté la magnifique robe de chambre en soie rose pêche qu'il lui avait offerte, cette robe de chambre sur laquelle une main de fée avait brodé son nom : Pauline Domanges.

— Tu te demandes quoi ? dit Roséliane.
— Rien.

Pauline feuilleta un instant *L'Express.*

— Et il n'y a rien dans ce journal !
— Maman est de mauvaise humeur parce qu'elle a rencontré les Smith, révéla Dimitri.
— Comment sont-ils ?

Dimitri prit une mine sinistre.

— Anglais.
— Je vois !
— Ils l'ont invitée à dîner pour demain soir.
— Excellent ! applaudit Roséliane.
— Je n'irai pas, annonça Pauline. J'aurai une migraine. D'ailleurs j'ai déjà une migraine ! Elle monte ! Elle est là !

Elle posa le bout de ses doigts sur ses tempes et ferma les yeux.

Roséliane rejoignit Dimitri qui avait momentanément abandonné une de ses bandes dessinées favorites, *L'Ombre de Saïno*, et semblait avoir quelque chose à lui confier.

— Pendant que tu traînais Dieu sait où avec ta chère Dominique, nous avons fait une rencontre... Une rencontre bien plus palpitante que les Smith...

— Mâtho ? murmura Roséliane.

Sa gorge s'était serrée. Pendant l'heure qui avait suivi le dîner, elle avait arpenté le pont principal, le pont aux chiens et le grand hall dans l'espoir de le croiser. Dominique l'avait accompagnée partout, un peu méfiante. Elle trouvait que Roséliane avait un drôle d'air, un air de chercher quelqu'un. Et Roséliane avait dû lui mentir : elle ne cherchait personne, elle avait besoin de se dégourdir les jambes, rien de plus.

— Mais non, pas Mâtho, soupira Dimitri. Et toi tu l'as vu ?

— Non.

— Tu me jures ?

— Mais oui, je jure.

Ils se regardèrent, attristés et déçus.

— Où peut-il être passé ? Il devient invisible. A propos...

Ses yeux se plissèrent, devinrent plus bleus. Un demi-sourire énigmatique remplaça la phrase inachevée. Roséliane savait qu'il attendait qu'elle le relance, qu'une partie de son plaisir consistait à se faire prier, puis, étape suivante, supplier d'en dire plus. Mais elle ne pria, ni ne supplia. Non pour le taquiner, comme souvent. Elle était distraite, réellement distraite. Elle pensait à Mâtho. On ne disparaît pas comme ça, il était forcément quelque part et avec quelqu'un. Car, et de cela elle était sûre, il devait détester la solitude.

Son silence eut raison de celui de Dimitri. Il raconta.

— J'ai vu... l'Invisible en personne ! Il était à l'avant du navire, tu sais là où c'est le plus désert. Il lisait et relisait une lettre... A la fin il l'a déchirée en mille morceaux et il l'a jetée à la mer. Que penses-tu de cette scène ?

— Pas mal, admit Roséliane.

— J'aime beaucoup l'Invisible, s'enflamma Dimitri. C'est le meilleur de tous les commandants.

Roséliane s'empressa de l'approuver. Leur commandant ne ressemblait pas aux commandants qu'ils avaient connus jusqu'alors. Et pas davantage aux officiers du bord.

— Pourquoi est-il si triste ? demanda Roséliane.

Dimitri avoua l'ignorer. Elle renouvela sa question à l'intention de Pauline qui eut un geste las, ce geste bien à elle qui signifiait : « encore une de vos assommantes questions ». Cependant elle finit par dire, du bout des lèvres :

— On raconte que sa femme l'a quitté en emmenant leurs trois enfants.

« Les trois filles de la photo », se souvint Roséliane.

— Il ne s'en est jamais remis. On raconte aussi qu'il boit tout seul... En cachette...

— Le pauvre ! soupira Roséliane.

— Le pauvre ! Le pauvre ! Mais il est ennuyeux comme la pluie ! Un monument d'ennui ! Je comprends sa femme !

Pauline était devenue si véhémente que cela choqua Dimitri.

— Tu es méchante, dit-il sèchement.

— C'est vrai, approuva aussitôt Roséliane.

Pauline se redressa sur sa couchette. Elle ramena un pan du kimono qui avait glissé, dénudant une de ses cuisses. Ses gestes étaient nerveux et désordonnés. Son visage recouvert de crème prenait, à la lueur de la lampe de chevet, une teinte blafarde qui le faisait paraître inanimé.

Ses enfants la fixaient, sévères. Elle les toisa.

— C'est bien ma veine ! Mes enfants sont des puritains ! Il faudrait que vous compreniez que dans la vie rien n'est totalement blanc et rien n'est totalement noir...

Elle les vit attentifs, pleins de bonne volonté, qui l'écoutaient. Elle haussa les épaules.

— Et puis zut ! la vie se chargera de vous l'apprendre sans que je m'en mêle. Qui me prête un *Spirou* ? Même *L'Express* me casse les pieds, ce soir !

Roséliane se réveilla en sursaut. Quelqu'un se déplaçait dans la cabine. Elle tendit l'oreille. Ce quelqu'un avait dû l'entendre aussi car il s'était immobilisé. Elle ne voyait que son ombre, bizarrement fluette et tordue. Elle pensa à sa mère. Pauline rentrait d'une de ses mystérieuses promenades, ou s'y rendait. Roséliane retint son souffle. Il lui semblait que les battements de son cœur faisaient autant de bruit que le tic-tac d'un réveil. Quelques minutes passèrent. Personne ne bougeait. Son cœur se calma. Elle put bientôt discerner deux respirations. Celle de Dimitri au-dessus d'elle, et celle de Pauline, dans sa couchette sous les hublots. Alors elle comprit. L'ombre était celle du kimono, laissé par Pauline sur la coiffeuse. Personne n'était entré, personne n'avait marché, c'était juste un rêve dont elle avait déjà tout oublié qui l'avait tirée de son sommeil.

Avec mille précautions, elle se leva. Pauline reposait, enroulée, nue dans son drap. Sa peau avait absorbé toute la crème. Son visage se détachait, très brun, sur l'oreiller blanc. L'odeur d'amandes amères flottait dans la cabine, diffuse et tenace.

Il pleuvait. C'était inattendu, cela avait commencé très tôt, bien avant le réveil.

Roséliane avait passé un bras par le hublot à demi ouvert et l'avait ramené mouillé. Elle avait léché sa main. L'eau, sur sa peau avait bon goût.

— Goûte!

Elle tendit sa main à Dimitri. Il la saisit et y promena sa langue. Il remonta jusqu'au coude. Elle le regardait faire, impassible. Il abandonna le bras.

— Je ne te chatouille plus, dit-il déçu.

Se lécher avait été un de leurs jeux favoris. Il s'agissait de se laisser faire, sans se débattre, sans rire, sans crier. Le premier qui se dérobait avait perdu. Il fallait donc cacher à l'autre ses points faibles, ses zones sensibles. Pour Roséliane c'était le dos, le creux des reins plus particulièrement. Pour Dimitri, les oreilles. La langue de sa sœur dans les oreilles le rendait fou.

A son tour, il passa le bras au travers du hublot. La pluie tombait, dense, régulière. La manche de son pyjama fut vite trempée. Il se débarrassa de la veste, l'envoya rejoindre le kimono de Pauline sur la coiffeuse.

Roséliane était encore sur sa couchette, en chemise de nuit. Une chemise de nuit achetée en même temps que la robe verte étrennée l'avant-veille chez le commandant. Une chemise de nuit fleurie, décolletée, bordée de dentelle et qui faisait « jeune fille » toujours selon Pauline.

Dimitri lui présenta son épaule nue.

— Lèche-moi.

Pour mieux résister à ce qui se préparait, il avait fermé les yeux : voir affaiblissait.

— Vas-y, je suis prêt...

Il attendait. Avec des secousses d'impatience dans tout le corps. Mais Roséliane n'arrivait pas à se décider. Elle réalisait à quel point il avait grandi. Son buste long et maigre était le buste d'un jeune garçon et non plus celui d'un enfant. Elle se troubla, il se fit suppliant.

— Rien qu'un petit peu...

— Je ne peux pas, avoua-t-elle à voix basse.

Il rouvrit les yeux, les plissa. On aurait dit un chat gourmand. Mais la gourmandise fit place à l'incrédulité, puis l'incrédulité à la ruse. Son regard glissait sur le cou de sa sœur, sur ses seins sous la dentelle, revenait à la nuque, s'attardait sur la bouche.

— Tu aimerais mieux lécher quelqu'un d'autre !

— Qui ?

En même temps qu'elle avait crié, elle était déjà sur lui.

Il n'avait pas prévu l'attaque. Elle l'agrippait aux épaules, lui cognait la tête contre les oreillers, le mur, l'échelle en bois qui reliait les deux couchettes.

— Qui ?

Il lui échappa et glissa à terre, elle lui sauta dessus. Un vrai vol plané de cow-boy. Il cria « Grâce ! » une fois, trois fois, plusieurs fois. Mais elle le tenait, l'écrasait. Ses genoux dénudés lui maintenaient les épaules collées au sol. D'une main elle lui serrait le cou, de l'autre elle le giflait. Et à chaque gifle, elle criait : « Qui j'aimerais mieux lécher ? Qui ? » La chemise de nuit était remontée haut sur les cuisses. Dimitri dégagea un bras, le glissa entre les jambes. Pas méchamment, presque délicatement. Elle hurla, le lâcha. Ils roulèrent sur le tapis, séparés.

Ils furent une bonne minute incapables de bouger. Haletants. Puis Dimitri, d'un geste sec, rabattit la chemise de nuit sur les jambes de sa sœur. Elle gisait dos au sol, les bras en croix. Elle avait encore du mal à respirer. Ses cheveux noirs, pourtant assez courts, lui cachaient le visage. Seule sa bouche ressortait, un peu gonflée, étrangement rouge. Il regarda son bras à lui et comprit que ce qui le brûlait, depuis un moment déjà, était une griffure. Elle l'avait griffé ! Une longue éraflure qui partait de l'épaule gauche et qui allait jusqu'au coude. Il vit aussi que son pantalon de pyjama avait glissé. Il le remonta.

— A quoi vous jouez ?

Pauline sortait de la salle de bains, enveloppée dans un peignoir-éponge.

— Il m'a semblé entendre crier... Mais avec le bruit de la douche...

Elle achevait de se sécher les cheveux, une cigarette bien calée entre les lèvres. Elle allait et venait dans la cabine, évoquait à voix haute le programme de la journée. Puisqu'il pleuvait, pourquoi ses enfants n'en profiteraient-ils pas pour écrire à leur père ?

Roséliane semblait s'être endormie, les genoux sous le menton, la tête sur les avant-bras. Sa respiration peu à peu devenait régulière. Dimitri triturait son éraflure dans l'espoir d'en extraire quelques gouttes de sang.

— Vous jouez toujours ? demanda Pauline.

Passant près de Roséliane, elle lui donna un léger coup de pied.

— Va faire ta toilette et va t'habiller. L'heure de jouer est passée depuis longtemps.

— Je veux que tu écrives aujourd'hui à ton père. Tu m'écoutes, Dimitri ?

Assise à sa coiffeuse, Pauline se faisait les ongles. Elle se retourna vers sa fille qui sortait de la salle de bains.

— C'est aussi valable pour toi !

— Mais puisque la lettre ne partira pas avant Vigo... Dans trois ou quatre jours !

— Cinq ! corrigea Dimitri.

Pauline reboucha le flacon de vernis.

— Comprenez-moi bien. Je me fiche que vous écriviez ou non à votre père. C'est votre père, pas le mien. Mais vous ne pensez jamais à lui ! A croire qu'il n'existe plus pour vous...

Sans un mot, Dimitri gagna à son tour la salle de bains. Il claqua la porte, ouvrit à fond les robinets. Et se mit à siffler très fort l'hymne national vénézuélien. Pauline, qui avait calé entre ses doigts des petits bouts de coton, soufflait sur ses ongles. Elle poursuivait pour Roséliane : ses enfants étaient devenus des égoïstes. Comme ils avaient changé ! En si peu de mois. Etait-ce l'adolescence qui les gâchait ? Etait-elle en présence des premiers symptômes de l'âge bête ?

Roséliane ne l'écoutait plus. Elle examinait ses mains, encore étonnée de la violence avec laquelle elle avait frappé Dimitri ; elle aurait pu l'étrangler. Elle s'étonnait aussi de l'impression que lui laissait cette bagarre. Une impression plutôt agréable. Elle venait d'infliger à son frère sa dernière raclée, alors qu'il était déjà plus fort qu'elle et qu'il aurait dû logiquement avoir le dessus. Elle l'avait eu par surprise. Parce qu'il ne s'attendait pas à ce qu'elle se transforme en chat sauvage.

— Roséliane !

Pauline en slip tentait vainement d'agrafer son

soutien-gorge. Elle s'énervait. Ses mains aux ongles rouge corail tâtonnaient à la recherche du fermoir.

— Aide-moi, veux-tu ?

Roséliane obéit et tenta elle aussi de joindre les deux bouts du soutien-gorge. Son visage était apparu dans le miroir, contre celui de Pauline. Leurs regards s'y croisèrent. Celui de Pauline était hésitant et agressif. Celui de Roséliane n'exprimait rien d'autre qu'une rêveuse attente. Les deux regards, comme les deux visages ne se ressemblaient pas.

— A quoi tu penses ? demanda Pauline.

— Et toi ?

— C'est moi qui pose la question.

— A rien.

— Une vraie souche alors ?

Roséliane s'écarta. Sa mère avait retrouvé ce ton railleur qui chaque fois la blessait. Faisait-elle exprès d'être désagréable ? La taquinait-elle ? Même pas ! Sa mère agissait sans s'en rendre compte, cruelle par insouciance, indifférente profondément. Maintenant, elle se cherchait une robe. Plantée entre les deux battants de l'armoire et n'ayant visiblement plus rien à faire de Roséliane.

Dimitri sortait de la salle de bains.

— Maman, tu pourrais t'habiller ! reprocha-t-il.

Elle lui fit face, le feu aux joues. Il lui tendit son kimono.

— Mets ça, tu vas prendre froid.

Pauline murmura quelque chose, quelque chose de très court, un seul mot peut-être, que ni Roséliane ni Dimitri ne comprirent, puis elle attrapa un cintre et s'enferma dans la salle de bains.

La robe chemisier qu'elle avait choisie était stricte : beige, droite, à manches longues. Elle ne s'était ni maquillée ni même parfumée. Elle sentait le savon, l'eau de Cologne et le dentifrice à la menthe lorsqu'elle leur lança juste avant de sortir, déjà presque dans le couloir :

— Je m'en vais. Si vous vous décidez à écrire à votre père, il y a un bloc de papier et des enveloppes dans le deuxième tiroir de la commode. Et si vous ne lui écrivez pas, sachez bien que...

Elle cherchait ses mots. Assis tout près de sa sœur sur la couchette, la bouche contre son oreille, Dimitri compléta tout bas :

— ... je m'en fiche.

— ... que je m'en fiche, acheva Pauline.

Et elle sortit en claquant la porte.

— Rosette ?

— Ne m'appelle pas Rosette !

— Bon, bon...

Ils étaient assis face à face de chaque côté de l'unique petite table. Lorsqu'ils se penchaient en même temps en avant, leurs tête se heurtaient. Ils poussaient alors un « oh ! » furieux et se rejetaient sur leur chaise. Mais sous la table, leurs jambes continuaient à se battre. Une bataille sournoise, larvée, faite de coups de genoux et de coups de pied. Dimitri était de loin le plus teigneux.

— Ouille !

Roséliane rabattit ses jambes, il venait de l'atteindre à la cheville.

— Qu'est-ce que ça veut dire, puritain ?

Elle protesta.

— Tu m'as fait très mal !

— Et toi, tout à l'heure ? Vise-moi cette blessure !

Il lui montrait son bras. Roséliane le prit entre ses mains, l'étudia de près.

— C'est très joli, dit-elle avec sérieux. On dirait le tatouage des hommes de Saïno... Tu sais, l'espèce de serpent ; en plus grand, bien sûr...

Dimitri considéra son bras avec respect.

— J'aimerais tellement ressembler à Thierry de Royaumont !

— Peut-être que tu lui ressembleras un jour...

Il la regarda, soudain méfiant : tant de bienveillance n'annonçait rien de bon. Elle se moquait de lui. Ou elle avait un service à lui demander.

Là il se trompait. Roséliane mâchait un vieux Bic. Parfois, mais très rarement, le Bic quittait sa bouche pour tracer quelques mots sur une feuille de papier à en-tête de la Compagnie Générale Transatlantique. Elle s'efforçait de trouver de jolies phrases. Des phrases qui feraient oublier à son père la banale carte postale partie trois jours auparavant. Cette carte postale en noir et blanc qui représentait le *Balboa*... La même à chaque traversée... Comme il avait dû être déçu ! Mais cette lettre le décevrait aussi. Il y manquait l'essentiel. Elle rêva. En septembre tout serait différent. Elle serait une jeune fille, elle l'accompagnerait au Country-Club, dans des soirées. Ils chevaucheraient ensemble le dimanche, laissant Pauline et Dimitri à Caracas... Dimitri avait contourné la table pour lire par-dessus son épaule.

— « Mon cher papa, nous nous amusons beaucoup. Tout est pareil en mieux. Comment va mon chien adoré ? » Mon chien adoré... Hum... Tu devrais commencer par demander de ses nouvelles avant de parler de ton chien !

Roséliane sans s'offusquer corrigea : « Comment vas-tu ? Comment va mon chien ? » puis elle se concentra sur la suite. Dimitri s'agitait derrière elle. Il sifflait deux notes, s'arrêtait, reprenait.

— Qu'est-ce que ça veut dire, puritain ?

— Encore !

— Tu n'as pas répondu tout à l'heure !

— Mais parce que j'en sais rien !

Le Bic mâché commençait à prendre un goût écœurant, un goût de vieux Bic mouillé. Dimitri continuait à s'interroger.

— Maman nous a traités de puritains, hier soir. Tu crois que c'est un compliment ? Dans puritain, il y a « pur », non ?

— Oui.

— Alors ?

— Je ne sais pas, Dimi, vraiment, je ne sais pas...

L'anxiété de son frère soudain la gagna.

— Je finirai ma lettre demain. Si on sortait ?

Ils furent immédiatement d'accord. Aller se baigner à la piscine s'imposait. Surtout un jour de pluie.

— Je parie que c'est une insulte, puritain, même s'il y a pur dedans...

— Tu ne pourrais pas parler d'autre chose ?

Elle s'écarta de lui, exaspérée. Quand Dimitri avait une idée en tête, ça devenait très vite une idée fixe. D'ailleurs, tout en cette fin de matinée l'exaspérait. Le ciel bas chargé de nuages, les ponts encore trempés de pluie et sur lesquels il fallait avancer avec prudence, les pieds bien à plat, les bras en avant pour se rattraper en cas de chute.

— Une vraie patinoire, maugréa-t-elle, on aurait mieux fait de rester dans la cabine !

— Eh bien rentre ! Si tu crois que j'ai besoin de toi !

Ils arrivaient près de la piscine, aussi grise que la mer et le ciel. Quelqu'un nageait, rapide, silencieux. Un crawl parfait qu'ils reconnurent aussitôt. Roséliane eut un mouvement d'effroi.

— Allons-nous-en, il va croire qu'on l'espionne !

— Mais non, il est seul, sans fiancée... Une chance !

Les mains en porte-voix, Dimitri appela : « Mâtho ! » Mais le nageur venait de plonger et ne l'entendit pas. Il fit quatre longueurs avant de reprendre son souffle et seulement alors aperçut frileusement serrés l'un contre l'autre Roséliane et Dimitri.

Il sortit, ruisselant d'eau, aussi à l'aise que s'il avait été en smoking. Son corps d'athlète bronzé avait ce jour-là un éclat particulier. « Un vrai centurion romain », pensa Roséliane se souvenant d'un autre film où elle avait admiré l'acteur Jacques Sernas : *Sous le signe de Rome.*

— Les petits Domanges ! Quelle bonne surprise !

Il leur tendait la main en riant. Le frère et la sœur, un peu intimidés, se dandinaient d'un pied sur l'autre. Roséliane se sentait sourire bêtement et s'en affligeait.

— Il faut se baigner ! Très vite ce ne sera plus possible, dit Mâtho.

Puis caricaturant ce que chacun à bord ne cessait de répéter :

— Nous entrons dans le printemps européen !

Dimitri enleva aussitôt ses vêtements. Roséliane déboutonna le haut de sa robe mais tout d'un coup hésita. Elle portait non pas son joli maillot neuf, en vichy, à petits carreaux bleus et blancs, mais le vieux, le vert amande, maintenant délavé et qui, sur elle, faisait étriqué.

Gérard Le Roux se méprit.

— Vous pouvez vous déshabiller, nous vous tournons le dos !

Puis à Dimitri :

— Ah les femmes ! La pudeur des femmes ! Viens, elle nous rejoindra.

D'être assimilée aux femmes déplut à Roséliane. En même temps, c'était flatteur. A vrai dire, elle ne savait que penser. Dans la piscine, Mâtho et Dimitri jouaient à s'éclabousser. Elle pouvait s'en aller maintenant, les laisser entre garçons. Mais l'occasion d'avoir Mâtho sans son horrible Micheline ne se retrouverait peut-être pas de si tôt. Il y avait encore cet épouvantable maillot. Quoique dans l'eau, il cesserait d'être un problème, on ne le verrait pas. Ou très peu.

Elle se décida enfin à retirer sa robe et s'avança frissonnante vers le bord de la piscine. Le carrelage mouillé était si froid qu'elle faillit faire demi-tour. Mais Gérard Le Roux lui tendait les bras. Elle sauta.

L'eau lui parut d'une douceur infinie. Elle avait visé le fond de la piscine, elle s'efforça d'y rester quelques secondes. Il suffisait pour cela de vider l'air de ses poumons. Le corps sans air devenait lourd et cessait de flotter. On pouvait alors s'étendre. Dimitri et elle appelaient ça : « faire le mort ».

Deux bras vigoureux la saisirent aux épaules et la ramenèrent à la surface.

— C'est son truc pour se rendre intéressante ! hurlait Dimitri furieux.

Roséliane avait du mal à reprendre sa respiration. Prisonnière des bras de Gérard Le Roux, elle écoutait son halètement, observait son expression effrayée. A n'en pas douter, elle avait réussi à lui faire peur.

— Vous avez cru que je me noyais ?

Pour toute réponse, il la rapprocha de sa poitrine. Sans l'y presser, toutefois. Il remuait les jambes pour les maintenir l'un et l'autre à la surface. Elle tenta de synchroniser ses mouvements avec les siens, mais ne réussit qu'à lui cogner les genoux.

— Reste tranquille, sinon on va boire la tasse !

Elle s'immobilisa aussitôt. Etre docile était un plaisir de plus.

— Mets tes jambes autour de ma taille et tes bras autour de mon cou. Et surtout laisse-moi faire !

Il se remit à nager, doucement, lentement, avec une délicatesse qu'elle ne lui aurait jamais soupçonnée. Il ne la touchait pas, c'est elle qui le touchait, à la taille et aux épaules, comme il le lui avait recommandé. Elle pensait qu'il allait la serrer contre lui, elle le redoutait tout autant qu'elle l'espérait. Mais il se contentait de nager, sans chercher à se rapprocher d'elle, attentif à ne pas l'éclabousser.

— On sort ? proposa-t-il.

— Pas encore...

Il refit deux longueurs. Roséliane, insensiblement, serrait davantage ses jambes autour de sa taille. Son visage, centimètre par centimètre, se rapprochait de l'épaule de Gérard Le Roux. Elle ferma les yeux, se dit : « Je compte jusqu'à trois. A trois, je pose ma tête sur son épaule. Un... deux... »

— Je commence à me fatiguer, ma petite sirène. C'est que je ne suis pas un Hercule...

Elle ouvrit les yeux. Et vit ce qu'elle n'avait pas vu auparavant : des marques violettes, de forme arrondie, au bas de la nuque de Gérard Le Roux, presque dans le dos. Elle vit aussi Dimitri debout sur le plongeoir qui exhibait exagérément sa langue et qui feignait de se lécher. Il la fixait avec une vraie méchanceté. Elle en rougit de honte et de rage.

Au même instant, il se remit à pleuvoir.

Abrité sous l'auvent du bar, ils séchaient. Gérard Le Roux avait prêté sa grande serviette-éponge à Roséliane et lui demandait si elle n'avait pas pris froid. Elle répondait que non, un peu contrariée. Tant de sollicitude ne l'enchantait pas. Elle le trouvait trop poli, trop conventionnel. Et puis elle le devinait ailleurs, absorbé par quelque chose ou quelqu'un, sans rapport avec elle.

La pluie ne cessait de tomber. Au-delà de la piscine, le paysage était brouillé. On ne distinguait plus la mer du ciel. Etait-ce cette uniformité grise qui donnait à Mâtho cet air rêveur ?

— Qu'est-ce que vous avez là ? demanda Dimitri.

— Où ça ?

Dimitri désigna les marques sous la nuque. Gérard

Le Roux se tordit le cou à gauche, à droite, puis encore à gauche. En vain : il ne pouvait voir son dos.

— Des bleus, peut-être suggéra Dimitri.

— Des bleus ?

— Ou des morsures ?

— Des morsures ! cria presque Gérard Le Roux. Ah ! la garce !

Stupéfaits, Roséliane et Dimitri, l'entendirent répéter : « Ah ! la garce ! La garce ! La garce ! » en essayant toujours en vain, de voir sa nuque dans le miroir au-dessus du bar.

— Ce sont des ecchymoses, dit Roséliane d'un ton docte.

— Des ecchymoses ? Tu parles !

Son ton haineux n'impressionna pas Dimitri.

— Et si c'est pas des ecchymoses, c'est quoi ?

— Des suçons !

— Des suçons ?

— Cette garce l'a fait exprès ! Je ne peux plus la supporter ! J'ai été trop faible avec elle ! On ne se méfie jamais assez de ce genre de bonnes femmes !

Roséliane et Dimitri le contemplaient bouche bée.

— Me faire ça, à moi !

Il frappa l'un contre l'autre ses poings fermés, si serrés que les veines ressortaient, gonflées, énormes. Roséliane songea aux mains de son père, sur le volant de la voiture, le jour du départ. A ses colères. Celle de Mâtho aussi l'effrayait, lui donnait envie de s'en aller. Mais quelque chose qui ressemblait à de la curiosité la faisait rester sous l'auvent. Elle attendait qu'un prénom féminin soit prononcé, qu'il désigne en clair la coupable.

— Comment est-ce qu'on fait des suçons ? demanda Dimitri.

— Un suçon, ça se fait comme ça, mon petit bonhomme...

Mâtho posa sa bouche sur son avant-bras.

— Si j'appuie très fort, si j'aspire la peau, si je suce...

Roséliane se détourna. Ce que Gérard Le Roux venait de mimer, sa façon de dire : « Tu parles ! » et « mon petit bonhomme », tout cela commençait à lui peser. Il dut le sentir. Ses poings se relâchèrent. Il esquissa un sourire à la fois penaud et fanfaron.

— Excusez-moi, je deviens stupide. Mais cette...

— ...garce, compléta Dimitri.

Il eut l'air choqué.

— Ne prononce plus jamais des mots pareils ! Je voulais juste dire que cette idiote m'a mis hors de moi.

Il tenta de caresser la joue de Roséliane. Elle se raidit, il n'insista pas.

— Souriez-moi, au moins, exigea-t-il.

Elle s'exécuta, maladroite, sensible au retour du vouvoiement.

— Je crois que je n'aime que les petites sirènes, dit-il.

Un son aigu, modulé, bref d'abord puis repris et étiré, arriva jusqu'à eux. Gérard Le Roux eut un nouveau sursaut de colère.

— Si elle m'a suivi jusqu'ici, je fais un malheur !

Une longue silhouette blanche se tenait sous la pluie. On aurait dit une noyée, ou un fantôme. Ce n'était que Dominique. Elle les rejoignit sous l'auvent, secoua ses cheveux trempés qui pendaient, dénoués, sur ses épaules.

— Hello ! dit-elle.

— Hello ! fit Roséliane.

— Vous êtes tombée à la mer ? demanda Gérard Le Roux en lui tendant la main.

Dominique avait les deux mains enfoncées dans les poches de son short, elle ne les retira pas.

— Je ne sais pas si vous vous en êtes rendu compte, mais il pleut, dit-elle.

— Et quand il pleut vous courez vous faire tremper ?

Dominique éternua. Son ample chemise d'homme que l'eau avait rendue transparente lui collait à la peau. On voyait parfaitement ses seins, ronds, hauts, parfaits. Plus volumineux que ne le laissait supposer la minceur du buste.

Roséliane la regardait, ébahie, et s'aperçut que Dimitri et Gérard Le Roux faisaient de même. Elle pensa que jamais encore Mâtho ne l'avait contemplée comme il contemplait Dominique. Elle pensa qu'un abîme la séparait de son amie. Qu'elle était presque une femme et elle toujours une petite fille. Et d'autant penser la rendit triste.

Dominique rompit l'enchantement causé par sa présence par un deuxième éternuement. Elle se moucha dans un pan de sa chemise, proposa :

— Qui vient se baigner avec moi sous la pluie ?

Gérard Le Roux consulta l'horloge du bar.

— Je reprends du service dans dix minutes. J'en suis désolé, croyez-moi. J'aurais...

— Je ne m'adressais pas à vous ! précisa sèchement Dominique.

Elle se tourna vers Roséliane et Dimitri.

— Je vous préviens, je me baigne tout habillée. Avec maman qui m'interdit de me baigner, j'ai laissé mon maillot dans la cabine...

— Vraiment, votre mère vous interdit de vous baigner ?

Une fois de plus, Dominique ignora Mâtho. « Alors ? » demanda-t-elle. Dimitri était assez tenté. Il hésitait pour la forme, pour ne pas lui céder tout de suite. Mais Roséliane ne parvenait pas à se décider. Elle observait Mâtho qui fredonnait un refrain à la mode en affichant l'air heureux de quelqu'un à qui la journée réserve encore de divines surprises.

— Faites ce que vous voudrez, moi j'y vais ! dit Dominique.

Elle retira ses sandales et son bracelet-montre et courut vers la piscine. Ses pieds nus glissaient sur le carrelage. Elle faillit tomber, se rattrapa sur une jambe, cria, et dans l'élan plongea. Dimitri la suivit immédiatement.

Dans l'eau, ils s'empoignèrent. On les vit emmêlés l'un à l'autre, qui coulaient, qui remontaient. Dominique était la plus forte. Elle maintenait la tête de Dimitri sous l'eau, la relâchait, lui laissait le temps d'emplir d'air ses poumons, puis la lui replongeait.

— On dirait une chatte qui joue avec un souriceau, remarqua Gérard Le Roux.

Il effleura la nuque de Roséliane d'un doigt distrait.

— Je dois m'en aller. A plus tard...

Et il s'enferma dans la cabine de bain réservée aux hommes.

— Roséliane !

De s'entendre appeler la décida. Elle sauta. Dominique nagea à sa rencontre poursuivie par Dimitri ; juste avant qu'ils n'atteignent Roséliane, elle lui décocha un coup de pied en plein ventre. Dimitri ne cria pas. Une sorte de couinement animal s'échappait de ses lèvres tandis qu'il regagnait péniblement l'échelle.

— Il m'a déchiré ma chemise, regarde ! se justifiait Dominique.

En effet, tous les boutons de la chemise avaient été arrachés, les pans flottaient à la surface de l'eau.

— Et il m'a pincé un sein !

— C'est pas une raison pour lui faire si mal !

Roséliane se remit à nager, avec précaution, en grenouille. Les explications de Dominique ne l'intéressaient pas. La pluie tombait toujours. Des gouttes de plus en plus grosses, de plus en plus serrées qui l'éclaboussaient et qui l'obligeaient à cligner des yeux. Elle put toutefois entrevoir Gérard Le Roux qui s'éloignait dans son uniforme blanc d'officier. Très vite, il disparut dans le brouillard.

Dominique s'esclaffa.

— Tous ces suçons ! C'est dégoûtant ! Je casserais la figure au premier cochon qui me ferait ça ! Quant à lui faire des suçons à lui, pouah...

Et elle partit sur le dos... Elle crawlait vite et bien, sans se fatiguer. Les bras s'allongeaient, brassaient l'eau, revenaient. Son corps presque nu suivait, étiré, élancé.

— Oh, flûte ! Flûte ! Flûte !

Dominique s'agrippa au rebord de la piscine.

— Mes ours qui recommencent ! Oh flûte ! Flûte !

Autour d'elle l'eau se teintait de rose.

Le film était commencé depuis une heure et des passagers arrivaient encore. Le mauvais temps les ramenait tous dans le grand salon transformé, comme chaque jour à quatorze heures, en salle de cinéma. Ils se faufilaient dans l'obscurité à la recherche d'un fauteuil ou d'une chaise libre, se marchaient sur les pieds, se heurtaient, s'excusaient. Toutes les places étaient prises. Les retardataires restaient un instant debout, puis ressortaient. En prenant bien soin de faire claquer sur eux les battants des portes. Seuls quelques courageux s'installaient à même le sol, en avant des premiers rangs, ou sur les côtés.

Dimitri et Virgile s'amusaient.

— Silence !

— Chut ! Assis !

Et ils riaient, plus intéressés par les va-et-vient des passagers, par la possibilité de se moquer d'eux, de les embêter, que par l'histoire qui se déroulait sur l'écran.

Il n'en était pas de même pour Roséliane. Elle

suivait le film avec passion, le visage obstinément tendu vers les images. Dominique paraissait assoupie. Elle avait posé sa tête sur l'épaule de son amie. Ses cheveux sentaient encore l'eau de mer, le chlore de la piscine et, plus surprenant, la vanille. Roséliane aimait ce mélange d'odeurs comme elle aimait la tranquille aisance de Dominique, cette façon d'utiliser une épaule pour son confort, sans souci de plaire ou de déranger.

Le film était un film américain doublé en français. Un G.I., Frank Sinatra (le seul acteur du film que Roséliane connaissait parce que ses grandes cousines, les sœurs de Miquette, achetaient tous ses disques, mais aussi parce qu'elle l'avait vu dans un film qu'elle adorait, *Tant qu'il y aura des hommes*, si émouvant quand le soldat jouait à la trompette la sonnerie aux morts), revenait dans sa ville natale.

Le G.I. avait un frère épouvantable, flanqué d'une épouse qui ne l'était pas moins et d'une fille heureusement sympathique, Agnès. Agnès voyait son père dans les bras de sa secrétaire, une jeune femme aux formes arrondies, qui évoquait quelqu'un à Roséliane (elle chercherait plus tard) et perdait la tête, flirtait avec le premier voyageur de commerce venu, se soûlait. Son oncle, Frank Sinatra donc, la sauvait. Mais il était aux prises avec deux femmes, une blonde institutrice très distinguée, Louise, et une rousse gentille mais vulgaire, Jenny. « Une qui s'accroche, une qui colle », n'aurait pas manqué de dire Mâtho. Louise et Jenny étaient toutes deux également amoureuses de Frank Sinatra. Il y avait encore un joueur de cartes professionnel qui gardait toujours son chapeau sur la tête.

Jenny se suspendait au cou de Frank Sinatra. « J'ai une bonne nouvelle, Dave, j'ai trouvé un boulot dans une usine de soutien-gorge », disait-elle.

Dimitri hurla de rire. Il était assis devant Roséliane. Celle-ci savait par expérience qu'il valait mieux ne pas intervenir sous peine de l'exciter davantage. Elle s'en abstint donc. Sans résultat. Dimitri s'amusait maintenant à répéter tout ce que disait Jenny. En rajoutant des « Dave ! Oh ! Dave ! ». Virgile riait un peu, plus par politesse que par conviction. Roséliane voyait son profil pointu éclairé par le projecteur. Il ressemblait à un oiseau, plus précisément à un pic-vert. Les atermoiements de Frank Sinatra et de ses deux amoureuses paraissaient le rendre perplexe.

— Louise, je vous aime vraiment. Vous ne le comprenez pas ? disait Frank Sinatra à l'institutrice.

— Louise, je vous aime vraiment. Vous ne comprenez pas ? ricana Dimitri en empoignant Virgile.

Virgile tenta de se dégager.

— Arrête, Dimitri, j'essaie de comprendre et je n'y arrive pas... Arrête, s'il te plaît !

— Y a pas d'arêtes dans le beefsteak, répondit sentencieusement Dimitri. Mais il abandonna son ami et presque aussitôt se balança sur sa chaise.

« Je le hais », pensa Roséliane. Tout contre elle, Dominique eut un long soupir d'animal repu.

— Ton frère est odieux. J'aurais dû le noyer, tout à l'heure, dans la piscine...

Elle s'étira, puis frotta sa joue contre l'épaule de Roséliane.

— Pas mal, ce film ! La rousse est très mignonne.

Jenny ? Mignonne ? Roséliane l'observa avec plus d'attention. Elle était horriblement maquillée, portait une robe collante, trop décolletée, aux couleurs criardes. Avec un animal en peluche en guise de sac à main ! Non, décidément, elle, Roséliane penchait pour la blonde institutrice. D'ailleurs le film allait dans le sens de ses goûts. Frank Sinatra, comme elle, préférait de loin la blonde institutrice.

Une scène passionnante suivait. Jenny était allée attendre Louise à la porte de sa classe. Elle lui demandait si elle comptait épouser Dave-Frank Sinatra. Elle suppliait, elle pleurait. Louise mentait, jurait qu'elle n'avait jamais été fiancée à Dave. Louise était si fière...

— Oh non ! protesta Roséliane, c'est trop injuste de s'effacer comme ça !

— Chut ! fit Dominique.

Sa main chercha celle de Roséliane, la trouva et la serra. Son visage était devenu grave. Ses yeux, grands ouverts maintenant, semblaient rivés à l'écran. Elle retenait sa respiration. Cela lui ressemblait si peu que Roséliane en oublia pour un instant le drame qui se jouait entre Louise et Jenny. Elle regarda autour d'elle.

Virgile suivait le film, attentif et sérieux. Avec un visible souci de s'instruire. Le même qui le poussait à étudier la conquête de l'espace ou la fabrication du verre textile.

La tête rejetée en arrière, Dimitri avait cessé de se balancer. Il s'ennuyait.

La respiration de Dominique était redevenue normale. Elle tenait encore dans sa main la main de Roséliane mais elle ne la serrait plus. Son autre main était enfoncée dans la poche de sa jupe et semblait jouer avec un objet.

Sur l'écran, le dénouement approchait, et la salle le pressentait. Cela se devinait à une sorte d'immobilisation des corps, à une sorte d'attente, à un plus grand silence. Seul Dimitri bougeait, frottait l'un contre l'autre ses genoux, ses pieds chaussés de sandales en cuir.

Frank Sinatra brutalisait Jenny. La main de Dominique, pour la deuxième fois, étreignit celle de Roséliane.

— Dave, oh Dave ! Tu n'aurais pas dû me parler comme ça. Je suis un être humain, moi aussi, disait Jenny.

— Je suis un être humain, moi aussi, répéta Dimitri.

Dominique lui flanqua un violent coup de pied dans les reins.

— Au secours ! glapit Dimitri.

— Silence ! gronda sa voisine en se tournant vers lui, si bien que Roséliane la reconnut. C'était la jolie inconnue du pont aux chiens, la maîtresse du cocker Mermoz. L'odeur de vanille que Roséliane avait d'abord attribuée à Dominique venait, en fait, d'elle. Très certainement « l'Heure bleue », ce parfum que Roséliane se flattait de pouvoir distinguer entre tous.

Et zut ! Frank Sinatra allait bel et bien épouser Jenny. Roséliane en fut consternée exactement comme le joueur, celui qui gardait toujours son chapeau sur la tête.

— Malgré tout le respect que je dois à Jenny, disait-il, tu ne vas pas épouser une poule. C'est une poule ! Elle le sait qu'elle est une poule !

— Une poule ! C'est une poule ! reprit Dimitri en imitant à s'y méprendre la voix de l'acteur. Mais des « Chut ! », des « Assez ! » et des « Dehors ! » finirent par le faire taire.

Dominique s'était détachée de Roséliane. Le buste en avant, comme pour se rapprocher davantage de l'écran, elle tremblait d'émotion et d'impatience. Ses mains continuaient de pétrir on ne savait quoi.

« Ce sont les dernières minutes du film », pensa Roséliane. Et, en effet, l'ancien fiancé de Jenny, un tueur de Chicago, cherchait les nouveaux mariés dans les rues de la ville. Il brandissait un revolver. Dave et Jenny qui ne savaient rien, se promenaient parmi la foule. La nuit était venue, une fête foraine battait son plein. Le tueur se rapprochait. Il passait sous une enseigne lumineuse qui l'éclairait en rouge. L'image déjà était ensanglantée.

Même Dimitri en oubliait de respirer.

Quand Jenny se jeta devant Dave pour le protéger des balles, un « oh ! » souleva la salle. Elle mourut dans le recueillement, pleurée par soixante passagers du *Balboa*.

— Vous permettez ?

Les lumières venaient de se rallumer. Les spectateurs se levaient, avec le désir urgent de passer à autre chose.

Roséliane et Dominique demeuraient assises. Contrairement aux autres, elles voulaient prolonger leur tristesse, la faire durer. Les images du film ne les avaient pas encore quittées et elles s'y accrochaient, heureuses d'être si émues, heureuses d'être si malheureuses.

— Mesdemoiselles ? Vous permettez ?

La jeune femme du pont aux chiens se tenait devant elles. Elle leur tendait la main comme l'aurait fait une mendiante. Mais c'était une main soignée, aux ongles manucurés, aux doigts cerclés de bagues.

La main s'impatientait, autoritaire, nerveuse.

— Quoi ? finit par dire Dominique. Vous avez encore perdu Guynemer ?

— Mermoz, lui souffla Roséliane.

— J'ai perdu une gourmette !

La jeune femme désigna le poing fermé de Dominique.

— Et j'aimerais voir de près celle que vous cachez.

Dominique ne desserra ni n'entrouvrit son poing. Elle ne quittait pas l'inconnue des yeux.

— Si c'est la gourmette que tu as, donne-la-lui, supplia Roséliane.

Puis à l'inconnue :

— Nous ne l'avons pas volée, madame. Nous l'avons trouvée dans une couverture du pont couvert...

— Une couverture du pont couvert ?

L'inconnue semblait sincèrement étonnée.

— Si vous ne savez pas où vous l'avez perdue, qu'est-ce qui nous prouve qu'elle est à vous ? demanda Dominique.

La voix de la jeune femme se durcit.

— J'ai passé l'âge de jouer aux devinettes et à mon avis, vous aussi. Je m'appelle Nicole Brissac. La gourmette que j'ai égarée est une gourmette d'homme...

— Donc, elle n'est pas à vous ! triompha Dominique.

— Ceci est un détail qui ne vous concerne pas. Cette gourmette est très reconnaissable car aucun prénom n'y est gravé... Seulement une date : 20 avril 1962.

Dominique entrouvrit ses doigts avec un soupir de dépit. Sans un mot, elle rendit la gourmette à sa propriétaire. Celle-ci la fit disparaître dans son sac, une sorte de pochette en paille tressée. Elle souriait, mondaine.

— Oublions l'incident. Mais si vous trouvez d'autres bijoux, sachez qu'il vaut mieux les rapporter. Cela peut vous éviter bien des ennuis...

— Mais pourquoi tu ne l'as pas rapportée tout de suite au commissaire ?

— Ce vieux satyre dégoûtant !

— Elle aurait pu nous accuser de vol !

— La barbe !

Dominique se jeta dans un des fauteuils en cuir du grand hall. Elle portait sur sa jupe plissée un pull-over à col roulé qu'elle remonta jusqu'au nez pour mieux signifier son refus de converser.

Roséliane s'installa dans le fauteuil voisin, décidée à ne rien tenter pour l'adoucir. En fait, ce comportement l'exaspérait. Sa cousine Miquette agissait souvent ainsi. Personne ne savait bouder mieux que

Miquette. Pendant des heures, des jours parfois. Et toujours Roséliane faisait les premiers pas. Mais si elle les faisait avec Miquette, elle ne les ferait pas avec Dominique.

Tout autour d'elles on s'agitait.

Parce qu'il continuait de pleuvoir, les passagers s'étaient habillés chaudement. Certains affectaient de tousser. Tous craignaient de s'enrhumer. On évoquait avec gravité les dangers que représentaient les courants d'air avec leurs inévitables conséquences : fièvres, angines, mauvaises grippes. C'était exagéré, la température n'avait baissé que de quelques centigrades, tout le monde le savait, tout le monde feignait de l'ignorer.

— Ces mois d'avril en Europe peuvent être glacials, disait une dame.

— En avril, ne te découvre pas d'un fil, rappelait finement une autre.

Le commissaire Roger Tarendieu allait et venait, serrait les mains des hommes avec une virilité quasi militaire, pressait sur ses lèvres les doigts des femmes.

— Nous autres marins, ne faisons pas tant de manières ! disait-il.

Cette phrase était la phrase du jour, sa riposte à toutes les plaintes, à toutes les mauvaises humeurs. Elle lui assurait un certain succès. Les hommes l'approuvaient, laissant entendre par là qu'ils n'étaient pas loin de partager l'endurance des marins. Les femmes, elles, s'attendrissaient : les membres de l'équipage étaient des êtres supérieurs, des gentlemen aussi raffinés que braves. Pour peu, elles en auraient fait des héros.

— Je sais ! s'écria Roséliane sur le ton de « Eurêka ! » et oubliant complètement qu'elle avait décidé de se taire :

— Je sais enfin à qui ressemble la secrétaire du père d'Agnès, Dora...

Ce détail la tracassait depuis un moment. Elle n'avait cessé d'y penser tout en observant ce qui se passait dans le grand hall.

— Dora ressemble à la secrétaire de ton père, dit Dominique.

Et comme Roséliane la regardait de travers, effarée par cette brutale perspicacité :

— Elle ressemble aussi à la secrétaire de mon père. Elle ressemble à toutes les secrétaires. Tous les hommes ont des secrétaires de ce genre et tous...

Elle n'acheva pas sa phrase.

Alors la silhouette pulpeuse de la señorita Rosita s'imposa à Roséliane. Son père passait avec elle bien plus de temps qu'il n'en passait avec sa famille. Elle était de tous ses voyages, du moindre de ses déplacements. Pauline ne l'évoquait que très rarement et avec une condescendance affichée. « Ta señorita Rosita a téléphoné », ou « Quelle patience chez ta señorita Rosita ! Te supporter tous les jours ! », « Un ange du paradis, cette señorita Rosita ! »

Roséliane imagina son père en train d'embrasser la señorita Rosita. Elle le fit d'abord avec prudence, comme en passant, puis de plus en plus précisément. La Pontiac blanche garée à l'ombre des grands arbres du Country-Club, les vitres ouvertes, le bras de son père attirant à lui la jeune femme.

— Non ! décréta Roséliane.

— Non, quoi ?

— Non ! Papa et sa secrétaire...

Elle cherchait ses mots et Dominique ne l'aidait pas. Elle se contentait de la narguer avec cette suffisance qu'ont les grandes, pour les petites, dans les cours de récréation.

— ... ne couchent pas ensemble !

C'était dit. Roséliane, soulagée, attendait la riposte de Dominique. Celle-ci mordillait le bout de sa queue de cheval.

— Papa couche avec sa secrétaire et il a bien raison, dit-elle. Si j'étais lui, je n'aurais aucune envie de coucher avec ma mère. Elle est tellement, oh ! tellement...

A son tour elle cherchait ses mots. Mais Roséliane ne tenait guère à connaître la suite. Les propos de Dominique, son détachement vis-à-vis de ses parents, son absence d'émotion, la choquaient, creusaient entre elles un fossé qui allait s'agrandissant : le fossé de leurs deux années de différence. D'un autre côté son amie savait sur la vie ce qu'elle-même ne savait pas. Il fallait qu'elle en profite, qu'elle partage ses secrets. Secrets qu'elle transmettrait ensuite à Miquette.

Elle relança son amie.

— Ta mère est tellement quoi ?

Dominique allait répondre quand son prénom résonna dans le grand hall. Sa mère, justement, l'appelait. Et si fort que tous les passagers se retournèrent, curieux, toujours prêts à s'amuser d'un rien. Dominique voulut s'enfuir mais sa mère l'avait repérée et marchait droit sur elle, escortée par le commissaire Roger Tarendieu.

— Domino, qu'est-ce que j'apprends ? Tu t'es baignée !

— Roséliane, Dimitri et Dominique n'ont fait que donner le bon exemple, prêcha le commissaire. Il ne gèle pas, que diable ! Et d'ailleurs le baromètre remonte !

— Domino n'était pas en état de se baigner. Domino, je te l'avais dit, ou pas ?

Dominique rougissait si fort que Roséliane préféra détourner les yeux. Elle la devinait humiliée, malheureuse. La regarder, même un peu, de biais, contribuerait à renforcer son supplice. Elle entendait les pieds de son amie marteler le tapis en caoutchouc. Un bruit régulier, étouffé, qui faisait penser à un lointain tamtam. Dominique devait tenter de lui faire passer un message, une sorte de S.O.S. Mais comment endiguer le flot de paroles de Mme Wauthion, comment l'empêcher d'énumérer tout ce qu'elle savait sur la santé et l'hygiène des jeunes filles ?

Domino, Domino,
Le printemps chante en toi Dominique.
Domino, Domino,
J'ai le cœur comme une boîte à musique.

chantonnait le commissaire.

— Merde, dit très distinctement Dominique.

Et sans un regard pour personne, elle s'en alla. Mme Wauthion bafouilla quelques excuses à l'intention du commissaire et se lança à sa poursuite. Il eut un sifflement d'admiration.

— Elle me plaît beaucoup votre amie... Blanche et méchante, une hermine ! Amenez-la-moi, ce soir, chez le capitaine...

— Où ça ? demanda Roséliane.

— Le capitaine donne une petite fête, ce soir. Votre mère en est... Tâchez de l'accompagner et d'amener votre Dominique. Vous serez les bienvenues !

Le vent écrasait les gouttes de pluie sur les vitres des hublots. On avait allumé les lampes de chevet et cela donnait à la cabine une atmosphère d'hiver dont Pauline semblait tout entière imprégnée. Elle lisait un roman policier, étendue sur son lit. Une couverture qui jusqu'à ce jour était restée pliée dans l'armoire recouvrait ses jambes. Un plateau avec du thé et un reste de cake était posé près d'elle.

— Tu n'as pas fini cette fichue lettre, dit-elle sans

lever les yeux de son livre et sans répondre au « Bonjour maman » de Roséliane.

Roséliane s'inquiéta.

— Tu l'as lue ?

— Pour ce qu'il y a dedans... C'est une lettre que tu aurais pu écrire à n'importe qui...

Roséliane tenta de se défendre.

— Je la terminerai demain. Juré...

Pauline ferma son livre, alluma une cigarette. Roséliane remarqua le cendrier plein à ras bord de mégots. Pauline avait dû fumer toute la journée, seule dans la cabine. Roséliane vit encore ses mains qui tremblaient et l'expression furieuse de ses yeux.

— J'essaye de comprendre, dit Pauline. Tu l'aimes, ton père ? Tu l'aimes ou tu t'en fiches ? Parce que si tu ne l'aimes pas, autant le dire tout de suite, cela m'éviterait bien des...

Elle se mordit les lèvres.

Roséliane attendait la suite, tête baissée, comme lorsqu'elle était petite et qu'elle pressentait qu'une nouvelle désagréable allait lui être annoncée.

— Vois-tu, Roséliane...

Mais Dimitri entra, ruisselant de pluie, encore tout excité d'une longue course sur les ponts avec Virgile.

Pauline saisit un chandail rouge qu'elle avait à portée de la main et le lui lança.

— Change-toi, tu es trempé !

Il bougonna mais obéit. Le silence qui régnait maintenant entre sa mère et sa sœur, leur façon de ne pas se regarder, leur nervosité évidente, tout cela l'électrisa.

— Qu'est-ce qui se passe, ici ?

Il venait de parler exactement comme l'aurait fait son père. Même brutalité, même tension, même manière de faire siffler les « i ».

— Que tu lui ressembles ! dit rêveusement Pauline.

— A qui ? A papa ?

Elle hocha la tête.

— Et alors ? C'est bien, de lui ressembler ? C'est comme d'être puritain ?

Il s'énervait. Pauline le contemplait en silence avec, non pas cet air las qu'elle affichait toujours lorsque son mari et elle se disputaient, mais son air étonné qui semblait dire : « C'est moi, qui ai fait cet enfant-là ? »

— C'est bien de lui ressembler ? répéta Dimitri.

— C'est bien, dit-elle enfin.

« Elle ment, pensa Roséliane, elle ne trouve pas ça bien. » Mais elle n'eut pas le temps d'examiner cette impression, Pauline s'était de nouveau allongée, les yeux clos, les doigts sur les tempes.

— Elle a sa migraine ? chuchota Roséliane.

Dimitri ricana.

— Sa migraine, mon œil ! C'est parce qu'elle dîne avec les Smith !

— Je ne dînerai pas avec les Smith ! protesta vigoureusement Pauline. Je n'irai pas ! Plutôt mourir ! Vous dînerez tous les deux tout seuls... J'ai fait dire que j'étais malade... D'ailleurs je suis malade ! Cette migraine qui monte me broie la tête ! Si ça continue, je n'irai même pas chez le capitaine !

— Qu'est-ce que c'est cette histoire de capitaine ? demanda Dimitri.

— Il donne une fête et maman est invitée !

La perspective de cette fête ressuscitait Roséliane.

— On pourra t'accompagner ? Rien qu'un peu... Une petite demi-heure, supplia-t-elle.

— Oui, chuchota Pauline d'une voix mourante.

— Je n'irai pas, annonça Dimitri. Je croyais qu'il comptait pour du beurre, ce type !

— Mais il compte pour du beurre !

Pauline avait crié et cela lui fit mal à la tête. Elle émit une série de « Oh ! la la ! » pour émouvoir son fils. Sans succès. Alors elle ouvrit les yeux.

— Tu m'ennuies, Dimitri. Vraiment, tu m'ennuies.

Pendant tout le dîner Roséliane déploya ce qu'elle appelait « des trésors de gentillesse ». Jusqu'à les épuiser. Dimitri la laissait faire, apparemment indifférent. Cette façon de l'ignorer finit par la mettre mal à l'aise. Au dessert elle perdit pied.

— Mais qu'est-ce que je t'ai fait, moi ?

Il haussa les épaules, se servit une deuxième part de tarte.

— Oh, toi...

Il laissa planer un silence menaçant avant de reprendre.

— Si ce n'est pas déjà fait, tu feras.

— Je ne comprends pas, dit Roséliane sincère.

— Maman et le capitaine... Toi et Mâtho...

Roséliane lui prit la main et la serra très fort. Elle baissa la voix : Monsieur Albert passait avec le chariot des desserts.

— Si un jour j'ai quelque chose avec Mâtho, tu seras le premier averti.

— Juré ?

Elle pensa qu'il abusait, qu'il exigeait trop d'elle, mais elle jura. La main de Dimitri se détendit dans la sienne. Consciente d'avoir marqué un point, elle se dépêcha d'en profiter.

— Tu viens chez le capitaine ?

— Si tu veux.

— On peut y aller avec Dominique ?

— Non.

La réponse de Pauline était tombée, glaciale. Une réponse, les enfants l'avaient deviné, sans aucun rapport avec ce qui est juste ou pas, avec ce qui se raisonne, se discute, se combat. Bref, une réponse définitive.

— Cette petite Belge ne me plaît pas trop... Vous êtes tout le temps ensemble... J'ignore l'influence qu'elle a sur toi...

Elle réclama l'avis de Dimitri.

— C'est une fille, dit-il avec mauvaise grâce.

Il suivait des yeux les derniers préparatifs de sa mère. Elle avait mis un ensemble pantalon en velours sable, avec une grosse fleur blanche en tissu épinglée au revers de la veste. Elle était chaussée de ballerines et ce détail surtout le rebutait. Les ballerines c'était bon pour sa sœur, pour Dominique. Pas pour elle. Mais il dit, hypocrite :

— Cette fleur ne te va pas du tout !

Pauline se regarda dans le miroir, enleva la fleur, se regarda encore.

— Tu n'y connais rien, dit-elle paisiblement.

Elle réépingla la fleur, fit bouffer ses cheveux. Ses gestes étaient ses gestes habituels, ceux qu'elle accomplissait toujours avant de sortir : quelques gouttes de parfum au jasmin, un peu de poudre, du rouge à lèvres. Et trois grimaces devant le miroir pour s'assurer que tout allait bien.

Pauline s'arrêta au bout d'un couloir, près d'une porte sans numéro.

— Nous y sommes. Je compte sur vous pour me faire honneur... Vous êtes gentils avec tout le monde et vous rentrez vous coucher dans une demi-heure, O.K. ?

Elle frappa trois coups. Presque aussitôt quelqu'un mit un disque de musique tzigane.

— Votre air préféré, chère Pauline, dit le capitaine Laurent Bonvoisin en ouvrant la porte.

Il brandissait une bouteille de champagne vide comme il l'aurait fait d'un trophée de chasse. Il s'exclama :

— Pour Pauline ! Hip, hip, hip...

— Hourra ! répondit en chœur l'assistance.

Il y eut des applaudissements. Il reprit :

— Hip, hip...

— Je vous en prie, murmura Pauline.

Il cessa immédiatement, la prit par le bras, l'entraîna à l'intérieur. Quelques applaudissements saluèrent encore l'arrivée de Pauline, puis on l'oublia. Roséliane et Dimitri s'engagèrent à sa suite dans le salon particulier du capitaine.

C'était une pièce tout en longueur, à peine plus grande que les cabines des passagers. Quelques lampes de chevet laissaient un peu partout des zones d'ombre. Une quinzaine de personnes s'y entassaient. La fumée de leurs cigarettes brouillait la vue, piquait les yeux. Sur le lit-divan, le commissaire Roger Tarendieu était affalé entre deux jeunes femmes avec qui il s'entretenait tour à tour et qu'il amusait de ses plaisanteries. L'une était la vendeuse de la parfumerie, celle qui s'appelait Guylaine mais se faisait appeler Gilda.

Près du plateau de boissons, coincé entre la commode et un couple qui tentait de danser, se trouvait le médecin Paul Laplume. Parce qu'il fallait bien aller quelque part, Roséliane alla vers lui.

— Je vous offre un verre d'orangeade ? bredouilla-t-il.

Elle prit le gobelet qu'il lui tendait, lui sourit. Puis elle chercha Dimitri. Il bavardait avec Mister Magoo. A son expression enchantée, elle sut qu'il était question de volcans ou de naufrages.

Quelqu'un la bouscula. Un autre qui débouchait une bouteille de champagne, lui donna un coup de coude dans les côtes. Et les violons tziganes couvraient les mots de Paul Laplume. Elle lui fit signe qu'elle n'entendait pas, il baissa le volume de l'électrophone.

— Vous seriez mieux là, dit-il en butant successivement sur le « vous », le « mieux » et le « là ».

« Là » était le petit espace contre le mur que le couple de danseurs venait de libérer. Elle s'y glissa. Sa mère avait rejoint le commissaire sur le divan. Gilda et elle se parlaient à l'oreille, penchées l'une vers l'autre, comme deux vieilles amies de pension.

— A quoi pensez-vous ? demanda le médecin d'une traite.

Il paraissait si gentil que Roséliane fut franche.

— Gérard Le Roux viendra-t-il ?

— Il ne devrait plus tarder, il est allé chercher une amie.

Parce qu'il avait bafouillé, le mot « amie » fut répété trois fois. Impossible pour Roséliane de faire comme si elle ne l'avait pas entendu.

— D'ailleurs les... les... voilà !

Ovationnés par le commissaire et par le capitaine, Gérard Le Roux venait de s'engouffrer dans la cabine. A son bras, le teint aussi rose que sa robe, souriait Nicole Brissac. Son air réservé, sa main qui reposait molle et gracieuse sur le bras du premier lieutenant — on aurait dit qu'elle ne le touchait pas, la faisaient ressembler à une figurine en porcelaine. Elle n'avait plus rien à voir avec la créature agitée entrevue le deuxième jour, sur le pont aux chiens. De la retrouver avec Mâtho n'était pas ce qu'on appelle une surprise. Roséliane aurait dû le deviner. A tous les petits signes que les amoureuses de Mâtho finissaient par avoir en commun. Elle pensa à l'autre, la jalouse, l'évincée. Qu'était-elle devenue ? Roséliane se promit de poser la question à son ami Mâtho. Ne serait-ce que pour l'embarrasser. D'ailleurs il se frayait un chemin jusqu'à elle, il arrivait.

— Pousse-toi, mon vieux, dit-il au médecin.

Paul Laplume lui céda sa place auprès de Roséliane.

— Comment va depuis tout à l'heure ? Réchauffée ?

Sa voix la surprit. Une voix nasillarde d'homme ivre. Avait-il bu ? Elle le détailla, le renifla. Il ne sentait rien de particulier, pas même le parfum de Nicole Brissac, « l'Heure bleue ».

— Un peu de champagne, petite sirène ?

Il lui tendait une coupe. Elle regarda la main qui tendait le verre, les larges doigts aux ongles bien coupés, les poils roux. Et autour du poignet, une gourmette. Celle-là même que Dominique et elle avaient ramassée sur le pont couvert.

— Alors ? insistait Mâtho.

Elle prit la coupe. Pour se donner du courage, mais surtout parce que Nicole Brissac regardait maintenant dans leur direction. Pas de façon insistante, en feignant la distraction. Mais Roséliane n'était pas dupe. Elle but une gorgée de champagne et fut déçue : il était chaud. Pourtant on lui avait toujours dit qu'un bon champagne se buvait frais. Elle voulut le signaler à Gérard Le Roux mais il ne s'occupait plus d'elle. Son regard errait à travers la cabine. « Il la cherche », pensa Roséliane. Et elle vida à toute vitesse ce qui restait de champagne. Elle éclata de rire. A cause de ces deux idiots qui se cherchaient des yeux.

— Eh bien, ma petite !

Mâtho lui prit la coupe avec des commentaires qu'elle n'écouta pas, toute au déplaisir de ce « Eh bien, ma petite ! ». La gourmette glissait sur le poignet du lieutenant.

— Vous avez une jolie gourmette, dit-elle.

— Vous trouvez ? Ce n'est pas ce que je dirais...

Elle insista.

— Vous ne l'aviez pas ce matin à la piscine.

Il se détacha d'elle.

— Attention, votre mère nous surveille... Ne lui dites pas que je vous ai offert du champagne... C'est stupide d'avoir tout bu ! Comment vous sentez-vous ?

— Je suis noire !

« Noire », comme disait la Jenny du film et elle fut si contente de s'en souvenir, si contente d'avoir l'occasion de caser un mot aussi amusant, qu'elle répéta :

— Je suis noire... Dave !

Il parut horrifié par cet aveu. Elle en profita pour laisser aller sa tête sur son épaule. Il la repoussa.

— Tenez-vous bien ! Votre mère !

Roséliane éclata de rire. Etait-ce le champagne ? Tout lui semblait drôle, ce soir.

— Arrête, tu me compromets ! Regarde la tronche que fait mon amie...

Il retrouvait le tutoiement, leur ton complice de jadis.

— Merveilleux ! chuchota Roséliane.

— Qu'est-ce qui est merveilleux ?

— Tout est merveilleux !

Il rit, lui désigna Nicole Brissac qui venait vers eux.

— Pas pour elle, elle est furieuse. Mais dis-moi, vite : comment la trouves-tu ?

Roséliane fut honnête.

— Pas mal.

— Tu es rosse ! Elle a de la classe, et la jalousie lui va bien, je trouve.

Gérard Le Roux n'avait pas tort. La jalousie, si jalousie il y avait, embellissait la jeune femme, lui donnait une sorte de vibration électrique.

— Vous me servez, Gérard ? Ou vous ne faites boire que les petites filles ?

— Cette petite fille est une vieille amie !

Les beaux sourcils de Nicole Brissac se soulevèrent lentement en signe d'incompréhension. Gérard Le Roux prit une bouteille de champagne. Le bouchon partit et atterrit aux pieds du capitaine, qui le ramassa puis le lança en direction de Pauline.

— Venez danser avec moi, dit-il.

Pauline fit « non, non » de la tête.

— Venez... Vous adorez danser !

— Pas maintenant... La chaleur...

— Pauline...

Le capitaine Laurent Bonvoisin s'obstina, appela ses amis à son secours. Le commissaire s'empressa de plaider sa cause : « Faites-lui plaisir... C'est son anniversaire... » « Mais oui, vas-y, mon petit chou, puisqu'il insiste », dit très distinctement Guylaine-Gilda. Et Pauline, sous les applaudissements des autres invités se leva.

Roséliane détourna la tête. Que sa mère se fasse traiter de « petit chou » par la vendeuse de la parfumerie était déjà surprenant. Qu'elle obéisse était invraisemblable ! Elle croisa le regard admiratif de Mister Magoo.

— Votre mère est charmante. Si jeune !

— Oh ! pas si jeune que ça ! objecta Dimitri. Elle a quarante ans !

Roséliane voulut rectifier : sa mère n'avait que trente-huit ans. Mais l'expression butée de Dimitri l'en dissuada. Il s'efforçait de ne pas regarder en direction de leur mère et toujours y revenait.

Celle-ci, enlacée par le capitaine Laurent Bonvoisin bougeait à peine sur une musique lente et sentimentale.

Gérard Le Roux tendait une coupe de champagne à son amie.

— Et moi ? réclama Roséliane.

— Rosette boit ? s'indigna Dimitri.

— Ne m'appelle pas Rosette !

— Il vous appelle Rosette ? Que c'est mignon !

Mâtho s'extasiait d'autant plus que Nicole Brissac le fixait le rouge aux joues. Roséliane, à l'inverse, pâlissait.

— Ne m'appelez jamais Rosette ! dit-elle d'une voix qu'elle souhaitait ferme.

Une main amicale se posa sur son épaule. C'était celle de Mister Magoo.

— Un jour un homme que vous aimerez vous appellera Rosette et vous trouverez ça délicieux, dit-il.

Sa conviction tout autant que ses paroles la troublèrent. Pourtant, elle tenta de résister.

— Sûrement pas !

— Sûrement que si ! L'amour métamorphose tout... Vous verrez... Vous connaissez la chanson d'Edith Piaf ?

Il entonna à voix basse, rien que pour elle :

Je ferais le tour du monde,
Je me ferais teindre en blonde,
Si tu me le demandais...

Roséliane enchaîna :

On peut bien rire de moi,
Je ferais n'importe quoi,
Si tu me le demandais...

— C'est ça, approuva Mister Magoo, c'est exactement ça !

Autour d'eux, on était devenu très gai. Les invités chantaient en chœur, trinquaient à tout propos. Des conversations s'amorçaient sans jamais se prolonger. Quelques personnes seulement dansaient.

Brusquement Roséliane sentit sur elle le regard sombre de sa mère. Et elle eut cette conviction que Pauline, dans les bras du capitaine Laurent Bonvoisin, l'observait depuis longtemps déjà.

— Et si vous alliez vous coucher, les enfants ? Il est plus de onze heures ! Moi-même, je ne tarderai pas...

Roséliane et Dimitri marchaient côte à côte, les bras dans le dos, comme cela se fait dans les cours de récréation. Ils n'avaient aucune envie d'aller se coucher. D'instinct, ils savaient que Pauline ne serait pas de parole. Ils déambulaient donc au hasard, mécontents et — on le leur aurait fait remarquer qu'ils l'auraient nié, un peu fatigués.

Le grand hall était presque vide. Des passagers le traversaient une dernière fois avant de regagner leur cabine. Un bref arrêt devant le panneau des télex, un coup d'œil sur les prévisions météorologiques et ils s'en retournaient, frileux, au bord du bâillement.

— Le *Balboa* est sinistre ! râlait Dimitri.

Il tomba dans un des fauteuils en cuir du coin salon et prit un numéro de *Jour de France.*

— Toujours des rois ! Toujours des reines ! Toujours des princes et des princesses ! On s'en fiche du roi Baudouin et de Fabiola de Mora y Aragón !

Sa mauvaise humeur ne faisait qu'effleurer l'humeur rêveuse de Roséliane. Elle repensait à la soirée du capitaine et la jugeait médiocre. N'y avait-il rien d'autre que ce à quoi elle venait d'assister ? Elle soupçonnait l'existence de plaisirs bien plus raffinés, supérieurs. Le bain de minuit, par exemple. Dans un lieu secret du navire, peut-être même en ce moment, les inconnus de la piscine se retrouvaient... Sans s'en rendre compte, elle chantonnait la chanson d'Edith Piaf.

— Tu ne vas pas te mettre à chanter des chansons d'amour, toi aussi, lui reprocha Dimitri.

Elle pensa répondre : « Et pourquoi pas ? », ne le fit pas.

— Et dire qu'ils flirtent, qu'ils se saoulent ! Je les ai tous trouvés grotesques ! Tous ! Même Mâtho !

Il réfléchissait, amer, malheureux.

— Ils n'étaient pas comme ils sont d'habitude ! La nuit, ils sont... dégoûtants ! Maman ne devrait pas les voir. Je le lui dirai, quand elle rentrera !

— Si tu lui dis ça, elle te traitera encore de... Comment c'était déjà ?

— De puritain.

Dimitri eut son premier sourire. Ses yeux horizontaux de chat se plissèrent.

— On ne sait toujours pas ce que ça veut dire ?

— Non.

— On lui demande ?

Il désignait le colonel du Martray qui, planté devant le panneau des télex, lisait les dernières informations de la soirée. Roséliane et Dimitri s'approchèrent de lui à pas de loup. Un agréable renversement d'humeur venait en une seconde de s'opérer. Leur déception s'atténuait, l'heure était au jeu et seulement au jeu. Ils feignirent de tousser. Le colonel du Martray se retourna, les reconnut.

— Dans quel monde vivons-nous ! leur dit-il de sa voix de stentor. Treize morts et dix blessés mardi matin à Alger ! Plus de quatre cents Oranais qui se sont embarqués lundi pour la métropole ! Quatre-vingt-cinq morts sur les routes pendant les fêtes de Pâques ! Quel monde !

Dimitri pouffa, Roséliane le pinça.

— Ouille ! dit-il.

— Comme vous le dites si justement dans votre jargon d'enfant, ouille ! approuva le colonel du Martray.

Il s'inquiéta de les voir encore debout.

— On allait se coucher, dit Roséliane.

— Mais on a une question à vous poser, enchaîna Dimitri.

L'expression du colonel se fit grave, il joignit les mains.

— Je vous écoute.

« Parlez sans crainte, mon fils », ajouta Roséliane in petto. Et longuement, avec d'interminables pauses, il leur expliqua ce que signifiait le mot puritain. Roséliane et Dimitri furent hypocrites et firent semblant de comprendre. Le colonel du Martray, satisfait de l'intelligence de ses élèves, retourna au tableau d'affichage.

— On est bon pour aller consulter Le Petit Larousse illustré de la bibliothèque...

Dimitri ne put aller jusqu'au bout de sa phrase. Un bâillement énorme lui tordit la mâchoire. Il surprit sur lui le regard réprobateur de Roséliane.

— Tu n'as pas déjà sommeil !

Plus qu'un simple reproche, c'était une accusation. Il y fut sensible.

— C'est qu'il est tard...

Il se dirigeait résolument vers les couloirs, sa sœur sur les talons. Elle aussi commençait à se sentir fatiguée. Néanmoins, elle plaida.

— Maman ne sera pas rentrée... Pourquoi ne pas en profiter ?

— Pour faire quoi ?

— Se promener sur les ponts la nuit... On y voit de ces choses... Des choses que tu ignores et que je sais...

Elle voulait tant le convaincre que pour peu elle lui aurait tout avoué : le bain de minuit, le retour de Pauline au petit matin. Mais Dimitri ne pensait qu'à sa couchette, aux draps lisses, si bien tirés. Sa sœur, dans son dos, pouvait continuer à dire ce qu'elle voulait, il ne l'écoutait même plus. « Sur les ponts, il pleut » fut tout ce qu'il consentit à marmonner. Et encore, en bâillant.

Le pont couvert semblait s'étendre à l'infini. Les chaises longues, toutes semblables avec leurs plaids pliés au carré s'alignaient dans un ordre parfait. Rien ne traînait. Pas même un livre ou un tricot. Le vent soufflait par rafales. La pluie frappait les vitres. L'une d'entre elles, entrouverte, laissait passer un air glacé.

— Qu'est-ce que je fais ici ? se dit Roséliane en frissonnant.

Une silhouette d'homme, massive, voûtée, apparut à l'autre extrémité du pont couvert. Il paraissait surgir de nulle part. Un épais caban en toile cirée, une casquette enfoncée sur un col remonté, le rendait difficile à identifier.

L'apparition avançait lourdement, apparemment bien fatiguée. Elle passa devant Roséliane sans la voir. C'était le commandant. Sans doute revenait-il d'une de ses promenades solitaires. Une odeur d'alcool et de chien mouillé flotta un court instant après qu'il eut disparu.

« L'Invisible boit en cachette », se rappela Roséliane. Et pour la seconde fois, elle se demanda ce qu'elle faisait ici.

Quand elle vit la porte entrouverte, quand elle entendit des gémissements, elle fut sûre d'avoir trouvé ce qu'elle cherchait : la cabine de Micheline. Découvrir ce qu'était devenue Micheline, savoir comment elle prenait la présence de Nicole Brissac auprès de Mâtho, étaient les vraies raisons qui l'avaient amenée à ne pas se coucher. Mais c'est seulement dans ce couloir, tout près de cette femme qu'elle n'aimait pas, qu'elle l'admit.

Toutes les lampes de la cabine étaient allumées, y compris celles de la petite salle de bains attenante. Un grand désordre y régnait comme après un cambriolage. Des vêtements, des chaussures, des bas jonchaient le sol. Un fauteuil était retourné. De la poudre de riz avait été répandue sur la coiffeuse ainsi que tout le contenu d'un flacon de vernis à ongles.

La femme, en peignoir, pleurait, sur la couchette. On ne voyait que son dos, ses cheveux blonds, ses pieds nus. Mais Roséliane savait maintenant qu'elle ne s'était pas trompée, qu'il s'agissait bien de Micheline. A cause d'une robe rouge et d'un bikini jetés en boule sous la chaise.

Elle referma sur elle la porte de la cabine. Le tapis étouffait ses pas. Elle avait devant elle une femme abandonnée qui souffrait. Elle était en présence de ce qu'on appelait « un chagrin d'amour ». Quoique le mot « chagrin » lui semblât faible appliqué à ce qu'elle découvrait. Les paroles de Mâtho lui revinrent en mémoire : « Que fait-on d'une femme qui a cessé de vous plaire ? » Le corps sur la couchette ne geignait plus. De violentes secousses l'agitaient, le soulevaient. Quand il retombait, on l'aurait cru inanimé.

Soudain, Micheline la vit.

Pendant quelques minutes Roséliane et elle ne se dirent rien, pareillement saisies, pareillement hypnotisées. Sans le savoir, Roséliane s'était mise à respirer au même rythme que la jeune femme. Celle-ci, la première, rompit l'enchantement. En se mettant à rire. Un rire convulsif, silencieux, effrayant, si proche des pleurs qu'il donnait la chair de poule, qu'on ne savait plus ce que c'était.

Le peignoir était ouvert, les jambes écartées. Roséliane ne pouvait détacher ses yeux du sexe si noir, si touffu. Elle l'aurait imaginé blond, comme les cheveux. Elle se demanda de quelle couleur étaient les poils sous les bras et subitement eut honte.

— Excusez-moi, bafouilla-t-elle en reculant vers la porte.

Sa main à tâtons cherchait la poignée.

— Reste.

Roséliane s'immobilisa.

— Viens.

Micheline ajustait son peignoir, croisait l'une sur l'autre ses jambes. La tête renversée en arrière, elle désignait la coiffeuse.

— Sers-moi un verre et apporte-moi mes cigarettes.

Roséliane fit ce qu'on exigeait d'elle. Curieusement,

obéir à Micheline l'excitait. Même si tout cela restait confus, même si elle pensa un instant agir par bon cœur. Elle ramassa le paquet de Gauloises — les cigarettes que fumait Mâtho, le briquet. Entre les pots de crème elle trouva une bouteille de gin et un verre. Elle le remplit.

La jeune femme le vida.

— Un autre !

Roséliane la resservit.

Les traits de Micheline se détendirent, son visage de poupée chiffonnée devint lisse. Etait-elle jolie ? Impossible pour Roséliane de se prononcer. Elle pensa que son père l'aurait trouvée mignonne et s'en étonna. Pourquoi réunissait-elle ainsi son père et cette femme ? Elle éprouva le besoin de se regarder dans le miroir. Et ce qu'elle vit la stupéfia. La Roséliane du miroir était une Roséliane enfant, un curieux mélange de fillette et de garçonnet. Le casque de cheveux noir, la frange qui descendait au ras des sourcils, le col roulé bleu marine, le pantalon étroit et sombre, tout cela lui donnait l'apparence d'un lutin de conte de fées. « Je n'ai rien d'une femme », se dit-elle sans décider si c'était un bienfait ou une calamité.

Micheline s'était laissée tomber sur sa couchette. De nouveau elle pleurait, mais sans se cacher, le visage vers Roséliane. Ses lèvres articulaient sans relâche le prénom du premier lieutenant. Puis elle sembla s'apaiser. Et ce fut avec une apparence de détachement mondain qu'elle demanda :

— Avec qui était-il ce soir ?

— Je ne sais pas.

— Vraiment ?

— Oui.

— Tu n'étais pas à la soirée du capitaine ?

Roséliane fit non de la tête. Depuis un moment une question la harcelait.

— Vous l'aimez pour de vrai ?

Micheline la dévisagea cinq longues secondes — Roséliane se surprit à les compter, avant de répondre :

— Qu'est-ce que tu connais de l'amour, toi ? Aimer, ce n'est pas regarder un homme de loin avec des yeux de biche. Ce n'est pas se pâmer quand il vous débite des fadaises ou vous passe la main dans les cheveux... Ce n'est pas rêver à lui en secret...

Roséliane bondit en direction de la porte. Mais Micheline, plus vive encore, s'était levée, l'avait attrapée par le bras, la retenait avec une surprenante vigueur. Roséliane cessa de se débattre. Si Micheline relâchait son étreinte, elle parviendrait à s'échapper. Il fallait pour cela ruser, faire la petite fille docile. Car Roséliane, maintenant, n'avait plus qu'un désir, se sauver. Ne plus avoir à écouter les confidences de cette femme. Elle parlait de Mâtho et c'était insupportable. Mâtho, qui dans sa bouche devenait « Gérard » ou pire encore « il », « lui ».

— Je n'ai aucune raison de rentrer en France... J'ai demandé un congé pour faire la traversée avec lui... En empruntant de l'argent à mon patron...

Ses yeux se promenèrent un instant sur les meubles en acajou et sur la toile de Jouy qui tapissait les murs.

— Je n'ai pas les moyens de m'offrir tout ce luxe... Je n'ai même pas les moyens de me payer un voyage en seconde classe... Alors, les premières...

Micheline se remit à rire, de ce drôle de rire si proche des larmes.

— Je l'ai rencontré il y a six mois... Il revenait me voir quand le *Balboa* mouillait à la Guayra. C'était commode pour lui, un joli petit appartement dans le centre de Caracas, une petite poulette bien chaude...

Son regard se posa méchamment sur Roséliane, qui détourna le sien.

— Parce qu'il les lui faut chaudes, à ton Mâtho. Il court après toutes les femmes et toutes les femmes courent après lui... Mais au lit, on ne peut pas dire qu'il tient ses promesses ! Il bande mou, si tu veux savoir !

— Je ne veux rien savoir !

— Bien sûr que si, tu veux savoir !

— Non !

— Si !

Et parce que pour la deuxième fois elle allait crier « Non ! », Roséliane cessa d'avoir peur. Mieux, elle faillit rire. Ce qu'elle était en train de vivre lui rappelait des disputes avec sa cousine Marie-Laure, la sœur aînée de Miquette. Marie-Laure, aussi, lui écrasait les poignets, l'obligeait à écouter certains récits. C'était toujours la même histoire. Le monde était ainsi fait que les grandes y dominaient les petites. Micheline se comportait comme Marie-Laure, elle avait pour elle la force physique et le poids des années. Et comme elle le faisait avec Marie-Laure, Roséliane utilisa pour se défendre un de ces arguments qu'elle rangeait normalement dans la catégorie : « Arguments déloyaux à n'utiliser qu'en cas de grand danger. »

— Laissez-moi ou je préviens ma mère !

Mais Micheline n'écoutait pas. Elle racontait avec quel plaisir elle avait mordu et griffé le corps de son amant. Pour le « marquer ». Pour que ses autres maîtresses sachent. Souffrent à leur tour de ne pas être « la seule ».

— Maman...

— Ta mère, parlons-en !

Une sensation de froid glissa sur Roséliane juste entre ses omoplates. Micheline l'avait lâchée. C'était elle, maintenant, qui fuyait le regard de Roséliane. Mais à un tressaillement de son corps, elle la devina au bord des larmes. Et délicatement, elle l'attira contre sa poitrine.

— Ne fais pas attention à ce que je dis, je dis n'importe quoi.

Roséliane sentait son odeur, une odeur de transpiration et d'herbe. La peau sous sa joue était grumeleuse comme si, malgré la chaleur qui régnait dans la cabine, Micheline avait la chair de poule. C'était une peau prématurément vieillie, que Roséliane n'aimait pas, qui lui rappela celle d'une jeune fille de la campagne qui s'était occupée d'elle bien des années auparavant. Et elle se mit à pleurer sans pouvoir s'arrêter. Micheline la berçait, lui chuchotait des mots, des phrases qui lui semblaient apaisantes et qui sans doute l'étaient. Mais rien n'y faisait. Le chagrin de Roséliane était un chagrin que tout et n'importe quoi nourrissait : l'odeur d'une femme, le souvenir d'une autre, sa mère qui dansait enlacée par le capitaine, Dimitri qui dormait dans sa couchette. Soudain, au grand soulagement de Micheline, elle bâilla.

— Tu tombes de sommeil ! dit-elle.

— Peut-être, admit Roséliane.

Pourtant, elle continuait à sangloter.

— Je mets une robe et je te raccompagne. Quel est le numéro de ta cabine ?

— 342.

Ce fut Micheline qui ouvrit la porte de la cabine 342. Elle prit entre ses mains la tête de Roséliane, déposa sur son front deux gros baisers humides. « Vas-y, va te coucher », dit-elle. Roséliane la laissa refermer la porte. Pauline n'était pas revenue. Roséliane enleva son jean et ses chaussures, garda son pull-over. Il serait toujours temps demain de finir de se déshabiller.

— Nous avons vraiment chassé l'hiver ! Victoire !

Pauline pour la quatrième fois depuis le réveil était allée jusqu'au hublot.

— Quarante-huit heures de pluie ! On n'avait jamais vu ça, hein, les enfants ?

« Les enfants » finissaient leur petit déjeuner. La gaieté bruyante de leur mère les effarouchait, les bousculait. Sans s'être concertés, ils la trouvaient, ce matin-là, excessive.

Elle n'était que joyeuse. Elle se moquait d'eux.

— Vous tenez de moi... Complètement abrutis ! Alors que vous auriez pu ressembler à votre père. Au réveil le monde lui appartient ! Un de ces tonus !...

Elle allait et venait dans la cabine, déplaçait un bibelot, pliait un vêtement.

— Les langues, par exemple. Il en parle sept couramment, comme souvent les Russes. Moi, aucune. Eh bien, on ne peut pas dire que vous ayez hérité de ses dons !

Elle se pencha sur Dimitri qui feignait de ne pas la voir, de ne s'intéresser qu'aux brioches du petit déjeuner.

— Do you speak english ? Habla español ?

Et comme il ne riait pas :

— Tu ne me trouves pas drôle ?

— Non.

— Pourtant, on me trouve drôle ! Laurent apprécie beaucoup mon humour...

— Laurent ? répéta Dimitri.

Pauline s'étira avec grâce. Son reflet dans le miroir devait la satisfaire, car elle eut pour elle-même un sourire attendri.

— Laurent Bonvoisin, le capitaine. Mais au royaume des aveugles, les borgnes sont rois. Vous avez vu quel genre de femmes se coltinent les officiers ? Cette blonde fadasse et prétentieuse qui accompagne votre... Comment l'appelez-vous ?

— Mâtho, souffla Roséliane.

— Mâtho, c'est ça. Sa blonde est ennuyeuse comme la pluie. Elles sont toutes ennuyeuses. Et quand elles ne le sont pas, elles sont hystériques ! Si vous saviez dans quels termes les officiers en parlent...

Roséliane et Dimitri s'étaient imperceptiblement redressés. Ils attendaient la suite, se faisaient discrets. Mais Pauline changea de sujet. Elle évoqua les Smith, les ruses qu'elle ne cessait d'inventer pour les éviter.

Le retour du beau temps enchantait aussi Roséliane. Son regard allait paresseusement du plateau du petit déjeuner aux meubles cirés, aux tableaux sur les murs. Elle aimait cette cabine. C'était merveilleux de penser qu'elle y serait de nouveau en septembre.

— Quand rentrerons-nous à Caracas ? demanda-t-elle.

— Je ne sais pas.

— Je veux dire : en gros ? Début septembre ou après ? Pour la rentrée des classes ?

— Je ne sais pas, répéta Pauline.

Le ton de sa voix était devenu neutre. Elle chassait du plat de la main quelques miettes de brioche tombées sur la coiffeuse. Dans le miroir elle surprit, posé sur elle, attentif, le regard de Roséliane.

— Tu es assommante à vouloir toujours tout savoir

d'avance... Tu le sauras quand on y sera. A quoi ça t'avancerait de savoir maintenant ?

Roséliane ne se troubla pas. Bien au contraire, elle se concentra, chercha au fond d'elle-même ce qui lui semblait la plus juste explication. Et la trouva.

— Quand je sais quelque chose d'heureux à l'avance, je peux m'en réjouir. Si tu me dis : on part le trois septembre, je peux dès aujourd'hui me réjouir de repartir pour Caracas le trois septembre !

Le silence qui suivit l'inquiéta.

— J'ai dit une bêtise ?

— Mais non. Mais je trouve cette façon de se réjouir à l'avance horrible ! Après, on est déçu. On ne peut être que déçu ! Je ne sais pas de qui tu tiens ça ! Sûrement pas de moi, et encore moins de ton père !

Elle avait parlé d'une traite, en s'emportant. Roséliane en fut blessée. Elle avait envie de se défendre, de répliquer. Dans l'air il y avait comme l'annonce d'une dispute. Une dispute qu'elle pressentait très désagréable. Elle chercha de l'aide chez Dimitri. Mais Dimitri était remonté sur sa couchette lire *Pour sauver Leïla*, album qui faisait suite à *L'Ombre de Saïno*.

Elle eut peur.

— Je sors faire un tour, dit-elle en s'efforçant de paraître indifférente.

Mais dehors le cœur lui battait. Ce début d'affrontement avait fait disparaître toute sa bonne humeur. De façon obscure, irrationnelle, elle se sentait en danger. C'est pourquoi apercevoir de loin la chevelure rousse de Virgile Stellin fut un vrai soulagement. Elle traversa rapidement le grand hall, le rejoignit devant le panneau d'affichage.

— Les essais nucléaires américains vont reprendre ! Regardez !

Dans son enthousiasme, il la vouvoyait.

— Première explosion à l'île Christmas ! Vous vous rendez compte ?

Elle ne se rendait pas compte, mais fit comme si.

— On va dehors ?

Dehors, décidément il faisait beau. Les ponts qui venaient d'être lavés à l'eau chaude et au savon fumaient encore sous le soleil. Un vent léger les poussa vers la piscine. Elle était ce matin-là d'un bleu étincelant, sans la moindre trace de vert ou de gris. Roséliane la contemplait et rêvait.

Quand la traversée se faisait en janvier, quand le *Balboa* quittait l'été de Caracas pour l'hiver du Havre, il y avait cette journée qu'elle détestait, cette journée où les marins bâchaient la piscine. Dans l'autre sens, au contraire, quel bonheur ! On quittait le Havre piscine bâchée et les marins la découvraient quelques jours après.

— A quoi penses-tu ? demanda Virgile.

Elle faillit répondre : « On est fin avril. Cette fois, ils ne toucheront pas à la piscine. » Mais elle craignit de paraître trop sentimentale.

— J'aime les roux, dit-elle. C'est joli, un roux.

Virgile eut un petit sourire modeste.

— Chez nous, en Savoie, on ne dit pas un roux, on dit un cuivré. Il y a même un village où on ne rencontre que des cuivrés. Ce village s'appelle Vacheresse...

— Non ?

— Si.

Après quoi, ne sachant plus quoi se dire, ils se turent. Roséliane fixait le ciel, l'eau de la piscine, puis de nouveau le ciel à en avoir mal aux yeux. Virgile fredonnait.

— C'est quoi, ce que tu chantes ?

— Oh, une chanson de chez nous...

— Vas-y, je t'écoute !

— Tu n'aimeras pas... Ce n'est pas une chanson comme à la radio.

— Chante !

Il rougissait, hésitait mais Roséliane savait parfois se montrer impérieuse. « Tyrannique » se dit-elle, et cela lui fut très agréable. Virgile finit par s'exécuter, les yeux mi-clos.

Voici le jour qui fuit
Qui fuit de nos montagnes
Et l'ombre de la nuit
S'étend sur nos campagnes.

Il chantait juste, sa voix était exceptionnellement pure. Roséliane applaudit, le supplia de poursuivre. Très vite elle sut le refrain.

— *Et l'on entend...*, chantait Virgile.

— *Et l'on entend...*, reprenait Roséliane, une octave au-dessous comme il le lui avait indiqué.

— *Les montagnards...*

— *Les montagnards...*

— *Chanter dans la prairie...*

— *Ce refrain doux et...*

— On vous entend brailler jusqu'à l'autre bout du navire ! s'exclama Dominique Wauthion.

Elle était arrivée par le bar intérieur, silencieuse comme à son habitude. Vêtue d'une longue veste blanche et d'une courte jupe de joueuse de tennis, ses cheveux blonds relevés en chignon, elle semblait argentée des pieds à la tête. Sa pâleur, sa grande bouche aux lèvres gonflées, surprirent Roséliane. Elle risqua un timide « Ça va ? » auquel Dominique répondit par un sec et grognon « ouais ! ». Puis elle se laissa tomber dans un des fauteuils club qui entouraient la piscine.

— Est-ce que l'un de vous possède un animal en peluche ? demanda-t-elle.

Les deux réponses négatives lui arrachèrent une grimace contrariée.

— Je veux un animal en peluche !

— Le magasin de jouets doit être ouvert. On pourrait en acheter un, suggéra Roséliane.

— Avec quel argent ? Tu as de l'argent, toi ?

Son ton désagréable, le regard furieux qu'elle lui jeta froissèrent Roséliane. Elle chercha une réponse cinglante et ne la trouvant pas, se mordit le pouce. Mais Virgile avait une solution.

— La nursery !

— Il y a une nursery à bord ?

— Oui, près du chenil.

Dominique se redressa d'un bond et courut vers l'échelle en fer qui reliait la piscine au pont supérieur. Virgile l'y avait précédée. Elle le bouscula, le dépassa et une fois parvenue en haut, lui barra le passage.

— Va la chanter plus loin ta chanson montagnarde ! Ici, on est sur la mer et entre filles... Allez, zou, du balai !

— Ce que tu es méchante, se plaignit Roséliane.

— Oh la barbe ! Si ça ne te plaît pas, va-t'en !

Elles venaient de pénétrer dans la nursery. Dominique ignorait si totalement Roséliane que celle-ci ne songeait plus qu'à la quitter, qu'à retrouver le gentil Virgile. Mais la curiosité que lui inspirait ce lieu nouveau, le mystérieux comportement de Dominique, bref le désir d'en savoir plus, la retinrent.

Le ménage n'avait pas encore été fait et la nursery se trouvait dans l'état où les enfants l'avaient abandonnée. Des marionnettes de différentes tailles, des poupées en chiffon, des soldats de plomb, des animaux en peluche, toutes sortes de jouets étaient dispersés en désordre dans la pièce.

« Merveilleux », fut le seul commentaire distinct de Dominique. Après quoi, elle s'agenouilla sur la moquette en poussant des soupirs de ravissement. Elle s'emparait d'un jouet, le tâtait, le soupesait, le rejetait. En essayait un autre, recommençait. Un petit chien rose retint particulièrement son attention.

Roséliane, de plus en plus exaspérée, détourna la tête. Sur les murs recouverts de papier peint, des lapins et des oursons se poursuivaient sans jamais se rattraper. Du plafond pendait une sorte de cloche prolongée par un cordon. Roséliane tira sur le cordon : *Frère Jacques* chanté par un chœur de très petits enfants résonna dans la nursery. C'en était trop.

Une fois sur le pont, elle s'arrêta net.

Nicole Brissac promenait le chien Mermoz. Démaquillée, enveloppée dans un ample manteau beige, elle était si quelconque, que sans Mermoz Roséliane ne l'aurait pas reconnue. « L'amie de Mâtho est moche », se dit-elle joyeusement. D'autant plus joyeusement qu'apparaissait, venant en sens contraire, l'autre amie tirée par le chien Bichon. Micheline avançait tête baissée, le choc paraissait inévitable. Y assister promettait d'être un spectacle des plus passionnants ! Allaient-elles se battre ? S'arracher les cheveux ? Les yeux ? Pire encore ? Et leurs chiens ? En taille, ils se valaient. Mais en crocs ?

Hélas !

Quand Micheline, dans un geste qui lui était coutumier, releva la tête pour envoyer ses cheveux en arrière, ce fut Roséliane qu'elle vit. Et pendant le bref instant où elle ralentit, où elle lui sourit — un sourire à la fois si gentil et si découragé que Roséliane en eut le cœur serré, Nicole Brissac, son chien sous le bras, s'était esquivée.

Dominique qui arrivait en courant, avait tout vu. Elle eut un méprisant froncement de narines.

— Celle-là, dit-elle, je mets ma main au feu qu'elle se jette dans la mer avant qu'on atteigne Le Havre !

Elle désignait Micheline qui s'éloignait d'une démarche légèrement zigzagante, comme si elle était une aveugle et que Bichon seul la guidait.

Ces paroles choquèrent Roséliane. Depuis qu'elle avait vu pleurer Micheline, elle avait cessé de la détester. Mieux, elle la plaignait. De tout son cœur et sincèrement. Tout en essayant de ne pas trop y penser, d'oublier certaines de ses confidences. Et cela avait été facile, jusqu'à cette rencontre sur le pont.

Dominique, insensible à ce qui agitait son amie, poursuivait.

— Elles sont trop bêtes, ces femmes ! Se laisser faire par ces types minables ! Les aimer, en plus ! Oh, je les hais !

Qui haïssait-elle ? Les hommes ? Les femmes ? Les deux ? Mais une bosse sous la veste de Dominique intrigua Roséliane.

— Qu'est-ce que tu caches ?

Avec des mines de conspiratrice, Dominique sortit un petit chien en peluche rose. Roséliane retint de justesse un « Tu l'as volé ! », se mordit les lèvres, attendit la suite avec une sorte d'appréhension.

Dominique s'assit à même le plancher, le dos appuyé au bastingage, les jambes largement ouvertes, en danseuse. L'animal en peluche était posé entre ses genoux. Elle fouilla dans ses poches à la recherche d'un objet qu'elle finit par trouver et qu'elle exhiba, très fière. C'était un canif à trois lames, en nacre. Elle demeura une minute, absorbée, concentrée, à fixer le petit chien en peluche. Et d'un seul coup, très net, très propre, elle l'éventra.

Roséliane détourna les yeux. Elle trouvait à son amie un savoir-faire de professionnel. Elle aurait eu l'habitude d'égorger des poules et des lapins qu'elle ne s'y serait pas prise autrement.

— Beau travail, hein ?

Dominique brandissait la dépouille de l'animal en peluche. Elle l'avait vidé du crin et des bouts de chiffon qui le remplissaient. Seules la tête et les pattes étaient demeurées intactes. Elle sifflait une marche militaire en repoussant du coude des mèches de cheveux échappées de son chignon.

— Et qu'est-ce que tu vas faire de... de ce truc... immonde ? demanda Roséliane.

Dominique caressait avec ravissement la dépouille. Elle en enlevait les plis et les bosses, la repassait du plat de la main.

— Comme un torrent, dit-elle gaiement.

Elle rit devant l'air buté de Roséliane.

— *Comme un torrent*... Le film de l'autre jour... Jenny ! Jenny avait un animal en peluche comme sac à main !

Roséliane rit à son tour, soulagée. Mais une petite inquiétude demeurait, de celle qu'on ne cherche pas à élucider si personne ne vous y pousse.

— Qu'est-ce qu'il y a ? dit Dominique.

Et comme Roséliane hésitait :

— Allez...

Dominique se faisait caressante, retrouvait son accent belge.

— Tu paraissais si contente de l'éventrer.

— C'est vrai ! J'adorerais en éventrer d'autres !

Elle prit Roséliane par la taille, l'entraîna vers l'escalier.

— Je rêve souvent que je tue des animaux ! Des hommes aussi... Avec un couteau ! Tu crois que je devrais me faire bouchère au lieu d'aller étudier la chimie à Louvain ?

Roséliane s'était raidie. Dominique l'embrassa dans le cou.

— Ce que tu es gourde! Je plaisantais. Qu'est-ce qu'on donne aujourd'hui ?

— Je ne sais pas.

— Allons dans le grand hall, le film du jour doit être affiché.

— Ah ! chic, on donne *Gigi* ! Avec Leslie Caron !

— Je ne sais pas qui c'est, répondit Dominique que ce subit emballement agaçait.

— J'adore Leslie Caron ! Je l'ai vue dans *Lili* et dans *Un Américain à Paris.* Je l'adore presque autant qu'Audrey Hepburn. Elle, je l'ai vue dans *Vacances romaines, Drôle de frimousse, Sabrina* et surtout *Guerre et Paix.* Tous ces films je les ai vus sur le *Balboa.* Sauf *Guerre et Paix* !

— *Guerre et Paix,* c'était au Royal-Passy rue de Passy, se rappela Dimitri qui venait de se glisser entre elles. C'est dans ce cinéma que je me suis acheté mon premier Nuts.

— Oh oui, ce Nuts que tu as retrouvé, six mois après, dans la poche de ton pantalon! enchaîna Roséliane.

Ce souvenir les réjouissait tant, que Dimitri voulut y associer Dominique.

— Je n'avais pas aimé ce premier Nuts. Je l'avais donc soigneusement remis dans son papier d'emballage, puis dans ma poche. Et six mois après, en pleine cour de récréation, qu'est-ce que je retrouve? Le Nuts !

— Je ne trouve pas cette histoire très drôle! dit Dominique.

Sa mauvaise humeur ne fit que renforcer l'hilarité du frère et de la sœur. Au point d'attirer le commissaire Roger Tarendieu.

Il posa négligemment une main sur l'épaule de Roséliane, une autre sur celle de Dominique. Celle-ci fit aussitôt un pas de côté. Elle était devenue écarlate. Le commissaire fit à son tour un pas vers elle.

Domino, Domino,
Le printemps chante en toi Dominique

chantonnait-il.

Mais Dimitri, aussi vif qu'une anguille s'interposa entre Dominique et le commissaire.

— Un vrai petit homme ! railla le commissaire. Vous vous plaisez en compagnie des petits hommes, Domino ?

— Commissaire !

Un groupe de voyageurs l'attendait un peu en retrait et s'impatientait. Il se résolut à les rejoindre non sans un clin d'œil canaille à Dimitri accompagné d'un non moins canaille : « Profite, mon petit garçon, profites-en bien... » Les voyageurs parlaient tous en même temps. De grèves, d'impossibilité de débarquer au Havre, de passagers retenus de force sur le *Balboa.*

— La C.G.T. a annoncé qu'elle étendrait le mouvement !

— Vous nous voyez débarquer au Havre et nous trouvant dans l'impossibilité de rejoindre Paris !

— Ou Belfort, ou Clermont-Ferrand. Tout le monde ne va pas à Paris !

— Mais pour rejoindre Clermont-Ferrand, vous êtes obligé de passer par Paris ! Voyons !

— Raoul Salan se prépare à répondre aux interrogations du juge Courcel ! Dominique Salan s'est rendue au palais de justice pour obtenir un permis de visite ! lut Dominique.

Tous se tournèrent vers elle et elle poursuivit d'une voix d'écolière appliquée, ânonnant presque.

— Les groupes musulmans d'Alger ont pour la

première fois, mercredi, rendu coup pour coup... Cinq musulmans tués par l'O.A.S... Un Européen enlevé par le F.L.N... Incidents à Sidi Bel Abbes...

Elle marqua une pause.

— Vous ne trouvez pas que c'est monotone...

Elle avait les deux mains posées à plat sur son ventre. Ce qui restait du petit chien rose en peluche était caché sous sa veste et lui donnait l'air d'une collégienne enceinte.

— Ne faites pas attention à elle, dit le commissaire.

Il eut un geste apaisant pour son groupe de fidèles dont le ronronnement désapprobateur allait s'amplifiant.

— Et puis, en ce qui concerne cette grève, je pense, j'espère, j'ose espérer, que la C.G.T. laissera tomber! Qu'elle se dégonflera !

— Vous n'êtes même pas amusante ! lança Pauline qui venait d'arriver.

Le regard qu'elle posa sur Dominique était si hostile que Dimitri crut bon, pour la deuxième fois en l'espace d'un quart d'heure, de voler à son secours.

— Elle est poilante, voilà ce qu'elle est !

— Touchante solidarité d'enfants ! ricana Pauline.

Un silence pesant s'installa que la première elle rompit.

— Roséliane et Dimitri, vous n'avez pas encore écrit à votre père. J'exige que vous le fassiez aujourd'hui même. Les lettres doivent partir demain de Vigo. Sinon, pas de cinéma, pas d'excursion, rien !

Elle s'adoucit.

— Si vous les écrivez maintenant, vous pourrez m'accompagner au cocktail que donne le capitaine, en fin d'après-midi...

— Il donnait autant de cocktails que ça, l'année dernière, le capitaine ? chuchota Dimitri qui s'était assis à côté de sa sœur sur le canapé.

— On était plus petits, on ne nous invitait pas, chuchota Roséliane en retour.

Elle réfléchit.

— Il ne faut pas confondre. Aujourd'hui, c'est un cocktail officiel. L'autre soir, dans sa cabine, c'était un « verre ».

— Je vois, approuva Dimitri qui ne voyait rien du tout.

Pauline avait exigé d'eux un effort d'élégance. Dimitri avait mis son blazer bleu marine à écusson doré, Roséliane sa robe verte rayée qu'elle n'aimait pas. Sa mère lui avait aussi prêté un cardigan en cachemire qu'elle avait boutonné jusqu'au menton et contre lequel elle frottait machinalement son nez, ses joues. La laine était douce, toute imprégnée du parfum au jasmin de sa mère.

Tous deux s'ennuyaient, ignorés, oubliés des grandes personnes qui se pressaient nombreuses autour du buffet. Des serveurs passaient des plateaux de boissons et de petits fours. La réception avait lieu dans un grand salon particulier que Roséliane et Dimitri ne connaissaient pas. « Sans intérêt », fut leur seul commentaire. Ils cherchaient des yeux leur mère. Elle se trouvait à l'autre bout de la pièce, encadrée par un couple qu'ils identifiaient mal. Mais à ses mines désespérées d'oiseau pris au piège, ils devinèrent.

— Les Smith ! dit Roséliane. Allons la délivrer.

— Ah non, laissons-la se débrouiller ! Après tout, elle n'a qu'à pas sortir autant !

Roséliane eut un petit rire muet.

— Si elle t'entendait, elle dirait que tu es...

— Puritain !

Dimitri prit un air mystérieux, sortit un papier plié de sa poche intérieure.

— Je sais ce que ça veut dire. Je suis allé à la bibliothèque et j'ai recopié la définition du Petit Larousse illustré...

Mais Mister Magoo, Gérard Le Roux, Nicole Brissac et trois autres jeunes femmes arrivaient. Ils s'installèrent tous sur le canapé. Dimitri se trouva coincé entre sa sœur et une inconnue. Gérard Le Roux s'était posé sur le dossier, dominant Roséliane de toute sa taille, de tout son sourire.

— Ça va, vous ? dit-il d'une voix suffisamment forte et charmeuse pour que cette question qui était intime cessât aussitôt de l'être. Et d'ailleurs, il passa très vite à Mister Magoo, assis sur une chaise en face du canapé. Une conversation s'engagea entre les deux hommes. Une de ces conversations assommantes où tout se mêlait : le souvenir de leur dernière partie de poker, la finale de la coupe de France de football qui aurait lieu au stade de Colombes, Paris et ses plaisirs.

— Et Vigo ! s'exclamait Gérard Le Roux. Très joli, Vigo !

Il baissa la voix.

— A Vigo, j'ai une petite amie... Une fille épatante aux yeux de braise.

Il vit que Roséliane se contractait, prit un ton câlin.

— Vous êtes ma confidente, vous pouvez tout entendre. Vous et moi, c'est à la vie à la mort...

Cette dernière phrase troubla Roséliane. Elle en sentait l'ironie et pourtant... Et pourtant, à sa façon, Gérard Le Roux l'incluait dans son futur. Comme elle-même ne cessait de le faire. Ce qui les différenciait, c'est qu'elle en savait plus que lui sur leur avenir. Il fallait encore patienter deux ans, peut-être trois, et puis il l'aimerait. Mais d'ici là, elle serait tout ce qu'il voudrait : sa complice, son alliée, sa confidente.

Les quatre jeunes femmes assises sur le canapé en étaient à leur énième coupe de champagne. Elles parlaient toutes en même temps, riaient. Et leurs rires les projetaient les unes sur les autres. Dimitri avait beau se coller contre sa sœur, il était régulièrement écrasé par une belle brune au parfum entêtant. Ce parfum était d'ailleurs le sujet de conversation depuis un moment. Nicole Brissac désirait en connaître le nom, la belle brune se faisait prier.

— Devinez, disait-elle avec un léger accent étranger.

Et comme ses deux voisines citaient des noms au hasard, jamais le bon :

— C'est le nouveau Schiaparelli, le « S » !

Elle mesura l'effet produit, devint volubile.

— Le « S » va avoir un succès fou ! Il est déjà aussi recherché que le « Zut » et le fameux « Shocking » !

— Je préfère « Après l'ondée », dit Roséliane comme pour elle-même.

— Vous avez raison ! l'approuva Mâtho.

Ainsi donc, Mâtho et elle avaient les mêmes goûts...

— Je reviens tout de suite, attendez-moi.

Gérard Le Roux s'était levé et traversait d'un pas décidé le salon. On l'arrêtait. Il baisa quelques mains, en serra quelques autres. Roséliane eut un regard pour Nicole Brissac et ce qu'elle vit la réjouit beaucoup : la jeune femme jouait avec ses bracelets, devenait sourde aux bavardages de ses amies. « Elle s'inquiète, bien fait ! » se dit Roséliane.

— Maman a semé les Smith. Elle aura mis... un quart d'heure ! observa Dimitri en consultant sa montre.

Pauline fonçait droit sur eux.

— Bravo ! On peut compter sur vous ! Quel lâchage !

Elle répéta plusieurs fois « Quel lâchage ! » sans se soucier de l'intérêt que cette sortie suscitait. Roséliane et Dimitri fixaient obstinément leurs chaussures.

— Voyons, chère Pauline...

Le capitaine Laurent Bonvoisin était accouru. Il la prit familièrement par le bras, lui parla à voix basse. Pauline fit semblant de se débattre, parut se calmer, se calma, se rebiffa.

— J'aurais voulu vous y voir...

Mais le capitaine l'entraînait vers le buffet. Elle consentit à le suivre, non sans un dernier regard furieux à ses enfants accompagné d'un non moins furieux : « Je vous revaudrai ça ! Quel lâchage ! »

— Plus je vous observe, plus je vous trouve une ressemblance certaine avec Louise Brooks !

Roséliane rougit. Nicole Brissac et ses amies s'en étaient allées et Mister Magoo avait pris la place sur le canapé, entre son frère et elle.

— Avec Louise Brooks ! Je le maintiens ! Il faut que je vous trouve une photo d'elle. La fumée du cigare ne vous dérange pas ?

— Si ! répondit Dimitri qui pour bien manifester sa mauvaise humeur disparaissait de plus en plus dans les coussins du canapé.

Malgré quoi, Mister Magoo tira une longue bouffée.

— Vous connaissez sûrement mon numéro de téléphone, dit-il soudain malicieux.

— Sûrement pas, grogna Dimitri.

— On parie ?

Il prit un ton confidentiel.

— Balzac 00 01 !

Et, en imitant cette voix tant de fois entendue lors de séances de cinéma, entre les actualités et le grand film, cette voix qui annonçait ce qu'on appelait « les réclames », il dit d'une traite :

— « Jean Mineur, publicité, soixante-dix-neuf Champs-Elysées, Paris. » « Tatatatata », ajouta-t-il en reproduisant les notes de musique qui accompagnaient le lancement de pioche de Jean Mineur.

— Jean Mineur... C'est vous ? demanda Dimitri.

— En quelque sorte...

Il sourit à Roséliane qui le regardait bouche bée, les yeux écarquillés d'admiration.

— Vous comprenez, ma chère petite amie que tout ce qui touche au cinéma n'a aucun secret pour moi...

L'émotion de cette découverte, un retour imprévu de timidité empêchaient Roséliane de s'exprimer comme elle l'aurait souhaité. Pourtant, que de questions se bousculaient dans sa tête ! Connaissait-il des actrices ? Des acteurs ? Comment étaient-ils devenus des vedettes ? Et « La nouvelle vague », qu'est-ce que c'était ?

— Ma sœur fait sa tête de poisson-lune, décréta méchamment Dimitri.

Roséliane une fois de plus rougit. Le commentaire qu'elle venait de s'attirer avait été fait devant Mâtho. Car Mâtho était revenu. Il tendait même à Roséliane un petit paquet carré enveloppé dans du papier rose :

— C'est pour vous... Un cadeau...

Il feignit de bousculer Mister Magoo.

— Que je ne vous reprenne plus, Philippe, à faire la cour à ma petite amie !

Roséliane contemplait fixement le paquet qu'il avait fini par déposer sur ses genoux et qu'elle ne se décidait pas à ouvrir. Assis contre elle, Gérard Le Roux en riait d'aise. Au point qu'elle eut un soupçon.

— C'est une blague ?

— Vous n'êtes plus exactement à l'âge des blagues. Mon cadeau en est la preuve. Maintenant, faites-moi plaisir et ouvrez-le !

— Oh ! oui, ouvre-le donc ! s'énervait Dimitri.

Elle tira un ruban, puis un autre, déplia délicatement le papier rose.

— Oh ! dit-elle émerveillée.

— Oh ! répéta en écho Dimitri horriblement déçu.

— Je veux être le premier homme à vous offrir

votre premier parfum. Et puisque vous aimez « Après l'ondée »... Mais chut ! Voilà Nicole... Inutile de lui dire que ce cadeau vient de moi.

Et à Mister Magoo :

— Si la belle Nicole vous tente, ne vous gênez pas, mon vieux, je vous la refile volontiers. Vous trouverez difficilement mieux dans le genre tigresse...

— C'est ignoble ! C'est abject ! C'est immonde !

La voix de Pauline grimpait dans les aigus, s'étranglait. Elle s'emparait du flacon de parfum, le posait brutalement sur la coiffeuse, le reprenait. Elle semblait prête à le lancer à la tête de Roséliane, à le fracasser contre le mur, à le jeter par le hublot.

— Te faire offrir un cadeau par cet homme, à ton âge !

Elle apostropha Dimitri qui suivait la scène avec attention de sa couchette du haut.

— Et toi tu trouves ça normal ! On traite ta sœur comme... comme...

— Une cocotte, lui souffla Dimitri, flegmatique.

— C'est ça ! Une cocotte !

Son sérieux faillit faire rire Roséliane. Mais Pauline se retourna vers elle avec une violence accrue.

— Et en échange de quoi, ce cadeau ? De quelle promesse ? Tu vas le retrouver cette nuit ? Tu vas profiter de ce que ton frère et moi dormons ?

— Maman ! protesta Roséliane.

Le rouge lui était monté aux joues. Elle lâcha l'oreiller qu'elle avait jusqu'alors tenu devant elle comme un éventuel bouclier, se ratatina sur sa couchette. Elle pensa : « C'est toi qui t'en vas la nuit. » Elle répéta faiblement : « Maman ».

— Je connais les hommes, c'est donnant-donnant !

Dimitri se décida à intervenir.

— Il n'y a pas de quoi en faire un drame, dit-il. Roséliane a eu un cadeau de Mâtho, point à la ligne.

Il appuya sur Mâtho comme si ce nom devait à jamais innocenter sa sœur. L'expression butée de Pauline le poussa à s'expliquer davantage.

— Mâtho est notre ami.

— Mâtho est un homme !

Une joie soudaine traversa Roséliane. Elle eut envie de chantonner : « Oui, Mâtho est un homme, et il m'a fait un cadeau. »

— Inutile d'afficher cet air imbécile ! Une fille qui accepte un cadeau est cataloguée comme une fille facile... J'imaginais que tu sentais ce genre de choses, j'imaginais que je n'aurais pas à entrer dans ces sordides détails...

— Quels sordides détails ? demanda Dimitri.

Ses jambes pendaient dans le vide, à l'extérieur de sa couchette. Pauline les gifla. Dimitri les ramena précipitamment sous lui.

— Tu dérailles ! dit-il furieux.

— Quoi ?

— Rien !

Pauline, plantée au centre de la pièce, ressemblait soudain à une comédienne qui aurait oublié son texte. Elle cherchait de nouveaux arguments et, ne les trouvant pas, changea de registre.

— Si je dis tout ça, c'est pour te protéger, ma petite Roséliane. Je ne veux pas que tu deviennes une Gilda, une Micheline... Une de ces pauvres filles qui tournent autour de ton bellâtre de lieutenant.

Sa voix qui peu à peu devenait plaintive, annonçait la migraine. Déjà elle s'affaissait sur sa couchette, déjà elle avait porté les mains à son front. Mais la colère gagnait maintenant Roséliane. Sa mère n'avait pas le droit de traiter Mâtho de bellâtre. Est-ce que, elle, Roséliane, se permettait des commentaires sur le capitaine Bonvoisin ? En quoi l'un valait-il mieux que l'autre ? Mâtho était plus jeune et plus beau, voilà l'unique différence.

— Le capitaine ne te fait jamais de cadeau ?

— Jamais.

Pas un muscle du visage de Pauline n'avait bougé, ses yeux seuls s'étaient modifiés. Ils fixaient Roséliane, étrangement agrandis, noirs de défi. Un défi que peut-être Roséliane aurait relevé si Dimitri n'avait pas choisi ce moment, cette espèce de blanc entre la mère et la fille, pour lâcher, faussement indifférent, faussement nonchalant.

— Ce gardénia en tissu que tu portais l'autre soir à la boutonnière, ce n'est pas un cadeau du capitaine ?

Pauline alla s'asseoir devant le miroir de sa coiffeuse. Elle modela un à un ses accroche-cœurs, redessina ses lèvres.

— En plus, c'est un parfum Guerlain et vous savez tous les deux que les parfums Guerlain me donnent toujours la migraine.

Et elle quitta la cabine, emportant son châle et son sac à main.

— Elle est partie dîner ailleurs, soupira Dimitri.

Ils dînèrent seuls, aussi malheureux l'un que l'autre. Se disputer avec leur mère était une chose, qu'elle les abandonne en était une autre, et encore plus difficile à supporter. Pauline avait souvent des accès de colère, des bouderies. Mais jamais elle ne les avait laissés de la sorte, sans instructions, livrés à eux-mêmes.

— La fleur en tissu, c'est vrai ? demanda Roséliane.

Dimitri jouait sans plaisir avec une mandarine à demi épluchée.

— Non... Oui... J'ai dit ça à tout hasard.

Roséliane réfléchit.

— C'est de la méchanceté... De la pure méchanceté...

— Oui...

Il avait l'air penaud.

— Mais tu l'as fait pour me défendre ?

— Non.

— Alors c'est bien de la méchanceté !

— Oui.

Ils observèrent un silence pénible. La bonne humeur des convives tout autour, leur appétit, contribuaient à les chagriner davantage. Monsieur Albert s'était inquiété de l'absence de Pauline et Roséliane avait répondu « que leur mère avait un rendez-vous et qu'elle les rejoindrait au cours du repas ». Mais le dîner s'achevait et Pauline ne s'était toujours pas montrée.

— J'ai envie de retourner dans la cabine pour voir si elle y est, décida Dimitri.

— Elle n'y est sûrement pas.

— Elle est où ?

— Je ne sais pas.

Mais il paraissait si malheureux que Roséliane eut pitié de lui :

— Elle va revenir, va vite l'attendre. Je fais un petit tour avec Dominique et je rentre.

La mer,
Qu'on voit danser, le long des golfes clairs,
A des reflets d'argent...

susurrait au micro le chanteur de l'orchestre. Sur la piste de danse, on dansait tendrement enlacé. Tout autour on reprenait le refrain, d'abord maladroitement, puis avec de plus en plus de vigueur. Entendre en plein Atlantique une chanson à la gloire de la Méditerranée était toujours un grand moment, un moment que les passagers du *Balboa* toutes nationalités confondues, attendaient avec impatience, réclamaient au besoin. Bientôt tout le monde chanta.

Voyez,
Près des étangs,
Les grands roseaux mouillés.
Voyez,
Les oiseaux blancs...

Roséliane et Dominique protégées par l'obscurité du pont promenade, suivaient de l'extérieur ce qui se passait dans la salle de bal. Elles se tenaient de chaque côté du hublot.

La mer,
A bercé mon cœur pour la vie...

fredonnait Roséliane.

La fin de la chanson fut saluée par un tonnerre d'applaudissements. Il y eut des « Bravo ! », des « Encore ! », des « Bis ! ». L'orchestre entonna les premières mesures, puis brutalement tout changea. Les lumières devinrent violentes et le chanteur attaqua un twist tonitruant.

— Quelle horreur ! s'exclama Dominique en quittant le hublot et en serrant sur son cœur le petit chien en peluche transformé en sac. Elle venait d'apercevoir sa mère vêtue d'une courte robe d'indienne, à franges, qui dansait le twist avec le docteur Paul Laplume.

— Elle se débrouille plutôt bien, je trouve, estima Roséliane.

Et pour taquiner son amie, elle s'amusa à décrire tout ce que faisait Mme Wauthion. Dominique écoutait, en mordillant nerveusement une patte de l'animal en peluche.

Soudain quelque chose d'insolite se produisit. Un membre de l'équipage traversait seul la piste de danse. Il semblait chercher quelqu'un. Qu'il trouva en la personne du médecin. Il y eut un bref échange de mots. Paul Laplume baisa la main de Mme Wauthion et se dirigea précipitamment vers la sortie.

Roséliane quitta son poste d'observation.

— Sûrement une urgence, dit-elle. C'est qu'à bord, un médecin doit être prêt à tout ! Les maladies ! Les accidents ! Les accouchements !

— Allons-nous-en, maugréa Dominique, ma mère me déprime.

Roséliane pensait à la sienne. Etait-elle de retour ? Elle l'imagina tenant Dimitri dans ses bras, le cajolant. Leurs brouilles ne duraient jamais longtemps. Pauline était incapable d'en vouloir à Dimitri. Et sans qu'elle sache pourquoi, la vision de sa mère et de son frère réconciliés lui fut désagréable.

— Attends-moi !

Roséliane se mit à courir pour rattraper Dominique qui marchait droit devant sans se soucier si elle la suivait. Les cheveux blonds, dénoués, soulevés par la brise, la guidaient dans l'obscurité.

— Qu'est-ce que tu es désagréable, toi aussi ! dit Roséliane sans que soit clair pour elle qui elle mettait sous le « aussi ».

Mais Dominique avait l'air d'être arrivée. Elle se trouvait à l'avant du navire, dans un endroit désert, balayé par les vents. En retrait d'un canot de sauvetage, une sorte d'abri avait été aménagé. Des bâches pliées et entassées les unes sur les autres faisaient un épais matelas. Dominique s'y allongea et son corps parut à Roséliane exagérément grand, exagérément mince. Un sourire mystérieux entrouvrait sa bouche.

— Viens, dit-elle.

Roséliane ne fit que s'asseoir, les jambes ramenées sous le menton. Le sourire de Dominique ne lui plaisait qu'à moitié. Comme le petit animal en peluche qu'elle avait lâché et qui reposait sur un coin de la bâche. On l'aurait cru animé d'une vie propre.

— Comment connais-tu cet endroit ? demanda enfin Roséliane. Tu y es déjà venue ?

Dominique se souleva d'un coup de reins, prit appui sur ses coudes. Elle paraissait si décidée à ne rien dire que Roséliane voulut s'en aller. Mais une voix enfantine se mit à chanter.

Voici le jour qui fuit,
Qui fuit de nos montagnes...

— Virgile ! murmura Roséliane tandis que Dominique laissait échapper un si sonore « La barbe ! » que le chanteur se tut.

— Il y en a un qui miaule après la mer ! Un autre après la montagne ! Mais qu'est-ce que vous avez tous, à chanter sans arrêt ?

Dominique s'adressait à Virgile qui était apparu devant elle.

— Je me croyais seul...

— Tu viens souvent ici ? demanda Roséliane.

— Tous les soirs.

— Dans cette cachette ? Sur ces bâches ?

— Non.

— Mais tu la connais, cette cachette ?

— Oui.

— Des tas de gens la connaissent ! Des tas de gens viennent là la nuit ! Ton cher lieutenant et sa pouffiasse de Micheline, par exemple !

Dominique s'emportait tant qu'elle n'entendait pas ce que racontait Virgile. Il attendit qu'elle se calme et sans élever la voix, répéta.

— Micheline vient de se suicider... Enfin, elle a essayé...

Pour la quatrième fois, Virgile recommença son récit. Micheline avait été retrouvée inanimée dans sa cabine. C'était la femme de chambre qui l'avait découverte alors qu'elle s'apprêtait à faire la couverture. Elle avait absorbé des médicaments avec de l'alcool.

— Des somnifères, de l'Imménoctal...

Virgile rapportait ce qu'il avait entendu dans le grand hall avec un curieux mélange d'indifférence et de compassion.

— Elle portait sa plus belle robe...

— La bleue à paillettes ?

Roséliane se souvenait d'une robe bleue suspendue à un cintre dans l'armoire de Micheline. Une robe si voyante, qu'elle lui avait évoqué une poupée de foire. Ces poupées qu'on gagne en tirant à la carabine.

Virgile hocha la tête, poursuivit.

— On l'a transportée à l'infirmerie sur un brancard... Un linge lui cachait le visage... Alors, tout le monde ne parle que de sa robe à paillettes et de ses pieds nus aux ongles rouges.

Roséliane fut secouée d'un long frisson. Virgile s'agenouilla contre elle rassurant et protecteur.

— On pense qu'elle s'en sortira. Le docteur Laplume lui fait un lavage d'estomac !

Un silence pesant s'installa. Roséliane aurait aimé pleurer car Micheline, estimait-elle, méritait qu'on pleure pour elle. Mais aucune larme ne venait. Et pourtant certains souvenirs déjà l'attendrissaient. Quand Dimitri et elle s'amusaient à l'éclabousser, par exemple. Cela se passait à des années-lumière, cela datait d'à peine une semaine.

— Quand on veut se tuer, on se tue ! décréta

soudain Dominique. Se costumer comme pour aller au bal, avaler des trucs parce qu'on est plaquée et en plus, se rater ! Si c'est pas le comble du ridicule !

— Mais quand on aime, murmura Roséliane.

— Quand on aime ! L'amour ! Aimer ! Foutaises !

Roséliane et Virgile lui tournèrent le dos, hostiles, outrés. Mais c'est à peine si Dominique s'en aperçut.

— Elle n'avait qu'à se jeter à la mer, elle ne se serait pas ratée !

— Belle solution ! riposta Virgile, nourrir les poissons de l'océan Atlantique !

— Et la piscine ? On peut très bien se noyer dans la piscine !

— Chut !

Roséliane venait de distinguer une grande silhouette qui semblait venir vers eux. La lune en partie cachée par les nuages l'éclairait à contre-jour. Mais à la lenteur de sa démarche, au dessin que faisaient ses larges épaules, elle le reconnut.

— L'Invisible !

Tous trois s'aplatirent sur la bâche. Comme des enfants qui joueraient aux cow-boys et aux Indiens. Et c'est sans doute cette image qui amena un fugitif sourire sur le visage triste et las du commandant quand il s'arrêta.

— Bonsoir les enfants, ne devriez-vous pas être couchés ?

Il essayait de mettre dans sa voix une gaieté qui n'y était pas. Dominique passa devant lui avec une indifférence appuyée. Virgile la suivit en esquissant un sourire. Quant à Roséliane, elle tenta un timide bonsoir qui resta sans réponse. L'Invisible s'éloignait, ombre massive et lourde sous la lune.

En s'éveillant, le lendemain matin, ce fut d'abord à son flacon de parfum qu'elle pensa. Pourvu que Pauline n'ait pas profité de la nuit pour s'en débarrasser ! La veille au soir, il se trouvait sur la coiffeuse, elle en était absolument certaine. Elle ouvrit un œil et crut l'y apercevoir, mais il faisait encore bien sombre dans la cabine. Si sombre qu'elle essaya de se rendormir. En commençant par repousser certaines images : Micheline sur un brancard, la robe bleue à paillettes, son visage recouvert d'un linge. Mais rien à faire, elle n'y parvenait pas. Quelque chose, ce matin-là, n'était pas comme d'habitude. Et elle comprit, tout à coup : le *Balboa* ne naviguait plus, il était à quai dans le port espagnol de Vigo !

Au même instant Pauline rentrait. Elle portait une grosse veste de laine sur un vieux pantalon de velours comme si elle s'était habillée à la hâte.

— Réveillée, ma Roséliane ?

Elle alla droit aux hublots, ouvrit les rideaux. Une violente lumière éclaira la cabine. Pauline enlevait sa veste, souriait gentiment à sa fille.

— Une arrivée magnifique ! J'ai assisté aux manœuvres, toute seule sur le pont avant. Avec le soleil qui se levait, quel spectacle !

— Pourquoi tu ne m'as pas réveillée ? demanda Roséliane. Je serais venue avec toi.

— Parce que tu dormais.

— Avant, tu nous emmenais toujours avec toi.

— Quoi, avant ? Avant quoi ?

Sa riposte avait été si agressive que Pauline dut s'en rendre compte. Elle revint à plus de douceur.

— Avant, vous étiez ton frère et toi des petits enfants. Maintenant...

Elle cherchait ses mots.

— Oh, et puis zut ! Cette manie que tu as de me faire des reproches pour un oui ou pour un non, c'est odieux ! Je ne t'ai pas emmenée parce que tu dormais.

Et si cette explication ne te suffit pas, tant pis pour toi !

Dimitri s'extirpa d'un fouillis de draps et de couvertures. Son torse nu, son visage chiffonné, ses yeux horizontaux de chat, provoquèrent chez sa mère un élan de tendresse. Elle lui prit la tête entre les mains, la couvrit de baisers. Dimitri se laissait faire. Un rêve le poursuivait qu'il raconta.

— Oublie-le vite, dit Pauline quand il eut fini. Avec moi tu ne risques rien. Et tu seras toujours avec moi.

La femme de chambre avait apporté le plateau du petit déjeuner, elle servit ses enfants.

— Le printemps est très avancé... C'est merveilleux de retrouver le printemps européen. Il faudra se couvrir. J'ai une envie folle de descendre à terre. Pas vous ?

Le « ouais » encore ensommeillé de Dimitri la fit sourire. Roséliane, elle, se taisait.

— Et toi, tu n'es pas contente d'être à Vigo ?

— Je ne sais pas.

Cette escale, la première depuis six jours, la déconcertait. De même que l'immobilité du *Balboa.* Elle s'était habituée aux mouvements du navire. Naviguer en plein océan Atlantique lui donnait un sentiment de sécurité qu'elle allait perdre. Qui était déjà perdu. Elle les imagina Pauline, Dimitri et elle dans les rues de Vigo. Les passagers, certains membres de l'équipage y seraient aussi. On se croiserait à la terrasse d'un glacier, entre deux rayons d'un grand magasin, à la station des taxis. On commencerait à s'échanger des adresses, à parler des prochaines vacances d'été. On s'éloignerait vers sa vie, une vie où le *Balboa* ne serait plus qu'un joli souvenir.

C'était comme s'ils étaient déjà arrivés au Havre et Roséliane en eut le cœur serré. Elle ignorait tout de Mâtho. Où irait-il après ? Dans quelle ville de France vivaient ses parents ? Elle n'oserait pas lui écrire une vraie lettre. Mais une carte postale ? Une vue du château de Blois, par exemple, avec ces simples mots : « A bientôt en septembre » ?

— Entrez !

On avait frappé à la porte. Une grande plante enveloppée dans du papier de cellophane apparut d'abord, masquant presque entièrement le jeune groom qui l'apportait.

— Posez ce... ça... là !

Pauline désignait la moquette. Son air ahuri valait bien celui de ses enfants.

— Et voici le courrier !

Elle prit les quatre enveloppes qu'on lui tendait, examina les timbres et l'écriture.

— Toutes de votre père, dit-elle.

Elle les jeta sur la coiffeuse, chercha un peu de monnaie dans son sac.

— Merci, madame. Quelle journée magnifique !

Le départ du jeune groom ramena un début de vie chez le frère et la sœur. Ils s'ébrouèrent, s'approchèrent de la plante. Une sorte de réticence les empêchait de la déballer. Ils l'observaient, pareillement curieux, pareillement méfiants.

— Elle est peut-être carnivore ? suggéra Dimitri.

Sa question détendit l'atmosphère. Une gaieté exagérée s'empara de Pauline. Elle tendait une main vers la plante, faisait « ouille ! », l'enlevait, recommençait. Très excitée, elle aussi, Roséliane attendait. Et si cette plante était pour elle ? Et si c'était Mâtho qui la lui avait expédiée ? Elle se le figura la choisissant pour elle chez le meilleur fleuriste de Vigo. Hélas, c'était peu probable. Mais tellement séduisant ! Une autre pensée la traversa. La plante était pour sa mère. Un cadeau du capitaine Laurent Bonvoisin. Ou du commissaire Roger Tarendieu. Ou de Mister Magoo. Tous ces hommes admiraient Pauline, la courtisaient.

Alors qu'elle... Pauvre petite Roséliane... De s'apitoyer sur elle, à ce moment-là, ne la gênait pas.

Dimitri se décida et déchira le papier d'emballage.

— Un hibiscus ! dit-il en sifflant d'admiration.

Les fleurs rouges étaient énormes, au nombre de cinq. Une petite enveloppe était épinglée au tronc. Roséliane tendit la main pour la retirer mais rencontra celle de sa mère, plus preste.

— Tsss, tsss... fit celle-ci.

Pauline prit l'enveloppe qui n'était pas fermée, en sortit un carton. Elle eut un sourire bref et désabusé. « Ce n'est pas du capitaine », pensa Roséliane très vite. Et elle crut deviner.

— Papa ?

Elle lut à son tour le carton. La grande écriture un peu penchée de son père y avait écrit : « Pour Pauline, Roséliane et Dimitri, avec tout l'amour de leur vieux mari et père. » Ce n'était donc que son père... Un sentiment proche de la déception lui serra le cœur. Exactement comme sa mère, supposa-t-elle. Et elle eut honte pour elles deux.

Heureusement il y avait Dimitri.

— Il ne s'est pas fichu de nous ! Un hibiscus à cinq fleurs ! Et tous ces boutons...

Il les compta.

— Il fera huit autres fleurs ! Dix peut-être !

Le silence indifférent de sa mère lui avait échappé. C'est à peine s'il s'apercevait que Pauline s'était mise à se limer les ongles.

— Ce rouge est un rouge unique !

— C'est un rouge glaïeul...

— Quoi ?

— Rien.

Pauline laissa tomber sa lime à ongles et prit les lettres qui lui étaient adressées. Elle les lut, puis les remit dans leur enveloppe. Son visage impassible ne trahissait aucune émotion. Elle avait l'air de quelqu'un qui accomplit une formalité.

— Il n'y a rien pour nous dans ces lettres ? demanda Roséliane.

— Rien de spécial. Il vous embrasse, il vous appelle « ses petits poussins chéris » et...

Elle laissa sa phrase en suspens, les yeux dans le vague.

— Et ?

— Et vous lui manquez. Voilà. Maintenant, dépêchez-vous de vous habiller si vous voulez profiter de cette belle journée à Vigo.

Le capitaine Laurent Bonvoisin et le commissaire Roger Tarendieu se tenaient négligemment accoudés au bastingage, près de la passerelle d'embarquement. Ils saluaient les passagers qui descendaient à terre, accueillaient ceux qui en revenaient avec les mêmes formules de politesse et les mêmes poignées de main. Et pourtant quelque chose chez eux avait changé. Imperceptiblement. Pour eux aussi, la fin du voyage approchait. On les sentait distraits, déjà ailleurs. Pauline le leur fit malicieusement remarquer.

— Mais non, protesta le commissaire.

— Je vous assure bien que non ! renchérit le capitaine.

Ce qui ne fit que renforcer l'esprit taquin de Pauline. Elle se moqua d'eux, prit ses enfants à témoin. Mais Roséliane et Dimitri ne s'occupaient que du mouvement des grues dans le ciel et du va-et-vient dans le port. Il leur avait suffi d'un après-midi à Vigo pour réaliser que la croisière s'achevait, que ce n'était plus maintenant qu'une question d'heures.

— Je n'ai vraiment pas envie de quitter le *Balboa*, chuchota Roséliane.

— Moi non plus.

Le commissaire avait surpris leur aparté.

— Voilà de vrais passagers ! Des passagers comme je les aime, attachés à nous ! Fidèles !

— Vous ne nous avez toujours pas précisé quand vous comptiez réembarquer, enchaîna le capitaine. Le cinq septembre ? Le cinq octobre ?

— Si on vous le demande, vous répondrez que vous ne le savez pas ! riposta Pauline.

Sa voix aiguë d'enfant les fit tous sursauter. Elle se passa dans les cheveux une main qui tremblait légèrement.

— Des questions... Toujours des questions !

La main cessa de trembler et se posa, amicale, sur le bras du capitaine.

— Allons assister aux manœuvres, vous savez comme j'aime ça ! Laisser un port, gagner la haute mer... Après vous m'inviterez à boire un drink chez vous...

Le visage un instant crispé du capitaine se détendit.

— Vous ne pouvez pas savoir à quel point un whisky me ferait du bien ! Avec tous les soucis que j'ai eus aujourd'hui...

Il baissa la voix. Mais pas assez pour que Roséliane d'instinct ne tende l'oreille.

— Cette malheureuse a failli y passer... Laplume a eu beaucoup de mal à la réanimer. Si elle était morte, vous imaginez le scandale ! Le Roux aurait eu de sacrés ennuis ! C'est pour lui qu'elle a fait la traversée... Pour le suivre...

Pauline lui coupa la parole.

— Les enfants, allez jouer ailleurs.

— Je n'ai aucune envie d'aller jouer ailleurs ! glapit Dimitri.

— Allez assister aux manœuvres, allez écrire à

votre père, allez au diable, mais je ne veux plus vous voir avant le dîner. C'est clair ?

— Dans trois jours à cette heure-ci, nous serons en train de dîner chez mes parents, rue Raynouard ! Comme nous allons être heureux !

Pauline achevait avec entrain de peler une pêche. Durant tout le repas, elle avait été éblouissante. Monsieur Albert, les jeunes serveurs, les voisins de table les plus proches, tous avaient été séduits. Seuls ses enfants lui résistaient.

— J'aime pas beaucoup la rue Raynouard, marmonna Dimitri entre deux bouchées de crème à la vanille.

— Ne dis pas de bêtises, tu adores la rue Raynouard !

Elle avait insisté sur le « tu adores » de façon si caricaturale que Dimitri et Roséliane, sans savoir pourquoi, sans même se concerter, se sentirent mal à l'aise. Ils eurent alors une expression chagrine qui irrita leur mère.

— Vous en faites des têtes ! Vous êtes en vacances, pas à la veille de la rentrée des classes ! Amusez-vous au lieu de vous payer une crise de cafard...

Elle bouffonna.

— Cueillons dès aujourd'hui, les roses de la vie...

Puis elle ramassa son sac, ses cigarettes et son châle en laine. Elle semblait résolue à ne pas tenir compte plus longtemps de la mauvaise humeur de ses enfants.

— Si vous me jurez d'être au lit à onze heures dernière limite, vous avez quartier libre.

— Et toi. Qu'est-ce que tu fais ? demanda Dimitri.

Pauline se composa une mine de femme débordée.

— La traversée se termine... On donne à droite et à

gauche des verres d'adieu... Je suis moralement obligée d'y faire quelques sauts...

— Moralement ? Humm... ricana Dimitri.

— Dimitri, tes insinuations sont horripilantes ! Ton puritanisme commence à...

— « Puritain : membre d'une secte de presbytériens rigides très attachés à la lettre des Ecritures, que les Stuarts persécutèrent et dont beaucoup émigrèrent en Amérique. Fig : qui affiche une grande rigidité de principes. »

Dimitri avait récité son texte d'une traite, sur un ton à la fois geignard et appliqué. Il reprit souffle, conclut.

— Signé, le Petit Larousse illustré !

Il toisa Pauline.

— Je trouve ça très bien d'être puritain. Beaucoup mieux que d'être...

— Que d'être quoi ?

— Un débauché !

Pauline éclata de rire. Un rire très gai, très enfantin qui fit se retourner sur elle un couple de passagers. Elle embrassa Dimitri sur le front, lui caressa la joue.

— Voilà de bons et solides principes, mon fils. Maintenant, va jouer avec ton ami Virgile que j'aperçois là-bas...

Elle eut pour Roséliane un clin d'œil à la fois malicieux et méchant.

— J'aperçois aussi ton cher Mâtho. Je ne pense pas qu'il songe à te débaucher ce soir... Il m'a l'air bien en main, ton Mâtho. Ferré !

Et elle tourna les talons, riant toujours.

Gérard Le Roux, en effet, traversait le grand hall avec Nicole Brissac à son bras. Elle était si rayonnante que pour la première fois, Roséliane admit qu'elle était belle.

Ce n'était pas l'avis de Dimitri.

— Elle se prend pour Grace Kelly, c'est tout...

Il poussa Roséliane vers le panneau des télex où se trouvait déjà Virgile. Un Virgile très préoccupé.

— La situation est complexe, dit-il. Malgré l'explosion de l'île Christmas, les Soviétiques continuent à participer aux travaux des « Dix-sept » et des « Trois ». Tant mieux ! Hélas, Ranger IV s'est écrasé jeudi sur la face cachée de la lune !

— Sans blague ?

Cette nouvelle ressuscita Dimitri. Il chercha parmi les télex, trouva.

— Tu as raison, à treize heures, heure de Paris !

Une foule élégante envahissait maintenant le grand hall. On entendait les premiers accords de musique : l'orchestre tout entier se préparait. L'atmosphère du *Balboa* plus que jamais était à la fête, électrique, irrésistible.

Seule Roséliane y était insensible.

— Je vais me coucher, annonça-t-elle l'air sombre.

Elle éternua deux fois et cela la réveilla. A moins que ce ne fût un rêve, un cauchemar. Ou encore le bruit d'une porte que l'on ouvre et que l'on referme. Toujours est-il qu'elle fut immédiatement debout, aussi reposée qu'après une longue nuit de sommeil. Elle écouta, guetta la double respiration de Pauline et de Dimitri. Mais déjà elle savait. Il n'y avait dans la cabine, ni parfum au jasmin ni odeur de tabac blond : Pauline n'était pas rentrée. Seul Dimitri respirait. Avec difficulté. Il avait dû s'enrhumer durant la journée. Dimitri s'enrhumait souvent.

Roséliane s'assit sur sa couchette, bien indécise. En se penchant en avant, elle apercevait par le hublot un bout de croissant de lune. Elle se rappelait cette nuit si étrange où elle s'était endormie dans une chaise longue... Ces inconnus qui se baignaient dans la piscine...

— Eurêka !

L'exclamation venait de lui échapper et Dimitri dans la couchette du haut se retourna. Un de ses oreillers tomba sans bruit sur la moquette. Elle le ramassa. Maintenant qu'elle avait décidé ce qu'il convenait de faire, il ne fallait pas qu'il se réveille. Car elle avait un plan, comme on disait dans les livres d'aventures, un excellent plan : mettre à profit l'absence de Pauline pour s'en retourner sur les ponts. Elle ferait ses adieux à la mer et aux étoiles, surprendrait, peut-être, les mystérieux baigneurs dont le souvenir — elle venait de s'en rendre compte, ne l'avait pas quittée.

Faire en sens inverse le trajet emprunté une semaine auparavant fut un jeu d'enfant. Les veilleuses bleues des couloirs la guidèrent jusqu'au grand hall. Elle le traversa sans s'y attarder. L'odeur, très forte, du tapis en caoutchouc la prit à la gorge. Comme celle, plus subtile, du pont promenade : un mélange d'eau de Javel, de sel et de mazout. Le ciel était si sombre qu'il se confondait avec la mer. Plus de croissant de lune, plus d'étoiles. De lourds nuages annonciateurs de pluie faisaient masse au-dessus d'elle. Grâce à ses deux chandails, elle n'avait pas froid. Mais comment imaginer que des passagers puissent encore se baigner ? Ces passagers dormaient, ou se réunissaient dans un autre lieu du *Balboa*. Un lieu si secret qu'elle n'avait aucune chance de les découvrir.

Néanmoins, elle continua d'avancer.

Et s'arrêta le cœur battant. Elle ne rêvait pas. Le son lointain d'un instrument de musique arrivait jusqu'à elle, mêlé aux bruits des vagues, aux grincements des câbles et des poulies.

Elle fit quelques pas encore, s'immobilisa à nouveau.

L'instrument de musique était un accordéon, et non un harmonica comme elle l'avait cru tout d'abord. Des notes lui parvenaient et formaient une chanson qu'elle reconnut, qu'elle se mit aussitôt à fredonner et dont le titre seul lui échappait.

Sous les ponts de Paris, ou *La Complainte de la butte,* ou *La Fille de Londres,* une chanson d'avant sa naissance en tout cas, une de ces chansons que sa mère aimait tant et que, elle, Roséliane, connaissait depuis toujours.

Ils étaient donc revenus ! Comme l'autre nuit ! Comme toutes les nuits ! Une vraie société secrète ! La société secrète du *Balboa.* Mais cette nuit-là était une nuit sans lune. Pas de zones éclairées, pas de parcours à découvert. Roséliane n'avait qu'à avancer à tâtons le long du parapet, dans l'ombre des coursives, personne ne la verrait.

Elle le fit, un pied après l'autre, au ralenti, s'interrompant parfois en plein mouvement et se retrouvant en équilibre sur une jambe, telle une petite fille qui jouerait à la marelle.

L'accordéon s'était arrêté. Il y eut des rires et des applaudissements. Des voix d'hommes et de femmes se superposaient, insistaient. Des « Encore ! » arrivaient très nets jusqu'à Roséliane « Encore ! », pensa-t-elle à l'unisson. Et le musicien s'exécuta. Il démarra par une mélopée si lente, si triste, si délibérément sinistre, que les mêmes voix protestèrent. Il continua un peu, sous les huées, puis il cessa complètement de jouer. Mais les supplications reprirent et durant un temps très long, un temps que Roséliane trouvait interminable, le musicien se faisait prier. Quelques notes enfin firent taire toutes les voix. Des notes jouées au hasard, des tentatives d'accords. Roséliane les écoutait aussi impatiente que devaient l'être les mystérieux inconnus de la piscine. L'attente se prolongea, presque douloureuse.

Et soudain le musicien attaqua. Une mélodie entraînante, vigoureuse qui souleva des cris de joie et des applaudissements. Ce qui permit à Roséliane de s'approcher davantage, de se trouver une cachette sous l'escalier en colimaçon reliant le pont promenade au pont supérieur.

Illuminée du fond de l'eau, la piscine resplendissait, irréelle dans la nuit noire. Des silhouettes étaient disséminées tout autour. On avait sorti les fauteuils en toile, ouvert le petit bar qu'une lampe tempête éclairait comme un théâtre miniature. Un homme s'y affairait, mélangeant différents alcools. C'était le commissaire Roger Tarendieu. Un autre que Roséliane distinguait mal l'aidait.

Le musicien était debout, un pied posé sur l'accoudoir d'un fauteuil où ce qui avait l'air d'être une femme sommeillait. Sa pose virile, son ample veste et sa casquette le dessinaient parfaitement dans l'obscurité. Malheureusement pour Roséliane, il lui tournait le dos. « Un des musiciens de l'orchestre », pensa-t-elle.

Près du plongeoir une femme dansait toute seule, un verre à la main. Roséliane l'avait souvent croisée durant le voyage : une mère de famille, effacée et timide, qui rentrait en France avec ses petits enfants.

La femme agita son verre, cria un nom. Un homme le prit. En marchant, il esquissait une sorte de flamenco sans rapport avec ce que jouait l'accordéoniste. Soudain la lampe tempête l'éclaira de face et Roséliane reconnut le capitaine Laurent Bonvoisin. Il était nu-tête, sans cravate et en chandail. Une femme s'extirpa d'un fauteuil, voulut danser avec lui. Il la repoussa avec un rire excité d'homme ivre.

Roséliane le suivait des yeux, fascinée. Cet homme débraillé qui se tortillait, qui agitait deux verres pleins de glaçons comme s'il s'était agi de castagnettes ou de maracas, cet homme n'avait plus rien à voir avec l'élégant officier qu'elle avait connu jusqu'alors.

Le capitaine proposa un verre au musicien. La casquette fit non. Il repartit vers la danseuse solitaire et ils trinquèrent tous deux sur le plongeoir, ombres chinoises entre le ciel et l'eau.

L'accordéoniste s'interrompit.

Des « Oh ! non ! » fusèrent de partout. Alors, il se remit à jouer : une valse lente dont la nostalgie pesa immédiatement sur chacun. Ceux qui dansaient cessèrent vraiment de danser, se contentant de remuer sur place. Le capitaine alluma une cigarette et l'offrit à l'accordéoniste. Au geste que fit le musicien, Roséliane comprit qu'il remerciait. Elle voyait mal la scène mais pouvait facilement l'imaginer. Et toujours les mains jouaient cette valse, de plus en plus lente, de plus en plus triste. Quand il acheva son morceau, personne ne lui en réclama un autre.

Des silhouettes, peu à peu, sortaient de l'ombre. Roséliane entraperçut Mister Magoo qui soutenait Guylaine-Gilda. Quelqu'un tendit un verre à l'accordéoniste. Il le prit et s'éloigna de l'autre côté de la piscine, là où rien ne se distinguait de rien.

Cette pause réjouissait Roséliane. Depuis un moment déjà, elle espérait — et craignait tout à la fois, une occasion de ce genre. Sa mère se trouvait là, c'était pour elle une évidence. Elle la cherchait partout. Dans chaque coin d'ombre, dans chaque fauteuil. Car des personnes s'y trouvaient encore, formes vagues tassées sur elles-mêmes, plus ou moins somnolentes, qui ne réagissaient guère. Roséliane devait patienter, attendre que ces formes se lèvent et à leur tour, regagnent le bar, papillons attirés par la lumière.

Mais elle ne cherchait pas que sa mère. Elle guettait aussi Mâtho. Il faisait forcément partie de cette société secrète comme ses amis le commissaire et le capitaine. Il devait se promener quelque part, pas loin, avec Nicole Brissac. Qui d'autre surgirait de l'ombre ? Le commandant ? Sûrement pas ! Paul Laplume, le si gentil médecin, alors ? Un moment, elle crut discerner un des membres de l'orchestre, celui qu'on appelait « le gamin » parce qu'il n'avait pas vingt ans. Mais elle ne l'aurait pas juré.

Un frôlement sur le plancher du pont l'alerta. Quelqu'un s'avançait, en traînant les pieds. Elle se plaqua contre le coffre à bouées, se fit toute petite. C'était le musicien. Une odeur un peu familière, un peu écœurante le précédait.

Il se trouvait tout près maintenant. Elle devina plus qu'elle ne vit les mains fouiller les poches intérieures de la veste, ramener une cigarette et un briquet. Il alluma sa cigarette et pendant un fragment de seconde, Roséliane entrevit, sous la casquette baissée, le visage de sa mère. La flamme du briquet s'éteignit, le visage disparut et seul demeura visible le bout incandescent de la cigarette.

On appela.

— Pauline !

Roséliane la vit hausser les épaules. A chaque fois qu'elle tirait sur sa cigarette, un peu de son visage était éclairé. Jamais assez pour permettre à Roséliane de le voir en entier.

— On vous réclame, chère Pauline ; vous ne devez pas faire attendre votre public !

Le capitaine était là, brandissant la lampe tempête. Roséliane eut peur d'être prise dans le faisceau lumineux. Mais il ne fit que diriger la lumière vers la piscine, pour désigner à Pauline le chemin à suivre.

Comme elle ne bougeait pas, il la poussa brutalement, en avant. Pauline ne s'en offusqua pas. Au contraire, elle rit. D'un rire si frais, si heureux que Roséliane en eut le cœur serré. La grande veste et la casquette qui la travestissaient appartenaient au capitaine. C'est pour cette raison qu'il était en chandail.

— Encore une chanson, Pauline! réclama le commissaire.

Elle s'était adossée au bar, près de la lampe tempête. Elle s'amusait à dire « non », provocante, belle comme jamais dans son costume d'homme. Le capitaine l'avait rejointe. Roséliane le vit poser la main sur sa nuque, là où les cheveux courts de sa mère se terminaient en pointe. Enfin, elle céda.

On lui tendit l'accordéon. Elle enfila les bretelles, fit quelques pas : comme une professionnelle, elle cherchait sa place.

Roséliane en oubliait de respirer. Quand Pauline se rapprochait du bar, quand la lampe tempête l'éclairait, c'était sa mère. Quand elle s'éloignait, quand elle s'engageait dans l'ombre, elle devenait un homme, un musicien inconnu, à jamais anonyme.

— Vous voulez quoi ? demanda-t-elle.

— *Lili Marlène,* dit une voix dans un fauteuil.

— Et tu la chantes! exigea le capitaine.

Il lui enleva la cigarette qu'elle avait à la bouche, la jeta dans la piscine.

— Tu me casses les pieds, mon petit Laurent, répliqua Pauline gentiment.

« Ils se tutoient », pensa Roséliane. Et cette découverte, plus que les autres, peut-être, la choqua.

Pauline avait calé un pied entre les barreaux d'une chaise, redressé virilement son buste. Ses doigts parcouraient le clavier, son expression devenait rêveuse. Mais ses amis s'impatientèrent et elle chanta.

Près de la poterne,
Où le jour s'enfuit,
La vieille lanterne
Soudain s'allume et luit.

Elle ne chantait ni très bien ni très fort, mais elle chantait juste. D'une voix qu'elle essayait de rendre rauque et qui par moments se voilait. Tout autour d'elle on l'encourageait, on reprenait le refrain : *Dis-moi, Lili Marlène*. Le gamin avait sorti un harmonica de la poche de son pantalon. Sur la fin de la chanson, il ne put résister au plaisir de l'accompagner. Mais en sourdine, comme pour ne pas lui porter ombrage. Il faisait si jeune parmi ces adultes que Roséliane pensa qu'il méritait bien son surnom.

— Garçon de cabine : 6000, femme de chambre : 5000, maître d'hôtel : 6000, premier garçon : 5000, deuxième garçon : 2000...

Roséliane avait beau s'enfoncer la tête dans l'oreiller, la voix de sa mère l'atteignait encore, la tirait de ce délicieux sommeil. Un sommeil qu'il aurait été doux de prolonger. Elle se sentait épuisée. Exactement comme ces gens qui se lèvent le matin en annonçant : « J'ai passé une nuit blanche. » Ses rêves lui avaient fait vivre l'équivalent d'une nuit blanche. Des rêves extravagants... Sans rapport avec ses rêves habituels où des ours blancs dérivaient sur des icebergs...

Roséliane se redressa sur un coude. Son dos lui faisait mal. Une impression de courbatures. Se rallonger, surtout ne pas ouvrir les yeux. Mais justement elle les ouvrit. Et les referma aussitôt, assaillie par un flot d'images. La lumière de dix heures du matin baignait la cabine. Elle avait vu sa mère, un crayon à la main, assise en kimono sur son lit. Le plateau du petit déjeuner où un reste de chocolat finissait de refroidir. Mais là n'était pas l'essentiel. Ce qui l'était — et qui la faisait se crisper, toute à l'effort de se souvenir, c'étaient deux chandails, un bleu marine et un vert sur un coin de moquette. Les chandails de son rêve.

Elle frissonna. Tout était donc vrai. La société secrète du *Balboa* existait et elle l'avait découverte. Sa mère... Mais quel rapport entre cette jeune femme en kimono et l'autre, celle qui jouait de l'accordéon, déguisée en homme ? Certaines images demeuraient floues. Elle allait devoir les organiser, patiemment, soigneusement, méthodiquement. Son retour, par exemple, cette fuite folle et silencieuse le long des coursives après qu'elle eut entendu sa mère demander l'heure. Cela ne lui avait pris que huit minutes en tout. Huit minutes pour regagner sa cabine ! Un record ! Plus deux minutes pour se déshabiller et se jeter dans sa couchette. Combien avant de sombrer dans le sommeil ? Elle ne savait pas. Elle s'était endormie avant que Pauline n'arrive.

— C'est pas trop tôt. Je ne t'ai jamais vue dormir autant. Une vraie marmotte, dit Pauline.

— Ma sœur fait tout à l'envers. On va vers le printemps, elle hiberne. Ma sœur est une cloche !

— Cloche toi-même !

Cet échange d'amabilités acheva de réveiller Roséliane. Le soleil qui entrait par les deux hublots était un soleil très doux, qui n'avait plus rien à voir avec celui des Antilles. Il donnait envie de se lever et de chanter.

— Je disais, porteur : 2 000, maître d'hôtel...

Pauline mâchonnait son crayon et recommençait pour la deuxième fois la liste des pourboires. Si absorbée par ses calculs qu'elle ne sentait pas sur elle le regard de plus en plus insistant de Roséliane. Celle-ci avait beau s'efforcer de s'intéresser à autre chose, elle revenait toujours à Pauline. Elle s'étonnait : « Maman a passé une nuit blanche, une vraie. » Mais le visage de sa mère était aussi lisse que reposé. On ne pouvait rien comprendre, rien deviner à partir d'un pareil visage. « Maman porte un masque », se dit encore Roséliane. Et cette pensée acheva de la troubler.

— Garçon de cabine : 6 000, femme de chambre : 5 000...

— Elle est d'un crispant ! murmura Dimitri qui émergeait de la salle de bains, habillé, prêt à sortir.

— Je m'y perds, dit Pauline, je suis sûre que j'ai oublié quelqu'un...

— Le groom ! Tu as oublié le groom ! se rappela Roséliane.

— C'est ça ! Groom : 1 000...

Pauline referma son carnet de comptes et s'allongea pour fumer une cigarette. Parce qu'il était moins éclairé, son visage subitement changea, devint plus dur. Les rides que Roséliane, un instant auparavant, ne voyait pas, réapparurent au coin des yeux, autour de la bouche. Un pan du kimono s'était ouvert, dévoilant une cuisse maigre et nue. « Maman vieillit », pensa Roséliane et elle détourna la tête.

— Demain nous serons à Plymouth et après-demain, à cette heure-là, nous serons arrivés. Vous pouvez dès aujourd'hui commencer à rassembler vos affaires. En ce qui me concerne...

Dimitri lui coupa la parole.

— Et l'hibiscus ? Qu'est-ce que tu as fait de l'hibiscus de papa ?

La cigarette, qui était calée entre les lèvres de Pauline, tomba. Elle fit quelques « Ouille ! », puis la ramassa. Au passage elle avait croisé le regard inquisiteur de Dimitri.

— Je l'ai donné à la femme de chambre... Elle le trouvait si joli...

Elle écrasa nerveusement sa cigarette dans une soucoupe.

— Il était très embarrassant. Qu'est-ce que nous en aurions fait à Paris, rue Raynouard ?

Elle chercha vainement le regard de Dimitri, puis de Roséliane.

— Et dans le train ? Vous avez pensé au train ? Avec tous nos bagages...

— Je vais dans le grand hall, annonça Dimitri.

— Je te retrouve tout de suite, lui dit Roséliane en passant dans la salle de bains.

On se pressait autour des panneaux d'affichage. Les nouvelles d'Algérie semblaient plus inquiétantes que d'habitude. On plaignait les victimes d'Alger et d'Oran. Mais une phrase surtout revenait : « Qu'allons-nous trouver à Paris ? »

— A Paris, l'ordre règne, ne cessait de répéter le commissaire. Nous sommes un pays civilisé, que diable !

— Mais toutes ces menaces de grèves !

— Du vent ! Du bluff !

Une femme surtout refusait de se laisser rassurer.

— Il me semble, disait-elle, que Pompidou n'a pas pris le bon départ.

Le colonel du Martray intervint. A son avis, Monsieur Pompidou, et il insista beaucoup sur « Monsieur », avait pris le bon départ. Ne venait-il pas d'obtenir la confiance de l'Assemblée nationale par deux cent cinquante-neuf voix ? Tout plaidait en la faveur des ministres du nouveau gouvernement.

— T'en ficherai, moi, du bon départ, siffla le commissaire entre ses dents.

Ce commentaire surprenant fit sourire Roséliane. Le commissaire dut se sentir encouragé car, rien que pour elle et à voix très basse, il enchaîna :

— Ces gens qui se fichent comme vous et moi de tout ce qui n'est pas eux et qui sous prétexte que nous arrivons en France se passionnent pour leur pays... A chaque traversée, c'est la même chose...

Il avait tiré Roséliane un peu à l'écart.

— Il est temps qu'on arrive au Havre ! Je ne peux plus les blairer ! Mais chut, voilà votre amie, la pure, la blanche hermine...

Semblant surgir de nulle part, Dominique tout d'un coup était là. Ses yeux à demi plissés se posèrent un instant sur le commissaire Roger Tarendieu, puis sur Roséliane et de nouveau sur le commissaire.

Roséliane pensa qu'il avait raison. Son amie, beaucoup plus qu'à un archange, ressemblait à une hermine.

— Viens, dit Dominique.

Après la séance de cinéma du début de l'après-midi, elles se promenèrent jusqu'au dîner qui les sépara. Sans s'être donné rendez-vous, elles se retrouvèrent ensuite dans le grand hall. Dimitri et Virgile s'y trouvaient aussi.

— On va se balader ?

— On va se balader.

Ils remontèrent le col de leurs vestes, tirèrent sur leurs chandails. Un même instinct les poussait à se regrouper. Une même pudeur les empêchait d'évoquer leur future séparation, si proche maintenant. Le Havre allait les disperser. Peut-être se verraient-ils encore dans le train spécial que la Compagnie Générale Transatlantique mettait à la disposition de ses passagers. Mais de loin, encadrés par les parents et amis venus les accueillir. Et sur le quai de la gare Saint-Lazare, ils se feraient un dernier geste d'adieu. Dominique rejoindrait la gare du Nord. Sa place et celle de sa mère étaient déjà réservées dans le train express pour Bruxelles.

Roséliane poussa un long soupir. Comme si elle la devinait, Dominique murmura :

— Ne sois pas triste.

Sa main aux ongles rongés chercha la main de Roséliane, la prit dans la sienne.

Elles marchèrent longtemps d'un pont à l'autre, revenant sur leurs pas, inventant de nouveaux détours. Elles ne se disaient pas un mot. Dimitri et Virgile les suivaient à distance parlant, eux, mais à voix basse pour ne pas les déranger. Ils discutaient constellations, volcans, conquête de l'espace ; ils discutaient en garçons.

Quand ils furent tous fatigués, ils s'assirent sur le plongeoir, au-dessus de la piscine. Comme la nuit précédente, elle était éclairée de l'intérieur. Roséliane fixait les reflets des nuages dans l'eau, le petit bar sombre et fermé. Il n'y avait plus de lampe tempête, plus de fauteuils en toile. Des détails lui revenaient, précis comme des images ou des photos. Ils avaient la réalité des rêves. De ces rêves qui restent en vous pendant des années, qu'on n'oublie pas et qu'on ne raconte jamais.

Virgile, tout doucement, se mit à chanter *Les Montagnards*. Roséliane d'abord, puis Dominique et Dimitri, chantèrent avec lui.

Dominique avait posé sa tête sur les jambes repliées de Roséliane. Bientôt elle fit semblant de ronronner. Roséliane, timidement, du bout des doigts, lui caressa le front, repoussa en arrière les longs cheveux blonds. Elle eut une idée.

— Quand tout le monde dormira, chuchota-t-elle, si on se retrouvait ?

Dominique cessa de ronronner.

— Pour se promener... Je l'ai déjà fait... C'est extraordinaire. Ça te plairait...

Les cheveux blonds s'agitèrent, firent non. Roséliane allait insister, quand Virgile à brûle-pourpoint proposa :

— Nous ne devons jamais oublier cette nuit, dit-il. Faisons le serment.

Il était grave, les autres le furent aussi. Ils se prirent par les mains, relevèrent tous en même temps la tête vers les étoiles et, à tour de rôle, prêtèrent serment.

Puisque Dominique avait refusé de l'accompagner, elle ferait seule sa dernière promenade. Son plan avait été arrêté bien avant qu'elles se séparent. Elle attendrait que Dimitri s'endorme et puis elle quitterait la cabine.

Tout se déroula comme elle l'avait prévu. L'absence de Pauline, le sommeil si rapide, si profond de Dimitri.

Dans le grand hall elle croisa des passagers qui rentraient se coucher. Il lui sembla qu'ils la saluaient comme l'une des leurs et cette familiarité lui plut. Peut-être faisait-elle maintenant partie du monde si envié des noctambules...

Elle ne retournerait pas à la piscine. Elle irait vers l'avant du navire, là où elle ne risquait pas de rencontrer quelqu'un.

A l'avant, le vent soufflait par rafales. Des rafales de force inégale qui la poussaient de côté. Son pantalon, trop grand pour elle, claquait sur ses jambes comme un drapeau. Elle avançait courbée, même pas protégée par l'alignement des canots de sauvetage. Elle ne s'obstinerait pas à demeurer dans le froid, elle irait jusqu'à la cachette de Dominique et puis elle ferait demi-tour. La cachette, si elle ne se trompait pas, se trouvait entre le dernier et l'avant-dernier canot. Déjà elle l'atteignait.

Sur le tas de bâches, recouverts d'un plaid aux initiales de la Compagnie Générale Transatlantique, deux corps s'agrippaient. Un objet glissa jusqu'à ses pieds. C'était le petit chien rose en peluche.

Roséliane vit les cheveux argentés étalés en étoile, la nuque épaisse du commissaire Roger Tarendieu, sa calvitie si particulière, et sous sa tête, le visage renversé de Dominique. Ses mains s'accrochaient à la bâche. De sa bouche grande ouverte sortait un étrange sifflement.

Les yeux clos à s'en faire mal, Roséliane écoutait. Sa propre respiration, saccadée, bruyante, celle de Dominique, les paroles du commissaire. Il l'encourageait et l'injuriait. Il l'appelait aussi son hermine. Brusquement il cria. Roséliane se boucha les oreilles. Un bref instant, il lui sembla qu'autour d'elle tout, enfin, se taisait. Mais il y eut le rire de Dominique, un rire suraigu, interminable, un rire à réveiller tous les passagers du *Balboa*.

Titubante, pliée en deux, Roséliane s'enfuit. Elle se heurta à tout ce qui se trouvait sur son passage : les canots, les parois des coursives, la rampe en cuivre.

Arrivée au seuil du grand hall, enfin, elle ouvrit les yeux.

Une ombre le traversait, suivie d'une autre ombre. Derrière elle flottait une odeur de jasmin et de tabac blond. « Maman », murmura Roséliane en se laissant tomber dans une chaise longue. Et aussitôt après : « Dominique ». Elle referma les yeux, se concentra sur les battements de son cœur, plus réguliers, se força à les compter. Mais ses lèvres la trahissaient en épelant sans discontinuer le prénom de son amie : « Dominique... Dominique... Dominique. » Elle pensait que s'il s'était agi de Mâtho, elle aurait pu le comprendre, le supporter. Mâtho et Dominique représentaient ce qu'il y avait de plus beau à bord du *Balboa*. Mais Dominique et le commissaire Roger Tarendieu ! Le commissaire, court sur patte, avec ses ridicules talonnettes qui ne trompaient personne ! Le commissaire, ce vieux satyre dont elles s'étaient si souvent moquées... Dominique, sa blanche hermine à jamais souillée.

Elle frissonna de la tête aux pieds, se mit à claquer des dents. Il faisait froid sur ce maudit pont couvert, des courants d'air s'y engouffraient par les extrémités. Elle avisa le plaid, le prit, le rejeta. Exactement le même que celui qui recouvrait Dominique et le commissaire. Elle se dit, calme tout d'un coup, comme si le comportement de tous ces gens avait cessé de la concerner, comme s'ils lui étaient tous devenus étrangers : Dominique et le commissaire font ce que maman et le capitaine font, ce que Mâtho et Nicole Brissac font, ce que... Elle s'arrêta à court d'exemple. Paul Laplume le faisait avec qui ? Et Guylaine-Gilda ? Et Mister Magoo ? De se les imaginer tous les uns sur les autres lui arracha un début de fou rire. C'était vraiment très drôle ! Et immédiatement après elle se dit, avec un sursaut de dégoût, que ce n'était pas drôle, que c'était lugubre. Et elle se berça longtemps avec le mot « lugubre ». Puis elle bâilla. Bâiller soulageait, reposait, aidait à retrouver ce merveilleux état d'indifférence brièvement éprouvé un quart d'heure auparavant. Un quart d'heure ou une demi-heure ? Elle ne savait plus.

Les aiguilles de sa montre indiquaient quatre heures du matin. Autant regagner sa cabine puisque de toutes les façons sa mère ne s'y trouvait pas, puisqu'elle l'avait vue passer, ombre devant une autre ombre.

Elle se trompait. Sa mère l'attendait assise sur son lit, enveloppée dans le châle noir. Le bout incandescent de sa cigarette la situait exactement dans la pénombre, à droite du hublot.

Une longue minute passa durant laquelle elles se fixèrent, sans bouger, sans rien dire. Roséliane concentrait toute son attention sur le point rouge. Elle se rappelait que lorsqu'elle était petite et que la nuit l'effrayait, la cigarette de sa mère avait un pouvoir extraordinaire. La voir fumer dans le noir chassait les fantômes, toutes ses peurs oubliées pendant la journée et qui revenaient dès lors qu'elle était couchée.

— Ferme la porte.

Roséliane obéit. La porte en se refermant eut un grincement.

— Doucement, ordonna Pauline.

Elle parlait si bas que Roséliane ne pouvait savoir si elle était fâchée. Elle fit un pas vers elle, s'arrêta. C'était ennuyeux de discerner si mal son visage.

— Viens ici.

Le ton était sec, coupant. Roséliane vit la main de sa mère se lever et pensa qu'elle allait la frapper. Elle avança, brave, avec l'espoir d'être giflée. Etre giflée et puis pleurer des heures, une journée, jusqu'à l'arrivée au Havre. Mais la main de sa mère retomba sur la couverture. Sa mère ne l'avait jamais battue. Ou peut-être si, une fois, quand elle avait neuf ans. Qu'est-ce qu'elle avait fait, déjà ? Cela concernait Dimitri. Comme c'était étrange de ne pas arriver à se souvenir ! Elle eut envie de le demander mais Pauline lui faisait signe de s'asseoir à ses côtés. Son épaule quand elle s'assit effleura celle de sa mère. Pauline immédiatement se recula. Une expression dégoûtée tordait sa bouche.

— Où étais-tu ?

— Sur le pont couvert.

— Avec qui ?

Cette question, de sa part, était cocasse. Roséliane,

malgré elle, sourit. Une douleur brusque la traversa. Sa mère venait de lui décocher un coup de pied qui l'avait atteinte à la hanche. Un coup de pied méchant, rageur, à l'image de ce que Roséliane maintenant lisait sur son visage.

— Tais-toi, tu vas réveiller Dimitri. Avec qui étais-tu sur le pont couvert ?

Roséliane se massait la hanche. Elle regardait le pied nu de sa mère, elle le devinait prêt à frapper de nouveau et s'en amusa. Il en tremblait d'impatience !

— J'étais seule.

— Seule ? A quatre heures du matin ? Je ne te crois pas.

« Je suis souvent seule, à quatre heures du matin sur les ponts », eut envie de répondre Roséliane. Pour se vanter. Ou pour se faire respecter. Ou les deux. Le pied de sa mère la fascinait. C'était un pied parfait, très soigné, avec des ongles polis, vernis rose corail. Elle s'attendait à chaque seconde à ce qu'il la frappe de nouveau.

— Tu étais avec ce lieutenant... J'avais raison... Il t'offre un parfum contre un rendez-vous, ce saligaud...

Parce qu'elle devait parler à voix basse, Pauline s'étouffait. Roséliane la laissait poursuivre. Ce que pouvait dire sa mère, maintenant, lui était indifférent. Ce n'était que paroles convenues, discours moralisateurs. Elle s'entendit traiter d'hypocrite, de menteuse, de « petit masque » et même d' « oie blanche » sans être le moins du monde vexée.

— Tu vas me répondre, oui ?

Le second coup de pied lui fit vraiment mal. Des larmes montèrent qu'elle refoula aussitôt. Elle avait envie de pleurer, mais pas devant sa mère. Dans son oreiller, seule.

— J'ai sommeil, dit-elle.

Sa mère bondit, l'attrapa par le bras, la secoua.

— Ah ! non, ce serait trop facile !

— J'ai sommeil.

— Tu découches et tu as sommeil !

— Oui.

Et elle ne mentait pas. Depuis quelques minutes, ou davantage, elle ne savait plus, le temps avait cessé de ressembler au temps, elle se sentait engourdie, brumeuse. Cela lui procurait d'étranges et agréables sensations. Elle flottait comme lorsqu'elle avait la fièvre. Dire tout ce qui lui passait par la tête devenait possible. Elle le fit.

— Ça te va bien de me reprocher de découcher !

Pauline se figea au point d'en oublier de respirer. Sa main qui tenait toujours le bras de Roséliane paraissait sans vie.

— Je sais ce que tu fais... avec le capitaine. D'ailleurs je vous ai vus traverser le grand hall, tout à l'heure...

Roséliane n'eut qu'à bouger très légèrement son épaule pour que la main de sa mère cessât de la retenir. Enfin elle était libre, enfin elle allait pouvoir se coucher.

— Le capitaine Laurent Bonvoisin ne faisait que me raccompagner.

Pauline avait répondu tranquillement, comme si se faire raccompagner à quatre heures du matin était ce qu'il y avait de plus banal, de plus normal au monde.

« Et si ça l'était, après tout », pensa Roséliane.

Pauline allumait une nouvelle cigarette au mégot de la précédente. Ses yeux restaient fixés sur Roséliane qui ne détourna pas les siens.

— Mais moi j'étais seule, je te jure ! parvint-elle à articuler.

Une boule de chagrin lui serrait la gorge, l'empêchait de s'exprimer, la rendait inaudible. Elle avait envie de se laisser aller contre sa mère, de tout lui raconter. Dominique si mince, si longue, écrasée sous le corps du commissaire Roger Tarendieu. Jadis elle l'aurait fait, jadis sa mère l'aurait consolée. Elle lui aurait dit : « Tu as rêvé... C'était un cauchemar... Il n'y a jamais eu de bâche avec Dominique dessus... Dominique dort dans sa cabine. »

— Je ne veux pas que tu deviennes une petite femelle.

« Petite femelle » blessa Roséliane. C'était vraiment une injure. Une injure qui la salissait. Elle aurait voulu dire à Pauline de se taire, elle aurait voulu regagner sa couchette. Mais elle n'avait plus de force. Elle se prit la tête entre les mains, se boucha les oreilles. Mais Pauline parlait si près de son visage qu'aucune de ses paroles ne lui échappait.

— C'est cette petite Belge qui t'a entraînée... Celle-là, je ne sais pas ce qu'elle fait, mais ça se voit sur sa figure... Une petite femelle vicieuse, je l'ai toujours pensé !

— Maman !

— Tais-toi !

Pauline venait de crier. Dimitri se redressa sur sa couchette. Les yeux grands ouverts, il contempla un instant sa mère et sa sœur qui s'étaient tues, qui retenaient leur souffle. Puis il se rallongea et se rendormit. Pauline attendit quelques secondes jusqu'à ce que la respiration de Dimitri redevienne régulière.

— Je veux savoir le nom du saligaud avec qui tu étais ce soir. C'est Gérard Le Roux ?

— Où est mon flacon ?

— Hein ?

— « Après l'ondée ! »

Roséliane s'était levée et cherchait sur la coiffeuse le flacon de parfum. Il ne s'y trouvait pas, elle crut comprendre.

— Tu t'en es débarrassé ? Tu l'as donné à la femme de chambre avec l'hibiscus ?

Son ton montait, devenait aussi tranchant que celui

de sa mère. Celle-ci, un instant déconcertée, se ressaisit et la toisa avec arrogance.

— Il est rangé dans la trousse de toilette, ton parfum... Tu pourras le renifler pendant des années... Ça te fera un souvenir. C'est tellement mieux, les souvenirs...

Elle s'interrompit et pour la première fois quelque chose, chez elle, parut s'adoucir. Elle posa même sa main sur celle de Roséliane.

— Je ne demande qu'à te croire... J'espère m'être affolée pour rien... Tu es si petite, il n'aurait pas osé tout de même... Il sait ce qu'il risque avec une enfant... Alors c'est vrai, tu étais seule ?

Le hochement de tête qu'eut Roséliane parut la satisfaire.

— Pourquoi tu as parlé de souvenir ?

— Parce que c'en est un.

— Mais puisqu'on revient en septembre ?

— On ne reviendra pas en septembre.

Roséliane se mit à réfléchir. Sa mère avait repoussé le retour. C'était surprenant car changer de date revenait à rater la rentrée des classes. Au Collège français de Caracas, elle avait lieu le 23 septembre. Puis elle comprit. Le retour n'était pas retardé, il était avancé. Elle pensa que ses vacances avec Miquette en seraient écourtées. Mais elle imagina l'appartement de la calle Simon Bolivar, la fête que lui ferait son chien. Et son père. Leurs promenades à cheval dans l'hacienda de ses amis, à l'est de Caracas. Quelles avaient été ses dernières paroles, dans la chambre, avant le départ ? « Tu deviens une jeune fille... Une jeune fille que j'emmènerai avec moi faire du cheval au Country-Club. » Il avait promis. Roséliane se le rappelait maintenant avec une étonnante précision. Elle croyait entendre sa voix. C'était comme s'il se trouvait là, à ses côtés, dans la cabine du *Balboa*.

Sa nuque fléchissait, ses yeux se fermaient.

— Tu t'endors, ma Roséliane ?

Elle bâilla, ouvrit les yeux. Une faible clarté pénétrait dans la pièce. La nuit s'achevait. Elle pensa : « Enfin ! » et dit :

— Rentrer en août est une bonne idée.

Elle dut répéter sa phrase rendue inaudible par un deuxième bâillement.

— Nous ne rentrons pas en août, nous ne rentrons pas du tout.

— Comment ça, pas du tout ?

Roséliane serrait un oreiller contre son ventre. Garder les yeux ouverts devenait difficile. Ceux de sa mère fixaient la cigarette qui achevait de se consumer entre ses doigts.

— Je crois qu'il vaut mieux que tu te couches et que tu dormes.

Elle s'était exprimée avec tant de bienveillance que Roséliane s'inquiéta.

— Dis-moi la vérité, dit-elle à tout hasard.

Réclamer la vérité faisait, à son avis, partie d'un lot de formules passe-partout qui vous aidaient à gagner du temps.

— Pourquoi ? Tu te doutes de quelque chose ?

— Oui...

Mais aussitôt après, elle regretta son mensonge. Elle fit non de la tête. Mais il était trop tard, Pauline avait déjà commencé à parler.

— J'aurais préféré te l'annoncer autrement. Nous ne retournerons pas à Caracas. Nous resterons chez mes parents, rue Raynouard. Au début du moins. Après, on verra...

— Quoi ?

Roséliane venait de hurler. Sa mère lui désigna la couchette du haut où Dimitri avait tressailli.

— Mais je m'en fiche, de réveiller Dimitri !

Sa mère alors agit très vite. Elle tira Roséliane du lit, attrapa une veste, ouvrit la porte, la referma et

Roséliane hébétée, se retrouva dans le couloir, la veste sur les épaules. Sa mère impatiente la poussait en avant. « Chut... Tais-toi... Viens ! » ne cessait-elle de dire entre ses dents.

Elle la contournait, la dépassait, pressée, nerveuse. Roséliane avait du mal à la suivre. Pauline courait plus qu'elle ne marchait, entortillée dans son châle noir dont un bout traînait sur le sol. « On dirait une conspiratrice », pensa Roséliane. Mais le souvenir de ce qu'elle venait d'apprendre l'immobilisa, terrorisée. Regagner la cabine, se coucher, faire comme si tout cela était un rêve. A son réveil, le lendemain matin, elle aurait tout oublié.

Pauline revenait sur ses pas, lui tendait la main.

— Viens. Le jour se lève, tu verras comme c'est joli !

Roséliane mit sa main dans celle de sa mère, s'efforça de marcher à son rythme.

Les veilleuses bleues étaient éteintes. Dans le grand hall, s'affairait déjà la première équipe de nettoyage. Une odeur de cire et d'eau de Javel se mêlait à celle du caoutchouc. Derrière les fenêtres du pont couvert, l'aube paraissait encore incertaine.

Pauline se pencha sur sa fille, et comme elle le faisait jadis boutonna jusqu'en haut cette veste qu'elle lui avait dans sa hâte jetée sur les épaules. Et comme jadis, Roséliane bougonna.

— Il ne faut pas que tu t'enrhumes, dit Pauline.

Elle traversa le pont couvert sans s'y attarder, en habituée. Puis elle gagna le pont promenade où la fraîcheur de l'air lui arracha un soupir de bien-être. Elle semblait avoir oublié Roséliane qui trottinait loin derrière elle, gênée par ce vêtement qui ne lui appartenait pas, à nouveau abrutie de sommeil.

Pauline s'adossa au bastingage. Les premières lueurs du soleil blanchissaient l'horizon. Quelques nuages ici ou là passaient, très haut dans le ciel, poussés par un vent léger. La mer était calme, sombre et grise.

Pauline ramassa le pan de son châle, l'enroula autour de ses poignets qu'elle frottait machinalement l'un contre l'autre.

Roséliane l'avait rejointe. Sans s'en rendre compte, elle fit en sorte que plusieurs centimètres la séparent de sa mère. Celle-ci posa une main sur son cou et la retira aussitôt quand elle perçut le tressaillement. Roséliane lui en fut reconnaissante : à cette minute — et peut-être à cette minute seulement, elle ne voulait pas qu'on la touche.

Alors sa mère se mit à parler. Par petites phrases brèves, entrecoupées de longs silences. Elle confirma ce qu'elle avait annoncé dans la cabine : ils ne retourneraient plus à Caracas, Roséliane et Dimitri seraient inscrits dans une nouvelle école. Sa décision, prise depuis longtemps, était irrévocable.

— Papa..., s'entendit murmurer Roséliane.

— Ton père ne sait rien... Il fallait bien, il ne nous aurait jamais laissés partir.

— Et...

Les mots n'arrivaient pas à se regrouper en phrases. Roséliane les tournait et les retournait dans sa tête. Pauline contemplait l'horizon, plus clair maintenant, et se désintéressait d'elle, de ses efforts désespérés pour formuler une question. Enfin Pauline reprit la parole.

— Je te demande de garder tout ça pour toi... Dimitri ne se doute de rien... Je veux qu'il ait au moins un bel été !

Son regard quitta l'horizon, se posa enfin sur Roséliane.

— Je suis consciente du chagrin que vous allez avoir. Je sais à quel point vous êtes attachés à Caracas, au Collège français, à la piscine...

Elle se prit une seconde la tête entre les mains, puis ses bras retombèrent le long de son corps.

— ... attachés à tout ce qui me fait, à moi, horreur et que je ne veux pour rien au monde...

Elle faisait des efforts d'articulation, détachait soigneusement ses mots les uns des autres.

— ... même pour vous deux qui êtes mes enfants, retrouver.

Ses confidences étaient terminées. Elle sortit une cigarette, l'alluma. La première bouffée la fit tousser. Elle jeta la cigarette, l'écrasa sous son talon.

— Ton père a raison, je fume trop, dit-elle distraitement.

Roséliane la couvait des yeux. Les traits du visage de sa mère, éclairés par les premiers rayons du soleil, s'inscrivaient en elle pour toujours. Elle notait la profondeur des rides autour des yeux et des lèvres, la bouche crispée, ridiculement petite tout à coup, la peau tirée, grise sous le hâle. Elle pensa : « C'est maman, et elle nous quitte pour... »

— C'est pour le capitaine que tu nous quittes ?

— Quoi !

Roséliane tenta de répéter sa question. Avec de grandes difficultés. Chaque mot qui sortait d'elle lui faisait mal. Ou, plus exactement, aggravait son mal. Comme lorsqu'on a une dent malade et qu'un simple coup de langue réveille la douleur.

L'éclat de rire qui secoua sa mère ne l'apaisa pas, bien au contraire.

— Vous quitter ? Mais qui parle de vous quitter ? C'est ton père que je quitte ! Et je le quitterais pour Laurent ? Où vas-tu pêcher de pareilles idées ? Laurent ! Tu me vois vivre avec Laurent Bonvoisin ? Tu me vois en femme de marin l'attendant au port ? Vraiment tu es drôle, Roséliane !

Elle essuya quelques larmes qui avaient coulé, et cessa de rire.

— Laurent Bonvoisin est un gentil garçon, un amant passable et rien de plus. Je l'oublierai très facilement.

Elle s'étira, bâilla longuement. Des marins qui s'apprêtaient à laver les ponts la saluèrent.

— Ce que j'oublierai moins facilement, par contre, c'est tout ça... Le *Balboa*...

Son ton changea.

— Roséliane, ne dis rien... Je sais... S'il te plaît... Ne me parle pas de ton père... Vous le reverrez, il viendra vous voir en France... Vivre à Paris va être merveilleux... Nous allons être très heureux... Avec tes grands-parents... Avec Miquette... Tu penses à Miquette ?

Roséliane avait cessé d'écouter. Elle revoyait sa première traversée sur le *Balboa*. Elle avait dix ans et Dimitri huit. Pauline les avait réveillés à cinq heures du matin pour qu'ils assistent avec elle à l'arrivée dans le port de La Guayra. Ils avaient cherché leur père dans la foule massée sur le port. Pauline la première l'avait vu. Parce qu'il était plus grand que tous les autres. Et elle avait eu ce cri de triomphe : « Regardez, c'est votre père ! Il s'est levé très tôt pour nous accueillir. » Et elle leur avait donné des foulards à agiter.

Roséliane sentait ses forces l'abandonner. A petits coups, puis de plus en plus fort, elle se cognait le front contre le bastingage. La douleur qu'elle en éprouvait l'apaisait, lui redonnait envie de dormir. Elle ferma les yeux car la lumière du jour devenait aveuglante.

Elle eut conscience que sa mère l'arrachait au bastingage, l'entraînait. Mais elle avait du mal à marcher. Elle se serait bien laissé porter. Elle pensait à sa couchette, aux draps lisses, à l'obscurité de la cabine, à la respiration de Dimitri au-dessus d'elle. Elle détestait à l'avance la journée qui commençait.

— Pas encore couchée, Pauline ?

— J'y vais, Louis.

— Beau temps, hein ?

Roséliane entrouvrit fugitivement les yeux et reconnut le jeune musicien qu'on appelait le gamin. Un harmonica brillait entre ses doigts.

— Les côtes que nous voyons là-bas, ce sont celles de la France ou de l'Angleterre ?

— De l'Angleterre, Louis. Mais à plus tard, ma fille et moi allons nous coucher...

Il les escorta sur quelques mètres, fredonna :

Douce France,
Cher pays de mon enfance,
Bercé de tendre insouciance,
Je t'ai gardé dans mon cœur...

Et pour Roséliane qui souriait vaguement, il fit glisser l'harmonica entre ses lèvres. Les sons qu'il en tira lui semblèrent si doux, si harmonieux, qu'elle soupira d'aise.

Il acheva la chanson, puis reprit sa promenade solitaire le long des ponts.

Pauline eut un petit rire.

— Cette chanson ! Quelle scie ! Je ne t'ai jamais raconté ? Quand ton père m'a emmenée à Valparaiso ? Déjà que ce voyage m'assommait... Mais enfin, Valparaiso, tout de même, ça ne se refuse pas ! Eh bien, le soir de notre arrivée, à peine étions-nous descendus au bar, voilà le pianiste de l'hôtel qui se met à jouer *Douce France* !

— Maman..., supplia Roséliane.

— Aller au bout du monde, à Valparaiso, pour entendre *Douce France* !

— Maman... Je t'en prie...

DU MÊME AUTEUR

Aux Éditions Gallimard

DES FILLES BIEN ÉLEVÉES
MARIMÉ
CANINES

COLLECTION FOLIO

Dernières parutions

2541.	François Mauriac	*Zabé.*
2542.	Thomas Bernhard	*Un enfant.*
2543.	Lawrence Block	*Huit millions de façons de mourir.*
2544.	Jean Delay	*Avant Mémoire (tome II).*
2545.	Annie Ernaux	*Passion simple.*
2546.	Paul Fournel	*Les petites filles respirent le même air que nous.*
2547.	Georges Perec	*53 jours.*
2548.	Jean Renoir	*Les cahiers du capitaine Georges.*
2549.	Michel Schneider	*Glenn Gould piano solo.*
2550.	Michel Tournier	*Le Tabor et le Sinaï.*
2551.	M. E. Saltykov-Chtchédrine	*Histoire d'une ville.*
2552.	Eugène Nicole	*Les larmes de pierre.*
2553.	Saint-Simon	*Mémoires II.*
2554.	Christian Bobin	*La part manquante.*
2555.	Boileau-Narcejac	*Les nocturnes.*
2556.	Alain Bosquet	*Le métier d'otage.*
2557.	Jeanne Bourin	*Les compagnons d'éternité.*
2558.	Didier Daeninckx	*Zapping.*
2559.	Gérard Delteil	*Le miroir de l'Inca.*
2560.	Joseph Kessel	*La vallée des rubis.*
2561.	Catherine Lépront	*Une rumeur.*

2562.	Arto Paasilinna	*Le meunier hurlant.*
2563.	Gilbert Sinoué	*La pourpre et l'olivier.*
2564.	François-Marie Banier	*Le passé composé.*
2565.	Gonzalo Torrente Ballester	*Le roi ébahi.*
2566.	Ray Bradbury	*Le fantôme d'Hollywood.*
2567.	Thierry Jonquet	*La Bête et la Belle.*
2568.	Marguerite Duras	*La pluie d'été.*
2569.	Roger Grenier	*Il te faudra quitter Florence.*
2570.	Yukio Mishima	*Les amours interdites.*
2571.	J.-B. Pontalis	*L'amour des commencements.*
2572.	Pascal Quignard	*La frontière.*
2573.	Antoine de Saint-Exupéry	*Écrits de guerre (1939-1944).*
2574.	Avraham B. Yehoshua	*L'amant.*
2575.	Denis Diderot	*Paradoxe sur le comédien.*
2576.	Anonyme	*La Châtelaine de Vergy.*
2577.	Honoré de Balzac	*Le Chef-d'œuvre inconnu.*
2578.	José Cabanis	*Saint-Simon l'admirable.*
2579.	Michel Déon	*Le prix de l'amour.*
2580.	Lawrence Durrell	*Le sourire du Tao.*
2581.	André Gide	*Amyntas.*
2582.	Hervé Guibert	*Mes parents.*
2583.	Nat Hentoff	*Le diable et son jazz.*
2584.	Pierre Mac Orlan	*Quartier Réservé.*
2585.	Pierre Magnan	*La naine.*
2586.	Naguib Mahfouz	*Chimères.*
2587.	Vladimir Nabokov	*Ada ou l'Ardeur.*
2588.	Daniel Boulanger	*Un été à la diable.*
2589.	Louis Calaferte	*La mécanique des femmes.*
2590.	Sylvie Germain	*La Pleurante des rues de Prague.*
2591.	Julian Gloag	*N'éveillez pas le chat qui dort.*
2592.	J.M.G. Le Clézio	*Étoile errante.*
2593.	Louis Malle	*Au revoir, les enfants.*
2595.	Jean-Bernard Pouy	*L'homme à l'oreille croquée.*
2596.	Reiser	*Jeanine.*
2597.	Jean Rhys	*Il ne faut pas tirer les oiseaux au repos.*

2598.	Isaac Bashevis Singer	*Gimpel le naïf.*
2599.	Andersen	*Contes choisis.*
2600.	Jacques Almira	*Le Bar de la Mer.*
2602.	Dominique Bona	*Malika.*
2603.	John Dunning	*Les mécanos de la mort.*
2604.	Oriana Fallaci	*Inchallah.*
2605.	Sue Hubbell	*Une année à la campagne.*
2606.	Sébastien Japrisot	*Le passager de la pluie.*
2607.	Jack Kerouac	*Docteur Sax.*
2608.	Ruth Rendell/Helen Simpson	*Heures fatales.*
2609.	Tristan L'Hermite	*Le Page disgracié.*
2610.	Alexandre Dumas	*Les Trois Mousquetaires.*
2611.	John Updike	*La concubine de saint Augustin* et autres nouvelles.
2612.	John Updike	*Bech est de retour.*
2613.	John Updike	*Un mois de dimanches.*
2614.	Emmanuèle Bernheim	*Le cran d'arrêt.*
2615.	Tonino Benacquista	*La commedia des ratés.*
2616.	Tonino Benacquista	*Trois carrés rouges sur fond noir.*
2617.	Rachid Boudjedra	*FIS de la haine.*

Impression S.E.P.C. à Saint-Amand (Cher),
le 4 juillet 1994.
Dépôt légal : juillet 1994.
1er dépôt légal dans la collection : août 1991.
Numéro d'imprimeur : 1680.
ISBN 2-07-038408-X. / Imprimé en France.

69531